U0920420

我认识一些深情的人

曹可凡　著

上海文艺出版社

果麦文化 出品

自序

话剧《枕头人》来沪首演，制作人史航邀圈内好友朗读童话，并细叙童话与成长之关系。其实，对我这样上世纪六十年代出生的人来说，童话在童年时代是完全缺失的，待真正读到童话，早已是翩翩少年了。那时候，虽仍处于禁锢时代，但人们似乎已嗅到春的气息了。由于我读的小学，外语教育以俄语为主，身为圣约翰大学高材生的父亲便嘱咐我在家中自学英语。他坚信英语将成为国家与个人走向世界的桥梁，而“教材”便是一些英语原版童话。借着英语学习，自然接触到安徒生与格林童话。由此，仿佛步入一个五彩斑斓的魔幻世界。但父母毕竟是“双职工”，平素鲜有足够时间陪伴，尤其寒暑假，如何让孩子安然度过，父母大伤脑筋。幸亏母亲有位“闺蜜”林伯母，她看出母亲有难处，便提出假期可去她家小住一段时间。林伯母的先生林举岱伯伯是华东师范大学历史系专门研究英国史的教授。林教授林伯母住在“师大一村”一幢两层楼的老屋里，屋内陈设简单，四周都是书柜。林教授身材不高，圆鼓鼓的脸上架着一副黑框眼镜，说话语速偏慢，还夹杂着些许广东口音，显得和蔼可亲，丝毫没有想象中学者的威严。林先生林伯母育有一子一女，儿子比我年长几岁，女儿年龄则与我相仿，我们仨每日清晨安安静静坐在小板凳上，听林先生给我们讲欧洲童话。此外，他还会仔细解释每个单词的含义。很难想象，一位名重一时的大教授竟然会给三个小孩子教授英语课。印象中，林先生一副弥勒佛模样，永远和颜悦色，从不疾言厉色。唯独有一次拍案而起，原来，“四人帮”上海余党弄出一幕“考教授”丑剧，令诸多大学问家蒙羞。林先生义愤填膺，据理力争，想必一定为此吃了不少苦头。记得那年暑假临近尾声，林教授从书橱中取出一本他在一九五七年出版的专著——《英国工业革命史》，并在扉页上郑重写上“可凡小友存正，林举岱”。那个暑假于我而言，意义非凡，虽然少不更事，但亲眼目睹一位大学者坦荡的胸襟与治学的严谨。这段经历在一个少年心中埋下了一颗文化的种子。

尽管童年和少年时代的艺术记忆是灰色的，但灰土中也时不时兀然冒出一两朵鲜艳的花朵。母亲有位教钢琴的朋友金老师，每逢节假日，她会带我去金老师家接受艺术熏陶。某个夏日，金老师邀请三五知己小聚，座中有位端庄娴淑的中年女子，虽不施粉黛，一件白色衬衣平淡无奇，但由内而外的美丽与气质，力压四座。经不住朋友怂恿，那位女士便在金老师的伴奏下，演唱了一首《浏阳河》。我虽不懂声乐艺术，但其歌声清亮、悠远，真所谓“余音绕梁，三日不绝”。后来才知道，那位女士便是高音歌唱家张权。张权早年留学美国，是当年唯一一位在国内演过歌剧《茶花女》的歌唱家。因受冲击，从北京迁至哈尔滨市歌舞团工作。那次来上海，大概是来同样为歌唱家的女儿莫纪钢家小住。差不多同时，跟随弹琵琶的姨夫去汾阳路音乐学院玩耍，偶然在校园发现一位气宇轩昂的长者边扫地边唱歌，于是，偷偷紧随其后，仔细聆听，虽然不懂唱的究竟是什么，但总觉得声声入耳、字字入情。终于忍不住，走向前去，弱弱地问了声："伯伯，您唱的是什么歌？"长者停住脚步，微笑着说："《跳蚤之歌》。"姨夫告知，那位长者是男低音歌唱家温可铮，而《跳蚤之歌》则是俄罗斯作曲家穆索尔斯基，借用歌德《浮士德》中魔鬼梅菲斯特与朋友所唱《跳蚤》一歌的诗句，写的一首讽刺歌剧歌曲。父亲得知我见到温可铮也异常兴奋，因为他是温可铮的忠实观众。如今回想起来，无论是张权女士演唱的《浏阳河》，还是温可铮先生演唱的《跳蚤之歌》，应该可视作自己的艺术启蒙，影响着以后的审美取向与标准。

因为工作缘故，我见识过不少大家的怀瑾握瑜、明德惟馨，感受到他们的深情敦厚、赤子之心。聆听教诲，仿佛涉入一条条悠远深长的人生长河，抵达理想纯净的彼岸。书中所记载的便是我与这些深情之人交往的点点滴滴，或浅或深，或长或短，都铭刻在心，久久难忘。于是，便尝试以文字与大家分享。不知各位看官以为如何？

二〇一九年九月十七日十一时

于海上"静思斋"

目　录

"我离开《傅雷家书》已经很久了……"

傅聪先生的脾气坏是出了名的。音乐会上，哪怕是微弱的耳语声或拍照的"咔嚓"声，都会惹他不快。有时，他甚至会中断演奏以示抗议。不过，生活中的大师倒是慈眉善目，一派祥和。倘使尝上几口家乡小菜，更是喜上眉梢，戏话连篇，活脱脱一个老小孩。每逢这时，我们便缠着他，哄他翻出些陈年旧闻。

记得有一次约傅先生往"雍福会"聚餐。那里原是英国领事馆旧址，屋内陈设一律"花样年华"风格，古朴雅致。那日，傅先生身着深藏青印花绸缎外套，头发向后梳得整整齐齐，手上戴着黑色半截毛绒手套，嘴里衔着一个烟斗。言语间，一口纯正老上海话，并且夹杂些许英语和法语。这幕景象看了仿佛有时光倒流的感觉。我们吃饭的那间包房在三楼，是由原来的储藏室改建而成的，屋顶还有两扇"老虎窗"。于是，话题便从上海话的外来语衍生开去。因为"老虎窗"由英语"roof"而来，"肮三"源自"on sale"，"瘪三"则是"beg sir"的意思。傅先生一下子来了兴致，"上海话形容大声说话的'哇哩哇啦'其实是法语，而'白相''戆大'那样的词，追根溯源，大概与西班牙语或葡萄牙语脱不了干系。"不一会儿，服务生将小菜端上桌面，白斩鸡、熏鱼、烂糊肉丝、八宝鸭、腌笃鲜……不一而足。大师边吃边啧啧称赏，尤其对那碗葱油拌面赞不绝口，“味道交关好，就是少了点”，说完，自己也觉得有点不好意思。“我伲长期旅居海外的人对家乡的思念，往往是从几只家常小菜开始的。张爱玲在美国唐人街看见一把紫红色苋菜，不也怦然心动吗？”

说起张爱玲，不由得想起傅雷先生早年对这位传奇女子的忠告：“技巧对张女士是最危险的诱惑。无论哪一部门的艺术家，等到技巧成熟过度成了格式，就不免重复自己。在下意识中，技能像旁的本能一样时时骚动着，要求一显身手的机会，不问主人胸中有没有东西需要它表现，结果变成了文字游戏。”当时，张爱玲并不买账，以《自己的文章》一文竭力做自我辩护。傅聪说，父亲的批评是中肯的。因此，张爱玲晚年与宋淇交谈中对傅雷心悦诚服，但那时也有像潘柳黛那样的女作家对张爱玲自鸣得意的所谓“贵族”血统不以为然，语多尖刻，“在潘女士看来，张爱玲迭种血缘关系完全远开八只脚，这就好比朝黄浦江里扔只鸡，鸡勒拉水里氽法氽法，然后，从江里舀一口水，讲，‘鸡汤倒蛮鲜额’，简直瞎三话四！”说起这段掌故时，傅先生神情有点眉飞色舞，还反复强调，“侬看，氽法氽法，迭句闲话最生动，形象得勿得了！”

“然而，真正称得上幽默大师的也只有钱锺书一人。”傅先生话锋一转：“上世纪八十年代，我在北京请钱锺书、杨绛夫妇来听音乐会，结果杨绛独自一人前来，但带来钱锺书一张便条。大致意思是中国人有对牛弹琴的说法。但是，据考证，母牛听音乐后可挤出更多奶。自己在这方面连母牛也不如，因此也就不附庸风雅了。哎呀，那么有趣的一封信也不知道到哪里去了！”

谈到幽默，我突然想起发生在刘海粟身上的一桩趣闻。曹聚仁在一篇谈幽默的短文里提及林语堂主编《论语》杂志曾有《观市政府主办刘海粟欧游作品展览会记》的文章，作者在简要罗列刘海粟生平后，便大谈展览会场地和光线处理，谈招待员，谈卖物的摊头，甚至谈了自己上厕所的情形，对刘海粟作品却不着一字。曹聚仁称之为“意在言外，奇妙在此”。傅先生听完，也随口说了个类似的故事。勋伯格在一聚会上大肆鼓吹其十二音体系，众人皆昏昏欲睡，可他仍意犹未尽，不停追问大家是否还有问题。只见有人怯生生地举起了手，“我有个问题。请问，厕所在哪里？”那个举手者就是日后的指挥大师克莱伯。

关于刘海粟与傅雷，坊间充斥各种传闻。有人说，傅雷离开美专教席，是因为阻止赵丹等进步学生上街游行而挨了一记耳光；也有人说，傅、刘交恶是因为刘劝傅不要打儿子而激怒傅。傅聪先生对此做了澄清：“父亲与刘海粟疏远的导火索源于一位穷困潦倒的美专教师张弦。父亲对张弦评价很高，称其为‘拥有孤洁不移的道德力与坚而不骄的自信力的人’。父亲为张弦那少得可怜的工资与刘海粟据理力争，但无济于事。最终张弦贫病交加郁郁而亡，死时才三十多岁。张弦去世后，父亲建议为张办遗作展，结果也不了了之。父亲伤心欲绝。两人从此形同陌路。”

不过，傅雷夫妇一直和刘海粟前妻成家和（港星萧芳芳母亲）友情甚笃，《傅雷家书》中很多篇什都是写给成家和的。成家和的妹妹成家榴更是傅雷先生的红颜知己。傅聪先生对这段往事倒并不掩饰，“成家榴的确美若天仙，且和父亲一样，有着火一般的热情，两人爱到死去活来。只要她不在身边，父亲便无法工作。每到这时，母亲就打电话给她说，你快来吧，老傅不行了，没有你他也无法工作。母亲的善良与宽容感动了成家榴。她选择主动离开父亲去了香港……”傅先生说，他读过父亲给成家榴的那批信函，里面尽是对大自然的赞美和咏叹，完全读不到丁点儿女私情。“父亲母亲那辈人真太了不起了！”傅聪先生长长叹了口气。的确，《傅雷家书》中有封朱梅馥写给傅聪的信：“我对你爸爸的性情脾气委曲求全，逆来顺受，都是有原则的。因为我太了解他，他一贯的秉性乖戾，疾恶如仇……为人正直不苟，对事业忠心耿耿。我爱他，我原谅他。为了家庭的幸福，儿女的幸福，以及他孜孜不倦的事业的成就，放弃小我，顾全大局。”听完这个传奇，再读那段文字，不禁泫然。

还想让傅聪先生说说《傅雷家书》背后的故事，大师摆了摆手，“唉，每个人见到我都要说《傅雷家书》，好像我老也长不大。其实，我也是望七之人，离开《傅雷家书》已经很久了……”

沉默的“惠能”

被一身缁衣包裹，人越发显得形销骨立。棱角分明的脸庞有着刀斧般的印痕；镜片后有双深邃又透着点苍凉的眼睛，一副远忧不断、近虑重重的模样；而两片薄薄的嘴唇紧闭，足见其内心决绝的斗志……

望着坐在对面的林怀民，脑海里闪过龙应台的一句话：沉默的“惠能”。

林怀民听了，咧了咧嘴，露出一丝苦笑：“除了瘦，大概与惠能没有一点相似。瘦，也是长期劳累，而非常年修炼。”

四十年前，台湾地区社会依然封闭、保守。那时，舞蹈远非良家子弟愿意所为。如此环境下，决定脱下衣服，露出肌肉，大声喊出“中国人作曲，中国人编舞，中国人跳给中国人看”的口号，是要有勇气的。

幸好，林怀民成长于一个开明家庭。儿时记忆最为深刻的是墙上挂着的两张照片：歌德与贝多芬。尽管身处困难年代，每日放学归来，母亲照例送上两块饼干和一杯牛奶，然后用手摇七八转唱机，放莫扎特和贝多芬，间或也有《托斯卡》之类的歌剧。“我的价值观就建立在那个精神层面的追寻和尊敬上。”林怀民道。

而一部《红菱艳》更让林怀民痴狂。他发现人只有舞动时，才能展示不同侧面。一个才五岁半的男童，终于中了舞蹈的“毒”。

即便后来去美国密苏里新闻学院求学，行囊里也少不了一双舞鞋。或许是造化弄人，抵美不久，艾奥瓦大学便向他招手。从此，舞蹈与他如影相随。有人形容那时的林怀民：“走着，谈着，突然，他脱下鞋子，在大街上、人行道上凌空跃起，落地之后很美地又旋了一个转子。”

回到中国台湾后，他创立“云门舞集”。

“云门”一词源自《吕氏春秋》：“黄帝时，大容作云门，大卷……”据说，那是中国最古老的舞蹈，只是舞姿、舞容早已无迹可寻，仅空留下这动人的名字。因此，“云门”草创时期作品大抵从古典出发，如《奇冤报》《寒食》《乌龙院》《白蛇传》等。渐渐地，林怀民竭力摆脱故事的牵绊和文字的桎梏，完全靠着舞者用身体内在能量流动，以肢体表达意绪与情感。用他的话来说：“舞蹈是一种交流，意味着每个人都是和自己形成相互补足的关系，两个身体互相影响，然后自我消失，变成相同的一个。”

像《水月》，随着巴赫大提琴曲，舞者那空间感十足的肢体摆动，传达坚韧与柔美；《竹梦》以“晨舞”“春风”“夏喧”“秋径”“雨舞”“午夜”“冬雪”等舞段，描写修竹挺拔，常青如翠玉；《行草》则靠纯黑白铺陈中国书法之美，舞者身体运动恰似书法委婉转折的点捺顿挫，有“飘如浮云，矫若惊龙”之神采，使人想起《维摩诘经》里的句子："是身如幻，从颠倒起。"而《红楼梦》干脆没了黛玉和宝钗，也没了贾母与刘姥姥，唯有白衣和红衣女孩，以四季更替、漫天飞舞、密如珠帘的灿烂花雨，烘托身着绿色三角裤的贾宝玉，吟咏"花谢花飞飞满天，红消香断有谁怜"的时光流逝。

"云门"对舞者有着极其苛刻的标准与要求。对林怀民而言，他期待的不仅仅是动作，更是在跃身的刹那，肢体舞动所流出的生命汁液。排演《薪传》时，他把舞者带到布满石头的河滩上，或跪、或爬、或躺，让其感受石头和身体接触的苦楚，体悟先民"筚路蓝缕，以启山林"的拓荒精神。而平日里温文尔雅、视舞者为家人的林怀民，一旦发现舞者懈怠，便立刻如暴君般雷霆万钧。一次，他竟失控以重拳猛砸玻璃，顿时血流如注，别人趋前为他包扎，他却执拗地用另一只手阻挡，"如果你们不懂得爱惜身体，那我也不要爱惜自己。"因此，"云门"舞者将舞蹈等同于生命。有评论称："在舞台下，他们没有出众的仪表，没有时髦的衣服，走在芸芸众生里，谁也不会注意；在舞台上，他们却是一颗颗闪亮的星星，谈起舞蹈来比孔雀还骄傲。"

"云门"作品大都源自生活。林怀民说，他从小在稻田遍布的台湾南部长大，收割后，农夫会将金黄色的稻谷撒在地上晒干，孩子们常去那儿玩耍，稻谷的金黄色因而深植脑海。十四岁那年，德国作家赫尔曼 · 黑塞的小说《悉达多》里印度苦行僧与百姓于恒河边膜拜的情景深深打动了他。一次菩提伽耶之旅触发了他的灵感。于是，我们看到，一位求道者自始至终伫立舞台，任由金黄色稻谷倾泻而下，穿着白衣衫的舞者手持缀有铃铛的手杖，漫步于蜿蜒如河的稻谷。舞蹈所蕴含的能量让人如置身恒河，波涛起伏，充满对生命的虔敬。《流浪之歌》用浪迹天涯的疲惫洗去罪恶，进行一次心灵的朝圣。

“云门”已至不惑，林怀民仍在忙碌，仍在奔波。玛莎·格兰姆说过：“不是我选择了舞蹈，而是舞蹈选择了我。”我问林怀民，自己的亲身经历是否可成为恩师这句话的最佳注解，他沉默了一会儿，仰起头，注视远方，“时间如同一条幻想的河流，穿越生命的分分秒秒。每个人一旦找到命定的角色，便不想逃，也逃不掉了……”

总是平白无故地难过起来

因为《顶级厨师》，有幸与李宗盛有金兰之谊。我尊称他“大哥”，他管我叫“二哥”。任贤齐闻讯执意要“凑热闹”，自奉为“三哥”。于是，我们干脆“桃园三结义”。

和宗盛大哥在一起，话题大抵离不开美食。在敦煌戈壁录制节目，烈日当头，酷暑难挡，大哥却不忘“馋人”本色，用平日钓鱼所用冰桶，铺完冰块后，依次放入桃子、李子、杏仁、西瓜等各色水果以及自制柠檬水。拍摄间隙，我们躲入车里，边吃冰镇水果，边听他神侃美食经。

宗盛真正痴迷烹饪，源于与林忆莲的那段婚姻。他俩喜结连理后曾于上海度过两年半难忘时光。Sandy父母是地道“老上海”，原先居住在原法租界一带。虽迁居香江多年，却不忘上海人本色。平日闲暇时分，夫唱妇随，一个拉二胡，一个则扯起嗓子唱几句绍兴戏，《梁祝》“十八相送”与《红楼梦》“天上掉下个林妹妹”是他们的最爱。依此类推，一日三餐自然也不外乎熏鱼、烤麸、罗宋汤、炸猪排那样几款上海家常小菜。或许是耳濡目染的缘故，Sandy亦做得一手好菜，芝麻鱼排、盐水鸭、腌笃鲜、香糟扣肉、松仁玉米都是“林家铺子”招牌菜，连味蕾一向挑剔的宗盛大哥也赞赏有加。作为一家之主，颇有大男子主义色彩的宗盛大哥岂肯甘居下风。不过，和 Sandy 不同，宗盛大哥主攻西餐，培根青酱鲑鱼意大利面、红酒牛尾和香草烤鸡是“李家小厨”三大法宝。婚后，他觉得世上最快乐的事便是给心上人做顿美餐，而每日给女儿做便当更成为其人生主调。录音完毕回到家，往往已是子夜时分，夜深人静，他喝上几口小酒，抖落一身疲惫，专心致志调制各色佳肴。像牛尾、排骨等食材通常需要较长时间炖煮，他就见缝插针，继续创作，“我就是一个回家光着膀子、夜夜做饭的男人，满楼道都是饭菜的香味，以做饭为乐趣。我喜欢边做饭边写歌，让厨房有香味出来，油油的脸，很热。喝点酒，坐在电脑前就有许多灵感，写稿，写歌，一切自然流淌而出……”他说。至凌晨四五点，他将火关掉睡觉。上午十点起床，再对食物做最后调味，然后装盒，嘱司机送至女儿学校。他还刻意保存给三个女儿做饭的三口法国铜锅，准备将来待女儿出阁之时作为陪嫁，因为他想要女儿懂得父母如何辛苦将她们抚养成人……

《顶级厨师》录制临近尾声，某日，忽发奇想，便盛邀宗盛大哥和刘一帆大厨来家做顿家宴，并请来四位美女主持共同品尝。那次，刘一帆带来的是“意式蔬菜汤”和“恺撒色拉”，而宗盛大哥则精心烹制一道主菜“香草烤鸡”。头天晚上，大哥便着手腌渍鸡腿。他先在锡纸上抹少许橄榄油，再搁蒜头与迷迭香，鸡腿撒上盐与胡椒，最后用锡纸包裹严实，进冰箱冷冻。但当天烤炙过程中，却意外状况频发。原来，我家烤箱买来后从未用过，再加上电压不稳，电路多次跳闸，急得宗盛大哥抓耳挠腮，大汗淋漓，不知如何是好。经一番折腾，功夫不负有心人，当“香草鸡腿”端上桌面，香气逼人，外脆里嫩。看到美女主持们大快朵颐的模样，宗盛大哥这才如释重负，一口气喝下一大杯冰镇啤酒。但，转瞬间，大哥竟“平白无故地难过起来”。众人不解，均以疑惑的眼神望着他。至此，谜底不得不揭开。因为当年宗盛大哥与 Sandy 来上海，便借居在我所居住的小区，院落里的一砖一瓦、一草一木见证着他们的悲欢离合。如今，故地重游，又有多少如梦往事爬上心头。所以，很久以来，大哥对上海可谓五味杂陈。难怪，他后来会在“既然青春留不住”上海演唱会上说:“严格来讲，我没有很喜欢上海。我在上海失去了人生好大一块东西。我用好多时间努力和这座城市和解。每每行走在上海的街道，都会有一些情绪找我……”酒过三巡，菜过五味，我顺势递上一把木吉他，问宗盛大哥可想唱些什么。大哥沉吟片刻，拨动弦索，轻轻哼唱:“你是我生命中的精灵 / 你知道我所有的心情 / 是你将我从梦中叫醒 / 再一次，再一次给我开放的心灵 / 关于爱情的路啊，我们都曾经走过 / 关于爱情的歌啊，我们已听得太多 / 关于我们的事啊，他们统统都猜错 / 关于心中的话，心中的话 / 只对你，一个人说 / 我所有目光的交点 / 在你额头的两道弧线 / 它隐隐约约，它若隐若现 / 衬托你，衬托你腼腆的容颜……”

张艾嘉说过，每个人心中都有一个“李宗盛”。

宗盛大哥的歌没有诘屈聱牙的繁复，没有华丽词藻的堆砌，也没有故弄玄虚的哲理，有的只是平凡和生活化的絮叨，将浓得化不开的感情熔铸于那简约平实的文字与旋律之中，让听者不经意间引得感情共鸣。不同的人们好像都能从他歌中寻找到心理寄托。大哥二十年来为数十位歌手写过三百余首情歌，但他私下悄悄透露，其实自己基本上借三位女歌手之口来传递他的感情追求与人生向往。早期是陈淑桦，大哥高声疾呼："早知道伤心总是难免的 / 在每一个梦醒时分 / 有些事情你现在不必问 / 有些人你永远不必等。"直至遇到林忆莲，他心里才燃起爱的火焰，却又始终未能洞穿爱情的真谛，故而感叹"爱情它是个难题，让人目眩神迷"。相爱却难相守的爱侣终究难逃劳燕分飞的厄运，但大哥尚有满腔爱意还未诉说，于是，又由莫文蔚道出失却爱情的醉梦与无奈。"感情不是你情我愿 / 最好爱恨扯平两不相欠 / 感情说穿了一人挣脱的一人去捡 / 男人大可不必百口莫辩 / 女人实在无须楚楚可怜 / 总之，那几年你们两个没有缘……"

有人断言，失婚的男人比女人更孤独，因为"寂寞难耐 / 寂寞难耐 / 爱情是最辛苦的等待 / 爱情是最遥远的未来"。幸好宗盛大哥经受无数感情锤炼，早就宠辱不惊，练就一副金刚不坏之身，故有"岁月你别催，走远的我不追，我不过是想道尽原委"之感慨！

有一天和蔡澜先生及宗盛大哥聚餐，蔡老夫子说："做艺术的，不喜欢美食，就不懂生活，艺术创作终究会低一个层次。"宗盛大哥或许正是因为热爱美食，他的歌才有世俗生活的烟火气，并参透人生百态，这大概就是所谓的境界吧！

孤独者的梦

谭盾与陈其钢常被视作当代乐坛“双子星座”。谭盾“动若脱兔”，从古典到流行，由戏剧至现代装置，纵横驰骋，无所不能；陈其钢“静如处子”，孤高、骄矜、安谧，习惯于冷眼看世界。用其钢先生自己的话说，谭盾常考虑“客体”效果，他则注重“主体”感受，因此，其钢的音乐，如《逝去的时光》《孤独者的梦》，抑或《五行》《二黄》等，无论是喧嚣的白昼，还是岑寂的寒夜，听来仿佛一股清流盘桓心间，驱散杂音，抵御严寒，让人在惆怅、忧郁和怀恋中，感受些许人间的温暖。

然而，与其钢先生相处绝非易事。他天性敏感脆弱，喜欢天马行空、独来独往的生活方式，尤其在创作时，更是将自己置于孤独氛围中，任思绪随意飘荡，捕捉梦一样的乐句，因为，对他而言，“音乐是有灵性的，真正的音乐创作，就像从地里长出来的树，如同生命，最终的结果是不可预知的。在写作之前，所知道的只是一种情绪，一种远远的、如烟的感觉……”此时此刻，任何丁点儿干扰，哪怕是晃动的人影、浅浅的低语，都会破坏这位孤独者的梦境。与人交往时，他那沉郁、清高、冷静常会拒人于千里之外，有时他的苛刻甚至到了吹毛求疵的地步。对话者的言谈举止、发型衣着都会对他心理产生微妙影响。

舞剧《大红灯笼高高挂》上演时，因媒体过度关注导演张艺谋而忽视音乐，他脸色陡变，在众目睽睽之下，拍案而起，愤然离席，弄得端坐一旁的张艺谋只得尴尬地发出几声干笑。“一个人如果不维护自己尊严的话，别人也不会尊重你！”时过境迁，谈及此事，音乐家虽然自觉当时行为过于鲁莽，却仍固执地坚持自己的想法。有趣的是，他对飘浮于周遭的那些廉价恭维同样嗤之以鼻，丝毫不留情面。总之，其钢先生大概是我遇见过的最难“伺候”的艺术家了。

不过，一旦说起音乐，他的锐气和锋芒顿时收敛起来，蹙着的眉头也慢慢舒展开来。虽然语调依旧平和，但兴奋之情溢于言表。话题也极富跳跃性，从巴尔扎克、弗洛伊德、巴托克、梅西安，到京昆、二胡、古琴，不一而足。令人匪夷所思的是，我俩初次相识，谈论的主题竟然是女人。或许是受弗洛伊德心理学和巴尔扎克《三十岁的女人》影响，他的《蝶恋花》借由纯洁、羞涩、放荡、敏感、温柔、嫉妒、多愁善感、歇斯底里和情欲等九种情感状态，表现女性主体丰富的侧面。“女人初始状态便是纯洁，遭遇异性才变得羞涩，羞涩之外是潜意识里放荡的激发，紧接着是敏感……最终归结于情欲。但情欲并非世俗意义的肉欲，而是精神层面的东西，譬如魅力、性感、希望等。从中可以体悟女人由含苞欲放、魅惑怀春，直至为情所累、敏感多疑、歇斯底里的成长过程……”没想到，沉默寡言如其钢兄者，聊起女人，居然恣意张扬，口吐莲花，仿佛换了个人似的。“人生就是一面镜子，在女人身上看到自己是很有意思的现象。况且，缺了爱与女人，音乐也就不成其为音乐了。”

“一棵移植于法兰西土壤的中国树”，这是爱乐者对陈其钢的界定。其实，初抵法兰西时，在双重文化的缠斗以及“隔”与“不隔”的纠葛中，音乐家不时陷入迷思与彷徨。幸亏音乐大师梅西安洞若观火，以爱与仁慈，为其扫除迷障。大师问眼前这个素昧平生的中国小伙子何以要成为音乐家。“为人民服务！”陈其钢一时情急，牙缝里竟迸出了这样一句政治术语。大师听罢，不禁莞尔：“大千世界，芸芸众生，各自都有各自的标准，你无法取悦每个个体，也不可能每天按照各种不同标准活着。因此，首先要认识自我，使自己高兴。倘若无法诚实对待自我，真话便无从说起，音乐语言更不会感动对方。”一语点醒梦中人，大师这番真知灼见，如醍醐灌顶，猛击其钢大脑。他意识到，唯有诚实，才是和他人沟通的最佳方式，“哗众取宠的音乐一听便知。遮遮掩掩，莫衷一是，也定然会在音乐语言逻辑上反映出来。”故此，其钢做音乐尊崇内心感受。并且自然而然地将儿时记忆中皮黄的激越、昆腔的悠扬，以及琵琶、筝、二胡旋律的精粹，巧夺天工地嫁接于欧洲文化这棵参天大树之上，游刃有余地穿梭于两个同样古老、优雅的文化群落间。于是乎，我们在那与“宫商角徵羽”有着异曲同工之妙的五声调式现代音乐结构里，听到来自华夏大地古老的回声。

傅聪先生曾感叹中国出不了像巴托克和柯达伊那样的作曲家，而陈其钢却是少数几位有机会登顶的音乐家。不料，一场突如其来的遭遇几乎将他击垮。其钢先生的独生子陈雨黎，一位才华横溢的音乐人，因车祸命陨异国他乡，年仅二十九岁。闻知噩耗，未敢贸然与之通话，只得从微博中感受他无尽的哀伤："分享雨黎最后的快乐和痛苦，对做父母的是不能抗拒的选择。我们带着恐惧、渴望和怜惜入住他最后下榻的酒店，分享带有他体温的露天泳池，眼泪就着美食品尝酒店边的西班牙餐，坐在苏黎世湖边发呆，在他遇难的高速路边一寸一寸地寻找儿子的痕迹。当在草丛中发现了他破碎的眼镜时，如获至宝，心如刀绞……"半年后，其钢先生来沪，我约他往"大可堂"品茗，发现他脸上布满忧伤，人也消瘦了许多，但仍一如既往地从容、矜持，即便说到雨黎，语气也是淡淡的，只是遗憾儿子在世时，父子沟通不够畅达。抿了一口茶，他给我看了一段雨黎童年练琴时遭受父亲训斥的影像。"这些日子时常会在梦里和雨黎相会，看着他可爱的模样，回想着过往生活的美好，不知不觉眼泪便落了下来，直到惊醒。其实，我这个人是不爱哭的，但现在变得特别脆弱，连自己的音乐也听不得。以前坐飞机，每逢气流颠簸，就会紧张，怕出事，但现在却无所顾忌，心想一旦栽下去，倒也好事一桩，一了百了。因为我生命中最宝贵的东西丢失了！"说这话时，其钢先生还勉强挤出一丝苦笑。他说自己如今活着的唯一理由，是要帮助儿子完成未竟的梦想。因为雨黎生前已建立一个高品质电影音乐后期制作室，并拥有广泛的国际网络。"必须要让工作室延续下去，不能因为雨黎的离世而夭折。除了我，没有人可以帮他。"

说实话，我不知道如何劝慰其钢先生，任何语言都是苍白的。所有悲苦和磨难，只能自己独自面对，任何人都无法施以援手。或许，只有音乐和艺术能弥合伤痛，并使这种情感升华。后来在电影《归来》的插曲《相会在昨天》中，当听到“跟着你到天边，相会在如烟的昨天”那略带沧桑惆怅的旋律时，心想，这不仅吟咏陆焉识与冯婉瑜哀婉的爱情，也唱出了其钢先生对雨黎绵绵不尽的思念。他们父子又一次在音乐中深情对话！

江南俞五

大约三十年前，还是高中生的我有幸欣赏了俞振飞、刘斌昆、童芷苓三位艺术大师联袂主演的《金玉奴》。那时俞老近八旬，但他扮演的青年书生莫稽依然风流倜傥、神采飞扬。其中有一场“喝豆汁”的戏可说是精彩绝伦。莫稽饥肠辘辘，忙不迭地将金玉奴手中的一碗豆汁抢夺过来，一饮而尽，随后用手指刮着碗边，再把手指上残留的豆汁吸干，紧接着，又伸长舌头，把碗底舔得干干净净。俞老通过一系列出神入化的表演，把这个落魄江湖的书生刻画得惟妙惟肖。虽然，那时候京剧于我还很陌生，但京剧的博大精深与辉煌灿烂一下子把我吸引住了，我沉醉于那清丽明快的唱腔、婀娜多姿的身段，以及细致入微的表演。

后来，我家搬迁至淮海西路的一幢公寓，不想竟与俞老比邻而居。那时碰巧又看了俞老的另一出戏:《太白醉写》。“忽忆前生事不遥，我虽是谪仙人端不会偷桃。”《太白醉写》是俞振飞先生晚年最钟爱的剧目，也最能体现他那玉树临风的表演风格，印象最深的是，舞台上高力士磨墨完毕，俞老饰演的李白左手端带，右手扬袖，款款迈向书案，满面春风，真有股飘飘欲仙的味道，接着便是醉写《清平乐》词。写第一首“云想衣裳花想容”时，笔走龙蛇，没有丝毫迟疑；写第二首，念到“借问汉宫谁得似”时，李白冲着杨贵妃狂笑一声，而当他发现高力士竟偷偷窥视时，顺手用毛笔笔尖往高力士鼻子狠狠一戳，“你这个奴才也懂这个”，这下，弄得这位大太监窘迫不已；最终，索性躺倒在地，逼迫高力士为他脱靴，看这出戏的感觉如同张岱《陶庵梦忆》所言，“恨不得以法锦包裹，传之不朽。又尝比天上一夜好月与得火候之一杯好茶。只可供一刻消受，令人珍惜之不尽也。”至此，观众也发出会心的微笑。

再过了几年，因程十发先生的缘故，得以与俞振飞先生相识。发老酷嗜昆曲，兴致所至时，常常会忍不住高唱一曲“大江东去浪千叠……”上世纪五十年代，他看了俞振飞《独占花魁》后激动不已：“真是一个活生生的卖油郎，演得神形兼备。”由此，俞老的戏他几乎每出必看，彼此成为挚友。俞老九十大寿邀诸友小酌，赴宴者均携带礼物以示祝贺，唯独程先生空手而至。众人有些迷惑不解，程先生似乎看穿了大家的心思，说：“俞老乃京昆泰斗，如果就这样送一幅给他的话，未免太一般了。今天我要送俞老一份特别的礼物：和俞老合作一幅画。”话音刚落，大家拍手叫绝。俞老早年师从陆廉夫、冯超然习画，后又得张大壮指点，自然也是调研丹青的高手。于是，大家伙忙着铺好宣纸，俞老开笔，只见他寥寥数笔，一株飘香的幽兰跃然纸上，简括冼练，十分老到。随后程先生不假思索，在兰花上方画了只五彩缤纷的蝴蝶，并题“蝶恋花”。程先生说：“我毕生喜欢昆曲，昆曲犹如兰花，我就好比那只蝴蝶，将永远恋着昆曲这朵清香四溢的幽兰。”一席话令四座皆叹，掌声响起。

正是打着发老这面大旗，我才有机会和俞振飞先生亲近，并不时当面请益。而俞老也全无大师架子，对我这个鲁莽后生有问必答。

人们常说，俞振飞先生在舞台上一个身段，一个眼神，一颦一笑，都有一种独特的神韵，充满着浓浓的书卷气，超凡脱俗，如在《跪池》这出昆曲有名的“惧内”戏中，俞老没有脸谱化地去表现“惧内”，而是将那种“怕”升华成“爱之愈深，惧之愈切”的双重情绪，既风趣又典雅。俞老告诉我，艺术这玩意儿是要靠“熏”的，他说，父亲在他五十多岁时才有了他这个宝贝儿子，但出生不久，母亲就去世了，父亲舍不得把这根独苗交给他人，执意自己来照看。每当他晚上啼哭时，父亲便一面轻轻拍打，一面哼起了昆曲，而反复咏唱的就是《邯郸记 · 三醉》中那支《红绣鞋》。所以，俞振飞六岁就能将那支《红绣鞋》唱得丝毫不差。稍长，除了读“四书五经”外，父亲还让他学习书法，而且要从“北碑”入手，从《张迁碑》《礼器碑》，到《张猛龙碑》《龙门造像二十品》等，他都一一临写，但倒偏偏喜欢帖，尤其是董其昌、赵孟頫那秀丽飘逸的行书，这或许和他与生俱来的艺术家浪漫气息有关。到了十四岁，俞振飞拜陆廉夫为师学画，后又拜在冯超然门下。俞粟庐一度还想让儿子走职业画家的路子。而冯超然确实也发现俞振飞能妙悟丹青，但他认为俞氏演剧天赋更高，“粟庐先生嘱我教振飞学画，我应不负重托，但我以振飞天赋而论，若从事演剧事业，无疑将成为第一流之演员。”俞振飞的《千忠戮·惨目》有这样几句唱词：“收拾起大地山河一担装，四大皆空。历尽了渺渺程途，漠漠平林，垒垒高山，滚滚长江……”听到“历经了渺渺程途”，便会联想起这位艺术家发愤苦学的刻苦精神。也是有了这样的文化积累，使得俞振飞的表演就如同国画一般，体现出线条、气韵和意境的三位一体，达到一种前所未有的唯美境界，成为京昆舞台上的神品、妙品、逸品。俞振飞先生一生引以为自豪的是与梅兰芳和程砚秋两位艺术大师水乳交融的合作。

“转过这芍药栏前，紧靠着湖山石边，我和你手相携，行并肩……是哪处曾相见？”一曲《游园惊梦》订下了俞振飞与梅兰芳、程砚秋的终身之交。先说程砚秋。上世纪二十年代初，俞振飞以票友身份和程砚秋合唱《游园惊梦》大获成功，罗瘿公称俞、程合作乃“绛树双声”，使他“感日月合璧之快”，这让程砚秋大为兴奋。而当时他正致力于排演一些新编的才子佳子戏，这样小生的位置就相当重要，但又苦于一时找不到合适的人选，于是就把目光投向了俞振飞。但俞粟庐认为“皮黄”毕竟属于“乱弹”，只有“雅部”的昆剧才可称得上真正的艺术，坚决不允。直到父亲去世后，俞振飞才在程砚秋的力劝下正式“下海”。后来也的确证明，俞振飞的加盟对程砚秋的艺术发展起到了推波助澜的作用。因为俞振飞将昆剧小生的书卷气，以及优美细腻的身段和表演融化到了京剧之中。

说来也巧，俞振飞和梅兰芳首度合作，唱的也是《游园惊梦》，那是一九三三年的事。那时，梅兰芳早已是名震四海的名角儿了，而俞振飞的身份仍是“票友”。但梅先生纡尊降贵、虚心讨教，还向俞振飞学了多折昆曲。那次演出，俞振飞开始时免不了有些紧张和顾虑，但梅先生出神入化的表演很快消除了俞振飞的陌生感。抗战胜利，蓄须明志告别舞台八年的梅兰芳准备重出江湖。但他痛苦地发现，自己居然连“叭叭调”也唱不下去了，为此忧心忡忡。于是俞振飞鼓励他试试唱唱昆曲。在俞振飞的吹奏下，梅兰芳唱了一曲《游园惊梦》，果然婉转甜润、毫无破绽，两人都为此兴奋不已，当即决定贴演《游园惊梦》以及《琴挑》《断桥》《奇双会》等。结果，那天的演出大为轰动，梅、俞两位大师也许不会想到，那天的《游园惊梦》也打动了观众席上一位少年的心，并且在他的灵魂中植入了一颗艺术的种子。日后，他成为一代文学大师，还以《游园惊梦》为题创作了一篇传世佳作，晚年更是成为“昆曲义工”，制作了全本《牡丹亭》，并为昆曲的弘扬与发展四处奔走，那个人便是白先勇。当然，这是后话。

有意思的是，从一九三三年梅、俞结缘开始，一直到一九六一年梅兰芳谢世，前后二十八年间，他们首次演出的是《游园惊梦》，最后一次合作竟也是《游园惊梦》，那是一九五五年，他们又拍摄了同名昆曲电影。晚年的俞振飞常常感叹自己和梅先生那丝丝入扣、水乳交融的表演。他还特别提到《惊梦》“转过这芍药栏前，紧靠着湖山石边”两句唱词里，有杜、柳两人“合扇”的动作（即两个人表演同样的动作），“当我右手拈他左腕，向左右而指，脚底下左右移步的时候，每次我都感觉到他有一种灵敏的反应，能够在一瞬间区别‘合扇’对方身上每个部位的感觉，极迅速地调整自己身上的劲头与之相适应。”

除《游园惊梦》外，梅、俞二人的《断桥》也堪称千古绝唱：其中有一场戏，就是许仙跪倒在白娘子面前请求原谅时，白娘子既气又爱，叫了一声“冤家呀”。有次演出时，俞振飞跪得离梅兰芳近了些，结果梅先生一指，竟戳到俞的额头，俞冷不防往后一仰，梅见状赶紧双手向前搀扶，但感许仙实在太过负心，还是应该不予理睬，便又轻轻一推。就这样，一戳，一仰，一扶，一推，一气呵成，细腻传神地传达了许仙、白素贞小两口的浓浓爱意。后来的演员，但凡是要演《断桥》，都是照着这个路子演的。因此，梅兰芳在《舞台生活四十年》中曾动情地说：“俞腔的优点，是比较细腻生动清晰悦耳。如果配上优美的动作和表情，会有说不出的和谐和舒适。”

在俞振飞先生晚年，我曾两次和他做简短采访。一次是为东亚运动会募款，那天他清唱了一段《春闺门》。为了怕记不住词，还特意将唱词抄在一张纸上，由李蔷华老师给他拿着，他还不无风趣地用苏州话说：“弗好意思，年纪实在忒大了，唱昆曲么，呒拨问题，因为是童子功；唱京剧么，稍微要推板点。”还有一次是《星期戏曲广播会》两百期纪念演出，大轴便是俞振飞和张君秋清唱《贩马记》“写状”一段，这出戏两位大师不知已演过多少回，但演出前他们不断排练，直至满意为止。要知道，那时候前辈京昆艺术大师大多魂归道山，俞、张二人堪称鲁殿灵光、仅存硕果，所以即便是清唱，观众也有着极大的期待。当我和程老先生搀扶着俞振飞、张君秋上台时，场子里简直炸开了锅。虽然两位老人已是耄耋之年，但仍中气十足，而且越唱越来劲。一段唱完之后，观众仍觉不过瘾，眼看着实在无法收唱，君秋先生又加唱一段《苏三起解》。由于那天是现场直播，规定的时间又快要到了，工作人员急得团团转，但观众的热情使得广播电台只得延长直播。这在过去的广播节目中是少有的。

“……皤然今已暮，自画乌丝，检点平生宫徵。翘首望寥天，新曙湖山，人间世欣欣如此！为管领春，光有东风，更金缕铜琶，舒喉花底。”俞振飞先生这首词可以说是其晚年心境的写照。如今，当他得知昆曲艺术后继有人，更被联合国定为“人类口头及非物质遗产”，这位江南俞五定会发出他那招牌式的笑声，也会唱起孩提时父亲为他唱的摇篮曲《红绣鞋》：“趁江乡落霞孤鹜，弄潇湘云影苍梧。残暮雨，响菰蒲。晴岚山市语，烟水捕鱼图。把世人心闲看取……”

此情可待成追忆
——俞振飞爱恋片断

一代京昆艺术大师俞振飞先生以其玉树临风、丰神潇洒的气质，令无数戏迷为之心醉神迷。在舞台上，书卷气十足的俞振飞演过多少才子佳人的戏码；然而，生活中的他于爱情、婚姻，几乎一生蹉跎，直到晚年，才真正找到爱的归宿。

俞振飞自幼随父亲俞粟庐学习昆曲，深得俞氏昆曲正宗唱腔真谛。与俞振飞同样有着艺术天赋的则是俞粟庐的门生、上海慎昌洋行经理谢绳祖。俞老夫子对他俩一直寄予厚望，疼爱有加。他曾在一封信中说道："此次在沪上，专与诸友谈唱曲出口、转腔、歇气、取气诸法，知者寥寥。振儿及绳祖能明白此中之理，为诸人之冠。"俞振飞迁居上海后，谢绳祖的妹妹谢佩贞（谢五小姐）随俞振飞学曲。没过多久，他们又共同拜在名画家冯超然门下，研习丹青。日久天长，耳鬓厮磨，俞、谢二人互生情愫。但两人的恋情却遭到谢母的竭力反对。因为谢家不愿让自家的千金小姐下嫁给一个"唱戏的"。当时，冯超然的表妹范品珍尚待字闺中。于是，谢母便委托冯超然向俞粟庐提亲，让俞振飞彻底断了娶谢五小姐的念头。冯超然不愿回绝朋友之托，也从不曾有过看轻"唱戏的"的思想，便慨然应允。俞粟庐是老来得子，五十五岁才有了宝贝儿子，自然抱孙心切，再加上他与冯超然是多年好友，因此对俞振飞与范品珍的婚事非常满意，当即定下良辰吉日。父命难违，痛苦万分的俞振飞只得与一个素不相识的女人步入婚姻。婚后，范品珍一味沉迷于麻将，对昆曲毫无兴趣。俞振飞在绝望中只得离开苏州，回到上海，将全部精力投身于昆曲事业中。

婚后第三年，俞振飞在上海的友人家邂逅一位也叫“佩贞”的姑娘，此人姓陆，活泼伶俐，冰雪聪明，两人一见钟情。由于无法与原配范氏离婚，经父亲同意，俞振飞将陆佩贞纳为二房。刚和俞振飞育有一子的范氏如何咽得下这口气，常常借故寻衅闹事，甚至与陆佩贞发生肢体冲突。陆氏为此一直闷闷不乐。而那时俞振飞又正好失业，日子难以为继。于是，陆佩贞和俞振飞在复兴公园演了一出《连环记 · 小宴》后竟不辞而别。俞振飞又遭致命一击！幸好有昆曲作为精神支撑，他才慢慢平复心绪。

从一九三二年起，俞振飞相继和梅兰芳、程砚秋合作，名声大振，特别是应程砚秋之邀，正式下海，横跨京昆，完成了从票友到专业演员的巨大人生转折。那段时间的俞振飞真可谓春风得意。不料，有一天，他和程砚秋演出结束，与之分居多年的范品珍突然带着儿子闯到后台，大吵大闹，弄得俞振飞尴尬不已。一向懦弱的俞振飞忍无可忍，毅然决定与范品珍一刀两断。范品珍倒也毫不含糊，提出要俞振飞支付四千元离婚赔偿费。当时俞演出一场大约八十元，这四千元对他来说是个天文数字。俞振飞犹豫了，但转念一想，这样的日子何时是个尽头，于是由程砚秋出面担保，双方律师谈妥离婚条件。俞振飞为此背了一身债。

其实，范品珍也是封建包办婚姻的祭品，她的遭遇也值得同情。失去了丈夫，一个妇道人家又如何能独立支持自己的生活呢？果然，没过几年，不善持家的范品珍就变得一贫如洗。听说俞振飞和周传瑛到杭州演出，她的身影又一次出现在了剧场后台。此时的范品珍已是蓬头垢面、目光呆滞，与乞丐无异。一日夫妻百日恩，见到原配这副模样，俞振飞不免感到心酸，顺手塞给她二百元。此后，范品珍就如同人间蒸发一般，再也没有露过面。而她与俞振飞所生的独生子也在教养所被一场肺炎夺走了生命，年仅十五岁。

与俞振飞情投意合的谢佩贞在父母力劝下，下嫁一位有钱的绅士，终日郁郁寡欢，不愿与丈夫同房。最终，夫妻俩也以离婚了结。谢佩贞回到上海后一人独居，发誓终身不嫁，随冯超然潜心学画，并以教唱“俞派昆曲”谋生。俞振飞六十寿辰时，这位谢五小姐还精心绘制了一帧扇面，表达对昔日恋人的怀恋。到了“文革”时期，俞振飞孤苦伶仃，生病住院更是无人照料。闻讯后，比俞振飞还年长三岁的谢佩贞亲手煮了咖啡，带着点心去医院探视，给寂寞困苦中的俞振飞带去了些许温暖。只是不知道，他俩为何终究未能走到一起。

再说俞振飞，和范品珍离婚不久，他在北平王瑶卿家中与王门中一位叫黄蔓耘的票友弟子不期而遇，黄的丈夫出身官宦，家境殷实，两人育有一女，因感情不和，早已分居，但给黄氏留下大量房产。而俞振飞那时在北平正好居无定所，便住到了黄蔓耘那里。黄蔓耘性格开朗，画画、京剧、跳舞、烹饪样样精通。自从俞振飞入住后，黄蔓耘精心料理俞振飞饮食起居，还为他亲手绘制了唱戏的褶子。俞振飞第一次真正感受到家庭般的温暖。正当他们憧憬着美好未来时，一位神秘女子的出现，差点毁了这段恋情。这个神秘女子正是当年离家出走的陆佩贞。原来，陆佩贞离开俞振飞后遇人不淑，和一个流氓结婚，生活也还算安稳。可好景不长，那个流氓喜新厌旧，最终把她给蹬了。生活无着的她，只得沦落为烟花女子。经历了这番人生巨变，陆佩贞觉得还是俞振飞最疼爱她，只是当时自己一时糊涂，误入歧途。无数个夜晚，她在梦中都会见到俊朗洒脱的俞振飞。因此，她想尽一切办法找到俞振飞，希望与他重修旧好。此时的俞振飞陷入了两难境地，因为俞振飞的心里是一直牵挂着陆佩贞的。但如果接纳了陆佩贞，就有负于黄蔓耘的一片痴情。经过激烈的思想斗争，俞振飞最终还是选择了黄蔓耘。陆佩贞只得带着悲哀默默离去。后来，陆佩贞为谋生又远赴香港。临行前，还约俞振飞在复兴公园见了最后一面，从此了无音信。

俞振飞与黄蔓耘共同生活的二十多年，始终琴瑟和鸣，举案齐眉。他们还常常一块儿唱戏,《贩马记》，一个演赵宠，一个演李桂枝;《太白醉写》，一个演李太白，一个演杨贵妃。可惜，天不假年，一九五六年，黄蔓耘因肺癌去世，俞振飞几乎被击垮，他写了一副长长的挽联。如杜鹃啼血，声声肠断，读来令人心碎：

抛汝父汝弟汝女，溜滞在南，千里外偕吾重返故乡，岂惟同志，又且同心，始终鼓励吾支持吾，共好文艺戏剧而奋斗，长恨中途分比翼。

伤吾母吾姊吾儿，淹缠于肺，两月来享汝如登覆辙，敦信斯人，乃撄斯疾，今后痛哭汝想念汝，继将钻研锻炼的精神，完成遗愿慰幽灵。

黄蔓耘去世后不久，言慧珠便闯入了俞振飞的生活。言慧珠是当年“四大须生”之一言菊朋的爱女，又深得梅兰芳、福芝芳宠爱。言慧珠扮相漂亮，嗓音宽亮，能唱会演。同时也涉足电影、话剧。故而受到很多知识分子和大学生的追捧。她个性热烈多情，泼辣刚烈，敢爱敢恨。当年她和电影明星白云的绯闻在上海滩传得沸沸扬扬。乔奇先生告诉我，他也曾与言慧珠有过一段恋情。只是言慧珠实在太过多情，让他无法忍受。言慧珠之所以盯上俞振飞，其实是为了演戏。当时上海京剧院已有童芷苓、李玉茹两位头牌花旦，素来视戏如命的言慧珠竟然被剥夺了上台的机会，这让她十分苦恼。因此，她心里琢磨，若能和俞振飞配戏，那机会终会来临。但她和俞振飞的性格相去甚远。据老报人许寅回忆：

一九五九年底，俞、言陪同梅兰芳大师拍《游园惊梦》时住在前门饭店。我因母病在京，专程前往照料。岂料我第一次到前门饭店，振飞就要我与他同住。他的学生丁宝苔更没等我回答，就请服务员加了一张床，还偷偷地同我咬了一句耳朵：

“许叔叔，你来得正好，先生实在吃不消了！”……住了几天，记者才懂得个中缘由；两位校长，男的天天睡不醒，女的天天睡不着。睡不着就要找隔壁邻居聊天，一聊就没完没了——分明内中有“蹊跷”！

许寅先生为人正直、率真，直截了当地对俞振飞说：“你们只能在台上拜堂不能在台下成亲。否则，后患无穷。”俞振飞脸上也露出一脸无奈。言慧珠闻讯后，大声叱责许寅阻挠她与俞振飞的婚事。许寅毫不示弱，反唇相讥道：“你要他，无非是要他替你当配角、抬轿子，双方什么爱情也没有！强扭的瓜甜不了！”或许那时的俞振飞一直处于失去黄蔓耘的孤独之中，或许是他经受不了言慧珠的绵密攻势和甜言蜜语，尽管心中忐忑不安，但还是屈服了。果然，新婚当晚他俩就不欢而散。按唐葆祥《俞振飞传》所述，到青岛度蜜月时，向来我行我素的言慧珠又与一位电影演员冯某暗通款曲，但言之子言清卿在《粉墨人生妆尽泪》一书中却矢口否认。俞振飞曾说，如果没有“文化大革命”，等待他们的也只有离婚这一条路。后来，在“文革”中，言慧珠不堪“红卫兵”凌辱，悬梁自尽了……

十年浩劫结束后，俞振飞已是年逾古稀的老人了，茕茕孑立，形影相吊。看到老师这副模样，俞振飞的学生们心里都不是滋味，但也觉得使不上力。幸亏俞振飞的学生薛正康灵机一动，想到了刚刚离异的武汉京剧团名旦李蔷华。俞振飞曾与李蔷华在上世纪四十年代合演过《铁弓缘》，梅兰芳、俞振飞上世纪六十年代在北京中国戏曲学院主讲《游园惊梦》和《奇双会》

时，李蔷华作为学生仔细聆听，彼此交往甚多。李蔷华老师曾对我说："我是个演员，但也是戏迷，我就爱看俞先生的戏。在台下看他演出，心里总会生出几分爱慕之意。"因此，当她了解了俞振飞的状况，欣然答应，但俞、李二人都是公众人物，容易引人关注。为避人耳目，俞振飞和李蔷华分别从上海、武汉南下广州约会。在广州东方饭店，七十七岁高龄的俞振飞如同二八少年，羞涩地将一颗糖塞进了李蔷华的嘴里，动情地说："这事算成功了，只是太委屈你了！"这对相差二十七岁的恋人用真心创造了一个爱的神话。

婚后，李蔷华对俞振飞细心照料，无微不至。我和俞老那时同住一个大院，常常看见李蔷华老师陪着俞老散步。每次出门上车时，她总是抢先一步，把手放在车檐上，免得俞老撞着头。每天清晨，她带着保姆一起上菜场，精心挑选俞老最爱吃的东西，到了晚上，她先将俞老服侍上床，自己则要忙到凌晨一二点钟才就寝。俞振飞先生入院手术后，李蔷华老师时刻守护在俞老身边，累得梅尼埃病屡屡发作，但她无怨无悔。李蔷华刚和俞老结婚时，红光满面，皮肤白皙，但俞老生病那段时间，她变得苍老衰弱。但她嘴里总挂着那样一句话："只要俞老好起来，其他都无所谓。"

俞振飞先生一生在事业上基本一帆风顺，但在爱情婚姻的航行中却多次触礁，直到与李蔷华老师结合，他才找到一个温暖的港湾。蔷华老师既是他生活上的伴侣，更是艺术上的知音。我看过他们合演的《贩马记》，一招一式、一字一句都充满着浓浓爱意。“但得夕阳无限好，何须惆怅到黄昏”，俞振飞晚年开出的这朵爱情之花，为他九十二年人生画上了完美的句号。

因为有了爱的滋润，俞派艺术更是薪火相传，绵延不绝！

男孩蔡

如果让侯孝贤和蔡国强站在一起，恐怕很多人会误认为他俩是“孪生”兄弟，同样的寸头，同样有着饱经沧桑的脸庞，仿佛罗中立笔下那经历风雨侵蚀的老农。所不同的是，侯孝贤素来不修边幅，落拓不羁；蔡国强则一律名牌装束，只是不易看出而已，属于“低调奢华”。因此，从某种程度上说，蔡国强更像“农民”。后来，他策划《农民达·芬奇》，便也不足为怪。

最早知道蔡国强名字是因为二〇〇一年“APEC”会议焰火晚会。蔡是焰火总设计，我担任现场解说。当晚，外滩沿江数十幢高楼宛如钢琴琴键，五彩斑斓的焰火随着贝多芬《第九交响曲》的旋律，在“琴键”上不断跳跃，此起彼伏。音乐接近尾声时，两千零一个巨大红灯笼缓缓飘荡于黄浦江上空，蔚为壮观。因身临其境，虽有台本作为依据，但面对美轮美奂的焰火图景，仍无法抑制内心涌动的激情与感怀，大脑就像小宇宙爆发一般，诸多话语好像未经思考便喷薄而出。那是我职业生涯难得的一次体验，同时，也头一回领略蔡氏焰火艺术的魅力。

二〇一〇年世博会期间的《农民达·芬奇》展览让我看到了另一个蔡国强。展览会主体并非蔡氏本人作品，而是他历年从全国各地搜集来的农民设计的潜艇、飞碟、飞机和机器人等。

其创意灵感源自一位名叫李玉明的湖北农民。他创造的潜水艇完全是鱼的模样，船体后部有可上下左右转动的尾巴，造型别致，船身还画有拙朴的眼睛和嘴巴，并标出潜水深度的数字。乍一看，俨然是一件当代艺术作品。这令思维敏锐的蔡国强眼前一亮。于是，他毅然踏上收集农民发明物的旅程。几年下来，李玉明的潜水艇、杜文达的飞碟、曹正书的飞机、吴玉禄的机器人，陆续收入蔡的囊中。农民发明家追求梦想的勇气以及卓越的想象力，感动着这位久居海外的艺术家，因为他始终坚信“艺术是人类想象力的实验室，而且是最安全的实验室。唯其如此，才是真实的，有力量的，方能引起理解与共鸣。”当他着手准备以农民及其创造物为主题做展览时，突然想起达·芬奇设计的飞机其实也从未飞上过天，便异想天开地将“农民”和“达·芬奇”两个看似风马牛不相及的概念结合起来。《农民达·芬奇》由此应运而生。展览会开幕前夕，蔡亲自陪我参观他的那些宝贝。进入展厅一楼，最触目惊心的是山东农民谭成年的飞机残骸。生性浪漫的谭成年曾邀请太太乘坐他设计的飞机翱翔蓝天，以此作为生日礼物送给心上人。但没过多久，却在另一次飞行中坠机而亡。蔡千方百计收集到发动机残骸、方向仪、调控器及部分电线，将其如同陨石一般悬吊于空中，旁边则有两块大理石，分别是谭的故事与肖像。这个装置既是农民冒险家的纪念碑，也提醒人们，开拓美好生活的梦想绝非充满理想色彩的乌托邦，有时需要付出惨痛的生命代价。登至二楼，吴玉禄的机器人神气活现地闲庭信步，并不时与参观者互动。李玉明的潜艇和另外几架飞机被置于一个芳草萋萋、鸟语花香的空间，富有童话般的诗意。更令人匪夷所思的是，擅长做潜艇的陶相礼竟然现场制作“航空母舰”，舰艇内放映史诗纪录片《我们的世纪》。行进途中，蔡常常用带有闽南口音的普通话喃喃自语:《农民达 · 芬奇》既凸显中国农民的探究精神以及他们的艰辛、不屈不挠的抗争，也可看出他本人作为艺术家的好奇心和开拓性，因为他一直觉得自己与农民有着千丝万缕的联系。“我的故乡泉州长年保持乡镇风貌。我家住在城墙和环城河内，城外就是农村。小时候常在城墙上与城外农村孩子打架、扔石头，也在河里与他们游泳、钓鱼。我到成年仍视自己为他们中的一分子。所以，我收集农民创作物实际上是收藏他们的梦想，从中我能看到自己。我是这片土地的孩子，我本来就是农民的儿子——不，我就是一个农民。”

两年后的初春时节，蔡国强邀我专程赴杭州，现场观摩“炸”西湖。那日，西湖人头攒动，湖波荡漾，风拂杨柳，加上天气略有阴沉，天空不时飘洒儿滴细雨，环顾四周，更觉层峦叠嶂，云烟朦胧，意蕴无穷。西湖中央矗立起一巨大平台，只见蔡身着橘黄色毛衣，看似悠闲地漫步于一块巨大的白色丝绸上，就像中医抓草药那样，将十数种不同火药撒于各个局部。下午四点钟光景，随着一阵类似鞭炮声响在耳边响起，平台冒起一股白烟，些许淡淡焰火味呛入鼻中。转瞬间，一幅意境悠远、岁月斑驳的“西湖梦痕图”赫然出现于眼前。登上平台，随蔡绕着画幅慢慢前行，我问他，之所以用火药创作，是否与个人禀性及成长环境有关？蔡并不否认："泉州封山娶亲都会用到大量鞭炮，邻居孕妇生孩子也放鞭炮，若鞭炮声响彻云霄，经久不息，就是生男孩；响声稍微弱一点，便是生女孩。火药就好比 message。从个性上讲，我做事向来胆小、谨慎、理性，做作品放不开。所以必须找到一个具有破坏性的媒介。于是，便想到童年时代常玩的火药，因为它有偶然的不可预测性。"不过，蔡最初在自家院落进行火药实验时，并未想到火药燃烧的归属究竟如何。结果，他奶奶一看到火苗，连忙用脚垫将火扑灭。至此，他才恍然大悟，点火与灭火貌似悖论，却是矛盾的不同侧面。火药除燃放外，压与收是必不可少的程序。火药的奇妙之处就在于控制与反控制。被控制下的硝烟所形成的烟熏肌理，激发了蔡的灵感，撩拨起他的少年情怀，开始以一颗纯真的童心，借助火药与世界沟通。也因为如此，他常常以"男孩蔡"自诩，"我们在大千世界慢慢成熟，面对这个世界的种种问题，慢慢现实起来，但艺术使我留住童年对世界的憧憬，维系起当艺术家的梦想和热情，及小小的野心。"

蔡充满童真的好奇心和开拓性引领他进入自由创作空间，随心所欲抒发情感，表达对世界的看法，如《马可·波罗遗忘的东西》，将中药分成水、木、金、火、土五种处方，用自动贩售机销售；《草船借箭》中，插满利箭的破船，让人既享受累累硕果的丰收，又哀戚饱受暴力的伤痛；《龙来了，狼来了——成吉思汗的方舟》运用黄河渡口上的羊皮筏与丰田汽车发动机相结合，隐喻东西方文化冲突。有时，他干脆和孩子们共同创作，如《空中的人、鹰与眼睛：为埃及锡瓦作的风筝计划》就是和当地六百名小学生一起用彩色颜料画了三百个大风筝，然后在撒哈拉沙漠里的绿洲中，将风筝送上蓝天，任其摇曳飘荡……总之，“男孩蔡”视创作为一场儿童的嬉戏、玩耍，无所谓成功或失败，只会在戏耍中寻找到新的亮点。

纽约蔡的寓所，我发现其小女儿房门两边贴满多张素描作品。原来“男孩蔡”与女儿约定每年为对方画一幅肖像，父女以这种艺术方式相互沟通。那日，小女儿忽然在家用手机将“男孩蔡”召唤至她屋里，和父亲进行了一场郑重其事的对话。女儿说，班里有个同学成绩不佳，却有绘画天赋，询问父亲是否可以提供帮助，如同小学生般端坐于一张方凳之上的“男孩蔡”丝毫不敢随意敷衍，满口答应女儿请求，但提议同样是画家的妈妈和姐姐可否一同参与，因为自己或许因工作无法保证授课时间。得到女儿首肯，“男孩蔡”如释重负。后来，他解释说，世界上没有比纯真童心更值得尊敬的了。这恐怕也是他创作的原点和动力。

关于蔡国强的艺术创作，陈丹青如此评述：“他尚未学会以知识分子腔调谈论自己和他的作品，显然他也不想学会……每当他试图像西方人那样创作时，他的作品并不十分有趣。一旦他像‘农民’，或简直像男孩般‘异想天开’时，他的创作令我惊喜。”

陈丹青不愧为陈丹青，一语中的。举凡真正大艺术家如马蒂斯、齐白石者皆毕生童心不泯，此所谓赤子之心也。

上帝的宠儿

“汉语拼音之父”周有光先生青年时代在美国银行供职，常往普林斯顿大学陪大科学家爱因斯坦闲聊，以解其孤独寂寞之苦。有光先生告诉我，印象中爱因斯坦远非人们想象的高冷，相反，倒是一派谦和，且衣着随意，袖口和肘部有多处磨损，但对话内容早已不复记忆。用老人的话讲：“谈话仅限于生活琐事，毫无学术价值可言。”不过，他也承认，与历史伟人倾心交谈，不管所涉主题为何，于自身终究是一种濡养。由此想到，十年前与歌王帕瓦罗蒂虽只是擦肩而过，短暂交流，但他那谐趣的话语、天籁的声音、浪漫的情怀，仿佛波尔多红酒，随着时间流逝，愈加醇厚，芳香久久挥之不去……

二〇〇五年岁末，帕瓦罗蒂冒着蒙蒙细雨来到上海举办告别演唱会。作为古典音乐界一代传奇，他是《波希米亚人》之诗人鲁道夫，《阿依达》之名将拉达梅斯，《托斯卡》之画家卡瓦拉多西，也是《弄臣》之公爵曼图瓦，《爱之甘醇》之乡村少年莫里诺。他堪称上帝的宠儿，有一副被“上帝亲吻”过的嗓音，那金属般的高音纯净圆润，声震裂帛，强烈的胸腔共鸣甚至令水杯发颤。不想，出现于眼前的歌王满脸憔悴，消瘦乏力。因膝关节和髋关节手术，庞大的身躯显得步履蹒跚。他双手搭在两个助手肩上艰难前行，与过往电视里神采飞扬的形象判若两人。事先早已知晓大师身体抱恙，经纪人也特别关照他座椅前要放置一大圆桌，旁边还要配备两把高背椅，以便他疲惫时可随时有所依靠。还有，圆桌上的监视器亦不可缺。据说，老帕十分注重自身形象，还常自嘲：“有时，我痛恨自己在别人眼中的模样，照镜子时，会对着自己嚷道‘噢，我的天哪’，所以我对自己在镜头里的模样很在乎。”那日，歌王身着宽松深藏青亚麻布衬衣，脖子上围一条色泽鲜艳的丝质围巾，并戴一顶淡奶黄色巴拿马草帽，镜头效果甚佳，但其形象设计师仍不停调整摄影机与灯光位置，直至老帕满意为止。在机器调整过程中，他不断为迟到而致歉。因为要与乐队排练，采访比预定时间延后约三小时。其实，我知道，老帕每逢演出总是如履薄冰，战战兢兢，生怕出现哪怕丁点儿差池。或许，当年斯卡拉大剧院被嘘事件对他产生某种心理阴影。他曾在自传中说：“我一向喜欢保留充裕的时间来慢慢化妆与穿衣服，因为令人紧张的事情已经够了，我不想再仓促粉墨登场，火上加油地平添紧张气氛。”所以，我安抚大师没有必要介怀，但他仍颇为自责地絮絮叨叨：“我从来不是个喜欢迟到的人。”

和“高音C之王”做采访，话题自然由“高音”切入。因为，人们通常对男高音的判定在于他是否能唱“高音C”，但帕瓦罗蒂断然否认，“高音C固然是歌者演唱时某种接近动物般狂野的冲动，是一种激情澎湃的状态，但它事实上只是一种习惯，就像单纯的运动竞技一样，只要接受训练，应该不会有问题。

对我来说，高音C在很多歌剧中并不是困难的部分。这不是说高音不存在危险，因为在声音的上半音域当中，往往危机四伏。然而，有时要将高音以外部分唱好，恰恰更加困难。”老帕以卡鲁索为例，“卡鲁索说过，歌者最重要的素质是记忆，也就是说，大脑要像电脑那样，记住每时每刻即将发生的事。然后，要有音乐才能，拥有自己独特的唱法，个人对生活要有见解，还要充满积极乐观的心态。就像斯苔芳诺那样，声音优雅，没有半点矫揉造作，演唱激动人心。很显然，光有一副好嗓子，是成不了一个好的歌唱家。说到高音C，我至少可以说出十个唱不上高音C的优秀歌唱家的。”

至于歌者与指挥的合作，帕瓦罗蒂最难忘的莫过于卡拉扬。老帕童年伙伴、女高音歌唱家弗蕾妮深受卡拉扬青睐，正是因为这层关系，一九六八年，卡拉扬选用帕瓦罗蒂与弗蕾妮在《波希米亚人》分饰鲁道夫与咪咪，演出大获成功，成就了歌剧史上的一对“金童玉女”。歌王从此将《波希米亚人》视作幸运之神，所到之处，无论是纽约、巴黎、旧金山，抑或米兰、哥本哈根，他总是首选《波希米亚人》。在老帕看来，与卡拉扬的合作就如同注入荷尔蒙般幸福，“卡拉扬就像舒马赫。舒马赫率领法拉利车队去实现伟大梦想，而非附属于法拉利车队，被牵着鼻子走。舒马赫赛车时身负全队希望，但同时又是自由的。这便是成功的奥秘所在，卡拉扬同样如此！”歌王如是说。

虽然早知道，“体重”向来是老帕“禁忌”的话题，但采访临近尾声，仍忍不住“冒险”挑战，询问其“瘦身”秘诀。歌王听完问题，拿起桌上的马克杯，喝了口水，用手指着我，露出狡黠的微笑，“哈哈，你居然敢问这个问题。要知道，我虽然并非减肥狂，但还是经常称体重，检验瘦身成果。当然瘦身关键还在于饮食。所以我来中国最担忧找不到控制体重所需要的新鲜蔬菜和水果，而中国菜又实在太好吃，容易导致发胖。这才是我最大的顾忌。”说话间，老帕忽然对马克杯上黄永玉先生为我绘制的“孙尚香”像产生兴趣，仔细端详，反复把玩。听我讲述刘备与孙尚香的故事，老帕回忆起一九八六年访问北京欣赏《霸王别姬》时的情景。那日，歌王童心萌发，竟要求装扮成西楚霸王项羽模样，还即兴表演一段类似意大利“数来宝”的玩意儿，惹得众人狂笑不止。他在自传中也专门记录了那次难忘经历，“我的脸被涂上黑白相间的油彩，头上还顶着头套，看起来简直像是图兰朵公主。”想必老帕深爱京剧，爱屋及乌，竟对眼前这只普通马克杯爱不释手，并将杯子递给我，用略带羞涩的语气问道，“可否签个名，送给我留作纪念！”听闻此言，不禁诚惶诚恐，恭恭敬敬写上“敬赠帕瓦罗蒂先生”字样，歌王这才露出满意的神情。

与歌王的采访仅仅半小时，匆匆间自然无法完整勾勒其艺术与人生，也如有光先生所言，“毫无学术价值”。即便如此，那样的闲谈仍留下难以磨灭的印迹。

二○○六年九月六日，帕瓦罗蒂，这位上帝的宠儿，沐浴着第一缕阳光，从家乡摩德纳走向极乐世界。而我正在数百公里之外的维也纳，默默地向着远方行注目礼，耳边回荡着歌王留给世人最后的话语："我希望人们把我当作一部歌剧里的男高音记住我，或者说是一种艺术形式的代表，这个代表性的人物在我的国家中找到了他最好的表达方式。另外，我希望我对歌剧的热爱能成为我生命能留下的最重要的部分和最永恒的章节……"

“女巫”小野洋子

二〇〇八年隆冬，上海一家艺术中心门口，突然出现数十口长着冬青树的“棺材”，气氛诡异而安详。是谁搬来？又为谁而置？人们期待答案。夜晚，众人冒雨涌入这个充满问号的地方，与其说来看艺术作品，不如说来见识一个传说中的传奇女子。她是摇滚巨星约翰·列侬的遗孀，她是主宰自己命运的艺术家，谜一样的人生、复杂多变的个性、褒贬不一的评价……她就是小野洋子。在个人唱片上，她高喊着：“是，我就是个女巫！”

关于小野洋子（Yoko Ono）的印象，最早来自约翰·列侬前妻辛西娅写的《我的约翰》一书：

当我把手放在阳光浴室门上时，一阵突如其来的恐惧袭上心头……我花了足足几秒钟才得以看清屋内景象……身体立刻僵住，只见约翰和洋子面对面坐在地板上，两腿交叉……面对着我的丈夫与他的情人——穿着我的浴袍，看起来倒好像我是不速之客……很明显，是他们故意安排让我发现的。约翰的背叛让我难以忍受，他俩的亲密则令人心生畏惧……

洋子“坏女人”形象昭然若揭。不仅如此，她更是加速“披头士乐队”瓦解的“罪魁祸首”，英国民众尤其无法忍受，自称“比耶稣更重要”的摇滚之神居然一夕之间成为一个亚裔女子的“私人藏品”。虽然列侬竭力为小野洋子辩护：“很多人认为洋子把厄运带给我和乐队，其实不是，我认为这就是命。我有五年没有露面，是因为我陷入了思维困乏的深渊，直到洋子出现，我才又一次爆发无法遏制的创作激情……你们不懂，她肩负着的压力与否定远远比我的大，她这一生所做成就的光芒甚至可以掩盖过去。”但是，歌迷依然难以释怀。因此，Yoko 一词干脆就是个新的英语谚语，意为“拆散团队的女人”。

此时此刻，“微笑女巫”正安安静静坐在我面前，瘦弱的身躯被一身黑衣包裹，脖子上还挂着条黑围巾，头上戴着一顶白色鸭舌帽，脸上略施粉黛，洋溢着一般老人鲜有的朝气。说话时，嘴角微微往上翘，似笑非笑的样子，一副圆形墨镜松松垮垮地架在高高的鼻梁上，双眼明亮冷峻，透出一股寒光。然而，一说起幼年读过的《三国演义》和中国水墨画，脸上仿佛抹上一缕柔和的阳光，“当我还是个小女孩时，便从《三国演义》里学到许多谋略，而水墨画令我痴迷不已，水与墨相混合，然后在宣纸上慢慢洇开，一种不可捉摸感顿时展现在眼前。曾经急不可待地买回笔墨纸砚进行尝试，寻求水墨交相辉映的迷离、邈远与旷达，连我丈夫列侬也深受影响，留下为数不少的现代水墨作品，这或许是常人无法想象的。中国文化犹如黄金般璀璨，因此，当我踏上这块古老土地，心里便浮上马可 · 波罗的那句话:‘中国遍地是黄金。’”

其实，早在认识列侬之前，小野洋子便是蜚声世界的先锋艺术家，其行为艺术作品《切片》更是轰动一时，所谓“切片”，就是小野洋子身着连衣裙端坐舞台，观众可以随意拿着剪刀剪去裙子上的任意一块，直至艺术家衣不蔽体，列侬正是因为《切片》疯狂爱上小野洋子的。“这一幕也是我初次见到她的时候。我看着别人对她一举一动，她却始终不动声色。我看着别人把她的内衣全部剪掉。很快，我们不顾一切疯狂地相爱，洋子个性的大胆和直接，仿佛是我血液中的一部分。我们几乎无时无刻不在一起。”列侬回忆道。小野洋子的作品大多惊世骇俗，譬如《脚踩上去的画》，就是观众用脚随意踩踏画布所留下的印迹;《袋子》让观众从头到脚置于一个麻袋里，摆出各种心中理想的艺术造型；而《苍蝇》则是用胶片记录一只肥硕的苍蝇在女孩嘴唇缓缓蠕动的过程;《草莓与小提琴》片段，表演者在堆满碗盘的桌前反复坐下站起直至她打碎所有碗盘，同时四周出现各种呻吟声和嚎叫声。当然，最广为知晓的便是“床上和平运动”。即小野洋子与列侬在荷兰度蜜月期间，在阿姆斯特丹希尔顿酒店床榻连续七天七夜接受参观采访，呼吁停止战争。“我们与其在床上待七天，度私人的蜜月，不如来场个人战争，对抗世上暴力。让头发为和平生长，直到世界和平为止。”离经叛道的先锋艺术令小野洋子在西方艺术领域鹤立鸡群，光艳照人，但列侬妻子的身份终究遮蔽了她所有光芒。“世界上最著名而不为人知的艺术家。每个人都知道她的名字，可没有人知道她做了什么”，列侬话语中透着难以名状的苦涩与无奈。

偶像的巨大影响力无可比拟，这段充满宿命的断论并未随着时间流逝而淡忘，反倒愈加清晰。既然是凡人，我亦不能免俗，小野洋子与列侬的神奇爱情深深撩拨着人们的心弦，当听到谈话中涉及列侬，警觉的助手迅疾跨上一步，试图阻挡拍摄，但小野洋子神定气闲，轻轻摆了摆手，示意助手退下。而她自己仿佛沉浸在与列侬美好岁月的回忆之中。有不少人认为洋子扼杀了列侬的创作才华，因为她不理解披头士的快乐，洋子对此也并不掩饰。“我对他们的确一无所知，也不懂摇滚乐，因为从小都接受古典音乐训练。之后，又去搞先锋艺术。读大学时，听过爵士乐，而非摇滚，所以对爵士乐略知一二，但摇滚乐对我来说是一个充满惊喜的相遇。”《解密列侬》一书披露，列侬周遭伙伴大都确信洋子给列侬提供创作动力，“洋子是个富有创造性的女人，她对很多事情都有研究，特别是对她本人。一而再，再而三，她所做的一切是为约翰思考创造条件……而当约翰开始思考的时候，他就是世界上最有创造性的人。”事实也的确如此。没错，小野洋子霸占了列侬，但没有毁灭他，虽然两人作为事业搭档，陆续干出一系列令人瞠目结舌的事来，但列侬在她身边才情爆发，写出了《想象》《在我身边》等一批传世之作，其中《想象》被称为“当代音乐史最受尊敬的歌曲之一”。《解密列侬》的作者拉里·凯恩认为：“它是一首聚集了一代人希望的颂歌，成了二十世纪七十年代许多政治集会的音乐主题。这首歌也标志着洋子在约翰生命和艺术中日益重要的作用。事实上，歌词的灵感来自洋子的书《柚子树》里的段落”。记得《想象》录影带中有小野洋子，她没有狂放不羁，倒像只温顺的小兔子，静静坐在一旁。“《想象》是列侬在我们相爱之后，所写的最杰出的一首歌，每个音符，每句话，都凝聚着我们的爱与灵感。既然是搭档，希望可以帮上点忙。”

说起列侬，就不得不提麦卡特尼，他俩是“披头士乐队”的“双子星座”，但性格迥异。列侬前妻辛西娅说：“保罗按部就班，条理清晰，而约翰随随便便不拘小节。约翰注重细节，保罗推陈出新，别具一格。一起写歌时，保罗稍柔和的旋律和约翰激昂、带有挑战意味的曲调完美地结合在一起。”因此，他俩在乐队中“孟不离焦，焦不离孟”，缺一不可。保罗·麦卡特尼对小野洋子的敌视众所周知。他和列侬十几年的友谊，被这段众叛亲离的婚姻所摧毁。他退出甲壳虫，甲壳虫便彻底完蛋，小野洋子也就理所当然成为千古罪人。其实，在洋子介入甲壳虫之前，列侬与麦卡特尼的裂痕已慢慢加深，知情者认为“他们总是力图向对方证明自己还能做得更出色。他们知道自己有这样的魔法，甚至在临近一九七〇年时，怨恨中依然有甜蜜。二十世纪七十年代初期的怨气更多来自个人分歧，他们像离婚的人们那样争吵，他们曾经有过充满创意的姻缘，而现在他们公开离异。”连辛西娅也承认：“越接近二十世纪六十年代末，约翰和保罗这两个曾经充满激情和智慧、共同创造了奇迹的人，发现彼此越来越难合作了。他们在音乐上的想法和品味渐渐朝着不同的方向发展”。也就是说，两个音乐才子的分道扬镳已露端倪，而洋子恰巧成为他俩决裂的导火索，从而背负天下骂名。事隔多年，早年的恩怨早已灰飞烟灭，小野洋子也显得风轻云淡，还对麦卡特尼的离异怀抱同情。“离婚对双方来说都非常艰难，我很同情保罗，他一定饱尝痛苦滋味。”而麦卡特尼在一首《此时此地》的歌里也表达了对老友的怀念与和解：“如果我就说我真的爱你 / 有你为伴我心喜悦 / 如果你此时身处此地 / 噢，你在我歌中 / 噢，此时此地。”

不可否认，小野洋子是个控制欲极强的人，和列侬发生感情危机时，她甚至为丈夫物色了情人庞梅，亲自安排另一半出轨，那段时间后来被列侬称为“失落的周末”，幸而列侬最终回到了洋子身边，甘愿为他们的独生子肖恩当了五年隐居的家庭妇男，停止一切公开演出。但一切温情都在一九八〇年岁末那个寒夜戛然而止，列侬在自己寓所门口，被一名疯狂的歌迷开枪打死。小野洋子情绪崩溃。但悲伤过后，她很快出了张名为 *Season of Glass* 的唱片，以寄托哀思。她在 *Goodbye Sadness* 中唱道：“Nobody sees me like you do.No one can see me like you do.No one can see you like I do.”而在 *I Don't Know Why* 里发出绝望的哀鸣：“My body's so empty, the world's so empty without you.”唱片封面是列侬带血摔破的眼镜，背景是灰蒙蒙的纽约城。唱片甫一问世，舆论哗然。我问洋子为何要这么做，她脸上的笑容顿时凝固，面色铁青，脸上的肌肉好像也在微微颤动，双唇紧抿，一字一句吐出这样一句话：“报复！这是一种报复！你懂吗？”随后，小野洋子陷入长久的沉默之中……

小野洋子生来一张严肃的脸，做事更让人觉得强悍冷酷。在列侬去世后的数十年里，她始终以一身黑白装束，风风火火地行走于世界各地，展示先锋思想、抽象理念。人们赞美她、尊重她，同时继续议论她、诋毁她。她制造自己的概念作品，同时成功经营列侬的一切。毕竟，他们深爱过。毕竟，她过早地失去他。无论别人怎么看，说到底，“微笑女巫”仍然是一个平凡的亚洲女性。

上山下山

听陈凯歌讲话是一种享受。他那浑厚又富磁性的男中音，不卑不亢，不徐不疾，飘入耳内，直达心底。哪怕是随意交谈，他嘴边一不留神便会滑出诸多警句妙语，譬如："要拍有态度的电影，但先别对这个世界有态度，即以平等心态审视万物，便可臻'和光同尘'之境界。""修治造作之功，称为修。本有不改之体，称为性。自性本来就是圆满，真心没有妄念。""漫天随想，或掩卷长思，把看似无聊的时光变成灿烂的岁月，领略至高无上的灵魂生活……"所以，听凯歌发表微言大义，必须屏气凝神，侧耳倾听，稍不留神，便会如坠云雾之中，丈二和尚摸不着头脑。王安忆说，凯歌"是个有语言魅力的人，你千万不要被他的语言所蛊惑，这样你才能听懂他。他的说话里，有三种形成冲突和混乱的因素，是你格外要留心的。一是理性的抽象的思考，这是可以越说越远，最终陷入茫然虚无的；二是感性的具体场景，则是以镜头的方式出现；三是汉语言的表达方式，这是在不知觉中诱惑他的，有的甚至会使他迷失方向。不过，你也不要急于拨开他的语言迷雾，再说这也不是急得急不得的事情，你随他左冲右突地走过一段弯路，最终你发现这弯路原来是座桥，引渡你到了彼岸"。想来，安忆若未与凯歌共同打磨《风月》，断不会有如此深刻的体悟。

初次感受凯歌语言魅力恰恰就是在《风月》片场。忘了究竟拍哪场戏，待赶至同里“退思园”，凯歌正和张国荣、何赛飞说戏。他那一番饱含激情的话语，瞬间将演员带入角色灵魂世界，只见国荣和赛飞均眼圈泛红，双手微颤，而凯歌自己却仿佛老僧入定，镇静自若，任凭微风吹散一头灰白头发，两眼紧盯监视器，生怕遗漏丁点细枝末节。拍着拍着，天空乌云翻腾，细雨霏霏，凯歌只得无奈起身，匆匆收工。

随手披上一件半旧不新的牛仔衣，凯歌陪我穿过月洞门，再穿过弯弯曲曲的长廊，来到水榭舞台。望着远处烟雨蒙蒙的景象，他若有所思地说：“不知怎的，忽然想起了童年时代和妹妹在花园种瓜豆和牵牛花的画面，夕照时满屋都是花影，下雨时则迷离悱恻。”记得，我问他何以对民国时代上海滩无边风月如此着迷，但等来的回答却如同《风月》后来所呈现的影像风格：雾失楼台，月迷津渡。“若一部电影为现实生活所局限，即为应时之作。而我之所思所虑则着眼于现代人精神空虚那样一种普遍状态。因此，《风月》要讲述一个逃避社会里不逃避的故事，一个想逃避而又无法逃避的故事，从而在文化上寻找精神出路。”说话间，眉头紧锁，双目炯炯，似有拔剑四顾、临风而立之势。试想，那时的凯歌正携《霸王别姬》之雄风，心中自有豪气和妄念。但，即便如此，站立山峦之巅的凯歌对电影这一魔物仍有清晰认识：“电影与我生命物我合一，难分难解，可以毫不夸张地说，我对女人都从来没有这样的痴情，那是从身体内部升腾起来的力量。然而，电影又是最无情的情人。也许你每日竭尽所能去想念她，爱抚她，扶持她，甚至为她撕心裂肺，结果却往往不能如意。不过，电影于我而言的最大意义在于她能表现我认为比较理想的世界。”一语成谶，《风月》里张国荣与巩俐的邪异之恋，果然让观众无法消受。善于自省的凯歌后来自我解剖道：“得到金棕榈大奖，不知不觉与普通人一样，起了贪嗔痴念之心。人最忌生妄念，妄念一起，万事皆毁。故而，克制野心与妄念乃第一要务。”

从《风月》到《荆轲刺秦王》，凯歌一路跌跌撞撞，磕磕绊绊，但对“三千年前之未来”的《无极》却仍信心满满，“很奇怪，《无极》似乎有自己的生命，就像格里菲斯所创作的《最后一分钟营救》，事情总是在最后一分钟获得圆满。”如果说，《荆轲刺秦王》推崇平民与暴君的较量，体现某种人生价值，《无极》则关注人性本身的初始。那时他已意识到时代与环境正处于急速变化之中，切不可有九斤老太心态，绝不能走陈年流水步子，更无法像程蝶衣那般，时代在崩塌，他仍敢说“我不变”。只是我觉得他将电影看得高于生命，甚至进入程蝶衣那样“无疯不成魔”的心境。这一点，连他自己也不无担忧，“父亲癌症复发时，曾让妹妹捎来一句话，说，作为父亲，我需要的是一个儿子，而不是英雄。我知道这是老人家对我的批评，认为我把电影看得太重了。这就是为什么我在《无极》中塑造大将军光明这一角色。光明像世界上绝大多数男人一样，无法抗拒功名诱惑。同样我也不能免俗。所谓英雄，无非是要建功立业，不甘于做一个普通人。因此，父亲弥留之际，我对他说，我的一切都是你的，将来一定会还给你的。”故此，从某种意义上来说，《无极》是凯歌给远在天国父亲的心灵密码。无奈严酷的现实击碎了艺术家的理想，《无极》终究沦为廉价娱乐的牺牲品，凯歌本人更受尽嘲讽与贬损。于娱乐影片游刃有余的冯小刚为此大为感慨：“像陈凯歌那样的导演，应该好好待在象牙塔，思考人类之民族性的精神问题。”小刚的意思是，凯歌最合适的位置还是远离万丈红尘的山巅。然而凯歌偏偏不信邪，“别人要远离红尘，我偏要往红尘里钻”（黄永玉语），他的勇气可嘉可佩。时隔多年，他承认这两部影片存在缺陷，却永不言败，依旧把《荆轲刺秦王》视作留给自己的礼物，《无极》则是他对众生的安慰。

北岛在《八十年代访谈录》中说：“玉渊潭公园，陈凯歌，当时还是电影学院的学生，朗诵了郭路生的《相信未来》和我的《回答》。”凯歌本质上是个富于哲学思维的诗人，无论是早期的《黄土地》《孩子王》《边走边唱》，还是后来的《梅兰芳》和《赵氏孤儿》，一如既往充溢着诗意般的辽阔与忧伤。时人常想当然地追索他与父亲的基因传承，甚至以“阴谋论”论之。殊不知其庞大精神世界构造来源于母亲。平日与凯歌闲谈，母亲常不经意成为话题主轴，正像他在《少年凯歌》中所写的那样：“从小学起，母亲就陆陆续续教我念诗，她穿着一身淡果绿的绸睡衣，靠在院里的一张藤椅上，手里握着一卷《千家诗》。太阳出来，就念：‘清晨入古寺，初日照高林。曲径通幽处，禅房花木深。’暮春了，则是：‘双双瓦雀行书案，点点杨花入砚池。’逢到夜间，就会是：‘有约不来过夜半，闲敲棋子落灯花。’这样的功课一直持续到我可以几百行地背诵排律。母亲只要我体会，很少做意义之类的讲解，所以至今不忘。这些图画了的诗歌不能不对我日后的电影有了影响。”有一回吃火锅，酒过三巡，他突然来了兴致，气沉丹田，又喷薄而出，凑近我大声说道：“以我古诗文的底子，是可以‘躲进小楼成一统’，走纯粹学术的路子。”语气中透着骄傲与自信。因此，母亲归天，身处美国的凯歌顿感天塌地陷，孤立无援。堂堂七尺男子汉竟懦弱到不敢面对现实，蜷缩于纽约的斗室里独自承受痛苦的煎熬，错失与母亲见最后一面的机会。“妹妹后来寄给我一张母亲临终时的照片，那景象简直无法形容，内心盈满恐惧与绝望。”听凯歌讲这番话时，我不由得想起了陈逸飞。母爱其实也是他创作永恒的母题。童年时，跟随母亲或去教堂祷告，或去影院观赏周璇电影等场景始终盘桓心间。他笔下古典意味的女子寄托着对母亲的怀想。或许是同样对母亲的依恋，凯歌引逸飞为刎颈之友。逸飞拍摄《理发师》遭遇挫折，表面看似波澜不惊、平静如镜，待人接物仍行礼如仪，笑语盈盈；而当天色暗沉，市廛渐趋闲静，内心的无助、迷茫、哀怨便如同无数小虫啮咬骨髓，疼痛难忍。心气高傲的画家自然不愿在众人面前示弱，唯有向如凯歌这样倾盖如故的至交宣泄难言的苦楚。“善言暖于布帛”，凯歌的安慰与鼓励如春风细雨，让逸飞慢慢走出低谷，重新鼓起理想的风帆。可惜天不假年，逸飞倒在了《理发师》片场。每当忆及往事，凯歌总不胜唏嘘。曾不止一次询问他俩在电话里都谈了些什么。凯歌厚道，不说，脸上却布满同情与悲悯。“桃花潭水深千尺，不及汪伦送我情”，真正的友情很难用语言传达。佛家云“不可说”，说的大概就是这个道理。

经历人生沉沉浮浮，阅尽芸芸众生的情欲、梦想、机巧、算计和欲望，凯歌早已习惯质疑与否定，深知伟大总以煎熬为代价，失败则因为畏惧和退缩，唯有前行，方能觅得光亮，故借十三燕之口发出“输不丢人，怕才丢人”的豪言。当然他也懂得如何以更谦卑、审慎的态度去拥抱时代与观众。略感诧异的是，那个桀骜不驯、愤世嫉俗的银幕思想者，渐渐蜕化为“不以物喜，不以己悲”，和蔼可亲的“山德士”老爷爷。或许他深知形势比人强，如今的电影创作就如同他在《梅兰芳》里所设计的那副“纸枷锁”，看似薄薄的，不用气力便可撕开，却横竖无法摆脱，于是，只能带着她翩翩起舞。钱穆先生好像说过，宇宙间的一切只不过是极微相似而已。极微，但同时又相似。平凡与伟大其实并无根本界限。凯歌曾不无调侃地说：“程婴与程蝶衣有相同之处，即心大，有坚持；不同之处在于程蝶衣是‘不忍’，程婴是‘忍’。这就是陈凯歌的变化”。由“不忍”到“忍”，即为“上山”与“下山”的不同路径。有了这种转变，《道士下山》引起争议便不足为怪，因为人们早已接受红尘之外的陈凯歌，却无法见容于跌落于凡间的陈凯歌。况且，既然决定“下山”，艺术家不得不向这个“娱乐至死”的时代做出妥协与臣服，同时，又始终不忘将人性奉为圭臬，试图从有限的时空里展现人性嬗变、历史沧桑。两股力量的撕扯必然使创作者左支右绌，承担更大的心理负担。王安忆说：“陈凯歌是一个贪婪的人。他要的东西太多，我预感到，他将是‘成也萧何，败也萧何’。……他的思想不免是庞杂的，他的感情也有些庞杂，因为这正是急于攫取又沉渣泛起的中年时期，远离了单纯的少年时期，还远未到尘埃落定的老年。有时候我甚至觉得，像陈凯歌这样思想和情感太多的人，迷上电影，真是一件不幸的事情……”凯歌的纠葛与悖论皆源于此。

青山照眼看道临

谢铁骊说："他给人的印象就是一个知识分子，温文尔雅的。"

谢芳说："他特漂亮，眉清目秀，特别文雅。"

张瑞芳说："反正他挺神气的吧。"

陈凯歌说："单凭一部《早春二月》，他的表演已达艺术顶峰！"

陈红说："从未见过他衣服皱巴巴的或头发没弄好。一看就是一个自爱和热爱生活的长者。"

黄宗江说："过去没有'酷'这个词，他就是'酷'和'帅'！"

半个多世纪前，一部《乌鸦与麻雀》令年仅二十七岁的孙道临立足影坛。之后，从《渡江侦察记》之"李连长"、《永不消逝的电波》之"李侠"，到《早春二月》之"萧涧秋"，孙道临的银幕形象早已成为一个时代的标识。二〇〇七年十二月二十八日，老人过完生日后十天飞向天国。道临先生往生后，至爱亲朋纷纷表达惋惜与不舍之情。

与道临先生相识，可回溯至三十年前，一九八七年，上海电视台筹办《我们大学生》节目，在全市高校遴选节目主持人。

我被当时就读的上海第二医科大学推选参赛，经层层筛选，终于闯入决赛，而孙道临先生正是总决赛评委会主席。虽然素昧平生，但道临先生给予鼓励和关怀。之后，我便有机会去道临先生家请益。道临先生家位于淮海中路武康路交界的武康大楼，这幢颇似巨轮的庞大建筑原为“诺曼底公寓”，由犹太建筑设计大师邬达克设计建造，环境幽静。道临先生曾在《忘归巢记》中对此有所记述：“……我格外庆幸窗外马路对面，是一位伟人（宋庆龄，编者注）的故居。托她的福，从我窗口望出去，因为是在楼的高层，所以望不到窗下的马路和熙熙攘攘的车辆，却只看到对面宅子中的绿树丛……”每回拜访道临先生，都是一杯清茶，相对而坐，聆听道临先生谈文论艺，有时我也会将诸多市井笑话告诉他，惹得他捧腹大笑。所以，他在一篇短文中，用文字为我画了一幅素描：

“我眼中的曹可凡是个豁达乐观的人，他圆圆的脸庞上时刻漾着笑意，和他在一起，你可以得到快乐的享受，因为各种各样的笑话随时会从他口中畅快地流出，而那时他自己的面容却是严肃的。当笑话讲完了，他镜片后面的眼睛才会狡黠地一闪一闪，接着嘴巴弯一弯……”

一个溽暑难耐的午后，我照例去道临先生家喝茶闲聊。道临先生向我吐露了一桩心事。原来，许久以前，他将历年诗文旧作整理成册，交一家出版社出版。不想文去书空，犹如石沉大海，杳无音讯。多次催问，得到的却是搪塞与敷衍，甚至一些珍贵照片也遗落散失，不知去向，老人为此闷闷不乐。于是我自告奋勇，允诺设法帮先生完成夙愿。道临老师顿时愁眉舒展。凭多年交情，我找到上海人民出版社编辑崔美明女士，结果一拍即合，美明女士对道临先生的诗文颇感兴趣，于是经过一阵忙而不乱的索稿、定稿、校样之后,《走进阳光》一书得以面世。封面照片由道临老师亲自选定：他身着浅蓝色西装，墨绿底色配橘红色花纹领带，呈飘逸状，道临先生略微侧身凝视远方，一头白发与其红润的脸庞沐浴在阳光之中，一种浓浓的历史感与勃勃的生命力油然而生。道临先生一生的挚友与同窗黄宗江写来长达数千字的序文。文章回忆了他俩数十年的友情，并称“孙道临是一首诗，是一首舒伯特和林黛玉合写的诗”。回想这一经过，我心中满是欢欣与“得意”，道临先生更是幽默地在书的扉页上写道:“谢可凡‘大媒’。”

道临先生在《走进阳光》一书中详尽回忆拍摄《家》《永不消逝的电波》《渡江侦察记》和《早春二月》等经典影片的表演体会，也谈到台词艺术的魅力和有声语言的创作。说起“生存还是毁灭”这句《哈姆雷特》中的著名台词时，人们自然会想起为电影《王子复仇记》中“哈姆雷特”配音的道临先生。在这部戏中，道临先生明晰纯正的语言，顿挫有致的节奏，生动、准确、传神地刻画了这位丹麦王子的性格特征，显示了他那超凡脱俗的语言技巧。

有人说，听道临先生朗诵是一种享受，它让你张开想象的翅膀，自由驰骋于作品所描绘的意境之中，领略其中的无穷韵味。殊不知，道临先生年轻时羞于在公众面前大声朗诵，因为他认为再好的作品一说便俗。然而一次偶然的演出却改变了他对朗诵的看法。大约六十多年前，他在上海文化广场面对成千上万名观众朗诵“黄河之水天上来”时，观众激昂的情绪与他内心的波澜形成强烈的共鸣。他深感“诗，不再只是环流于心底的孤独的潜流。它还能飞向观众，引起交叉共鸣的回响。它问道于千万人的心灵，共同融入一个时代的感情巨流之中。比起演戏来，朗诵需要与观众更直接地交流和相互感应，因而具有一种特殊的吸引力和煽动力”。

尽管道临先生谦称朗诵仅为“业余”爱好，但事实上，他是业界公认的大家。二〇〇〇年，我与语言学家王群教授策划《银汉神韵——唐诗宋词经典吟诵》，责任编辑依然是崔美明女士。道临先生在其中吟诵十首古典诗词。虽说他对这些作品烂熟于心，但仍一丝不苟，认真准备，不放过哪怕细小的疑问。吟诵李贺《金铜仙人辞汉歌》时，他完全沉浸在诗人艰难凄苦的处境中，蓄积已久的悲恸之情犹如火山般迸发，悲怆激昂地吟咏出“天若有情天亦老”；又以低沉凝重的声调，念出最后两句诗“携盘独出月荒凉，渭城已远波声小”。最后将“波——声——小”重复吟咏，且声音、气息渐次减弱，细致入微地传达出诗中忧伤怅惘的思绪。朗诵陆游《钗头凤》时，他几乎无法控制自己的感情，任泪水顺着脸颊往下淌，特别是最后破喉而出的三个“莫”字回环凄切，听来利箭穿心，让人悲痛欲绝。录音完毕，他伏案恸哭，大约过了半个多小时，才慢慢从词的意境中抽离出来。而在李白名篇《将进酒》中，当读到“古来圣贤皆寂寞，惟有饮者留其名”时，道临先生出人意料地在“惟有饮者”后加了一个叹息。这一声似哭非哭、似笑非笑的叹息，让人体悟人间苦涩，极富艺术感染力。古典诗词吟诵要表达作品所蕴含的千古神韵，这种神韵既来自作品悠远隽永的精神之美，让人有所感悟；同时也源于吟诵的韵律之美，让人击节而歌。从这个意义上说，道临先生朗诵艺术可谓“前不见古人，后不见来者”。

二〇〇五年，道临先生因带状疱疹入院。不久记忆力急剧衰退。我去华东医院探视，他似乎认识，却又说不出名字，只是试探地询问：“最近可忙？仍在原单位工作？”我说：“道临老师，我是最爱吃的可凡，您怎么忘了？！”没想到，一番话说得老人有些不好意思，一边帮我削梨，一边喃喃自语：“知道！知道！怎会不知道！”可没过多久，他又重复刚才的问题。刹那间，我悲恸难忍，向来思维敏捷、谈吐优雅的他竟然病成那样。望着他那慈祥又略显木讷的脸庞，想起了与他交往的种种往事：有一次到北京参加朗诵会，他带着秦怡、乔榛、丁建华、袁鸣和我，去吃地道的北京小吃——豆汁儿和炸焦圈，豆汁儿的味道像泔水，难以下咽，我便使劲捏着鼻子一饮而尽。看着我那副狼狈样，他哈哈大笑。袁鸣给他学猩猩讨食模样，他也跟着模仿，如同孩童般纯真。《银汉神韵》首发时，他正在遥远的北方，冒着风雪拍摄《詹天佑》，八十多岁的老人，每天只睡三四个小时，但趁剧组转景时，匆匆赶回上海，还即兴朗诵了几首古诗……

大约一个月之后，偶然遇到张瑞芳老师，她问我是否去医院探望过道临先生，并说是道临先生亲口告知于她，我心中大喜，莫非老人记忆已然恢复？于是赶紧和文娟老师联系，次日清晨便赶往医院，与之录制《可凡倾听》。道临先生对此次访问也极为重视，特意让女儿庆原从家里带来烫好的西装、衬衣和领带。可他却觉得色调不配，不满意。不得已，文娟老师给他换成米色西装、白衬衣和绛红色领带。交谈过程中，我发现他记忆时断时续，常常陷入长时间停顿，但他仍然记得儿时放羊时那几头羊的名字；记得曾借给他尼采著作，体胖高大、满脸胡茬的同窗、朱自清之子朱迈先；记得在朝鲜战场牺牲的战友。当我低声朗读一段他写过的有关母亲的文字："一九四二年春天，我离开了家，刚满二十岁的我异常孤独，在槐荫遮蔽的窗下，我感到周围全是黑暗，生命毫无价值。有一天，我在外面奔波一天后，回到那栖居的小屋，发现桌上放着两个覆盖着红色剪纸的茶杯，那是母亲嘱人带来的。剪纸的花样象征着吉祥，我呆望着它们，眼中充满泪水。"道临先生闭着眼，静静地聆听，潸然泪下："这是……这是……母爱。母爱是最让人感动的。其实因为父亲长期得病，我父母当时已经没有任何力量了。但是她还是不忘记自己的儿子，我怎么能不感动呢！"

可是，说及他演过的经典银幕形象，有的他依稀记得，如聊及郑君里拍摄《乌鸦与麻雀》，他说："君里拍摄时谨小慎微，往往沉默思索半天才开机"；聊及《渡江侦察记》，他说："我让陈述给我画像，一个戴军帽的军人模样，从中得到塑造人物的自信”；聊及拍摄《家》时觉慧的扮演者，他笑言：“他是‘张恨水’，可我老哭，是‘孙大雨’，他总批评我。”不过，大多数角色记忆，却呈现空白状态，也许我不经意间流露出茫然的神情，他好像明白了什么，突然紧紧抓住我的手，哽咽道：“忘了，忘了，我什么也不记得了！我知道你来做节目是为我好，可是我真的不行了！你们认识的那个孙道临已经没了！”说完，竟像孩子一般号啕大哭。我深知他内心的苦楚，但也无能为力，唯有陪他一同流泪。十年过去了，我依然不敢看那段画面，节目也未采用，生怕热爱道临先生的朋友无法接受。我将那几句撕心裂肺的话语深深植入脑海深处，成为永久的记忆。道临先生常诙谐地将自己的姓“孙”（Sun）称为“天上的太阳”。其实，他在我心里，就是太阳，不落的太阳，带给我们温暖和力量。

道临先生拍摄《一盘没有下完的棋》时，曾给导演佐藤纯弥先生写过一首小诗，若将诗中“佐藤”改为“道临”，小诗也可视作道临先生一生的写照：

从来男儿多血性，
踏遍荆丛唱不平，
正是路转峰回处，
青山照眼看道临。

理智与情感

郎雄先生的夫人包珈女士，托人从台湾带来《从暴君到慈父——郎雄的如戏人生》一书。书中不少篇什都记叙了郎雄与李安浓浓的“父子情”。遇到李安之前，郎雄只不过是影剧界前辈，属硬里子。但六十岁后的十年间，因为《推手》《喜宴》《饮食男女》这“父亲三部曲”，他的艺术攀上了顶峰。而李安也在郎雄饰演的“父亲”角色中，倾注了对自己父亲的情感与爱恋，表达了对中国文化里父权的“敬”“畏”与“抗拒”，从而在国际影坛大放异彩。戏里戏外，郎雄与李安也情同父子，李安照料郎雄饮食起居，郎雄则替他管理年轻演员，在生命最后时刻，郎雄一直刻意向李安隐瞒病情，以免干扰他正在拍摄的《绿巨人》，只是托人带话，要他“好好拍戏，让中国电影生生不息”。得知郎雄过世，李安失声痛哭，“郎叔走了，对我个人而言，是一个时代的结束……”

记得第一次和李安见面，是在一家名叫“洞庭春”的湖南菜馆，谭盾做东。那时，他俩正在上海紧锣密鼓地录制《卧虎藏龙》音乐。想象中的大导演应该威风凛凛，派头十足。没想到，出现在我眼前的李安，身着一件半新不旧的藏青夹克衫，下面配一条皱巴巴的米黄色休闲裤，灰白色头发也有些零乱，朴素得就像邻家大哥。而且，因为一条腿正发着“流火”，走起路来一瘸一拐，样子有些可笑。他的态度极柔和，言谈举止很儒雅，说话慢条斯理，音调甚至近于细弱。印象中，聊天的话题也由郎雄切入，“郎叔的脸是五族共和，不论中国大江南北，两岸三地，哪个族群，甚至日韩新马，亚洲人，西方人，只要看到郎叔，都觉得他像中国父亲，很难分析，无论我发掘表现他哪个面向，就是很中国，他就是中国父亲。他也不要做什么，但中国五千年来的压力像都扛在肩上。同时，他内在又自然流露出一种幽默感，很契合，就是‘形象’与‘气质’对味，又是极佳的演员。”接着，谭盾以兴奋的口吻谈起正在后期制作的《卧虎藏龙》，一脸疲惫的李安脸上却勉强挤出一丝笑容。原来，电影筹资不力，李安甚至将自己的房子都抵押给了银行。所以，包括谭盾在内的许多主创薪资都还欠着。向来乐观的谭盾轻轻拍了拍他的肩头，“没关系，将来电影若大卖，你可以多付些钱给我！”李安坦言自小对武侠世界充满幻想，认为那里寄托着中国人的情感与梦。只是港台武侠片大都停留在感官刺激层面。因此，他力求把《卧虎藏龙》打造成一部富有人文气息、弥漫布尔乔亚品味的武侠片。故事重心当然放在女主角玉娇龙身上，此角色层次诡谲多变，是个对江湖儿女情长有所幻想的难驯的少女。为选角，李安看遍南国佳丽、北地胭脂，仍一无所获。正当一筹莫展之际，忽然接到张艺谋一通电话。于是，刚刚拍完《我的父亲母亲》的章子怡便走进了《卧虎藏龙》剧组。但玉娇龙在李安心中原本是极富帅气的，可章子怡那娇滴滴的模样实在做不出他想象中的“阴阳共存”特征。没办法，只得顺着性感、轻柔方向发展。“大家尽力了，章子怡被塑造出来了，将来红不红就看她造化了。”李安夹了一口菜，幽幽地说。

不过，李安似乎心有不甘，“不管怎么说，章子怡毕竟是张艺谋发现的。总有一天，我要打磨出一个能与我气息真正贯通的新人，并使之熠熠生辉。”直到拍摄《色戒》，这一愿望才得以实现。因此，李安对汤唯总是不吝溢美之词。“她的气质与故事描述的王佳芝非常接近——她就像我父母那一代人，这种人现在凤毛麟角。她的外表不是那种令人眼睛一亮的美，但她最能诠释这个角色，她本身就带着那样的神韵。更重要的是，她就像女性的我——我觉得自己跟她有许多共同点，借由假想，我从她身上找到真正的自我。”

二〇〇六年上海国际电影节期间，我又和李安重逢。之前，他凭借《断背山》荣获奥斯卡最佳导演奖。他心中隐藏着的那条中国龙用荣耀证明了其一生对电影的选择。《断背山》所传达的爱恋固然感人，特别是影片结尾，看着主人公摸着昔日同伴的那件衬衣，“两件衬衣就像两层皮肤一样，一件套着一件”，顿时泪如雨下。但我好奇的却是《理智与情感》。让一个华语导演执导简·奥斯丁小说，就如同让斯皮尔伯格来拍《红楼梦》一样荒谬，但李安完成得居然如此出色。而“理智与情感”也是李安电影创作贯彻始终的母题。

事实上，拍《理智与情感》时，李安尚不具备国际知名度，却要面对爱玛·汤普森和休·格兰特那样的巨星。况且英语也说得蹩脚。为此，他往往将摄影机放得离演员很远，用侯孝贤般的长镜头来展示影片的元素和精神。但立刻遭到演员质疑，这让李安感到苦恼与困惑。可是，他仍坚持运用中国艺术寓情于景方式，在多场戏中，将人置于画面中，使之与大自然产生呼应。“拍电影要有点 Street smart（街头智慧），要有点童心，不可被知识压住，才玩得起来。”李安说。拍戏时，他有时会以简洁但又有趣的便条与演员沟通，譬如，给爱玛·汤普森的便条上写“不要看起来那么老”。对休·格兰特说：“我希望看到你的内心戏。”……在李安看来，以往都是西方文化强势，如今反过来，中国导演执导西片，文化回流有了可能。“西方处理东方题材时，一般而言不是十分尊重。如今我拍西片，则抱着一种低姿态、谦虚学习的心情去拍，但也尽量保有自己的思路和视角。”这些年，李安拍电影一直遵循这样的原则，即拍西片时，竭力呈现东方情韵，拍国片时，又尝试西方影像语言。所以，无论“父亲三部曲”，《卧虎藏龙》《色戒》，还是《理智与情感》《冰风暴》《制造伍德斯托克》，李安总能以其独特的优势，游走于东西方文化狭窄的空间，在全球观众心中不断激起层层涟漪。换句话说，正是东西方文化的碰撞与融合，成就了作为电影人的李安。

“两脚踏东西文化，一心评宇宙文章”，说的是林语堂。但，我以为，李安也完全受用得起！

他比烟花更绚烂
——张国荣十年祭

秋日。西风骤起，阴雨绵绵。

古运河畔的江南小镇——同里，打破了昔日的宁静，变得喧嚣起来。汽车、人流穿梭往来，好不热闹。陈凯歌率领的《风月》剧组从安徽黟县移师这“家家临水，户户通舟”的水乡泽国，继续紧张的拍摄。

建于清光绪年间的著名园林“退思园”似乎毫不理会这人间的纷扰，依旧是那般雅致迷人。只是踏入园中，方感面貌有些异样。定睛一看，原来朱栏红楼都被刷成了深褐色，庭院中到处悬挂着用牛皮纸糊成的巨大黄灯笼，氛围压抑得让人喘不过气来，连园中的亭台楼阁、回廊水榭、泉石假山，仿佛也蒙上了神秘、忧悒的色彩。

陈凯歌独自一人漫步庭园，神色冷峻，双眉紧锁。他一边捋着满头银丝，一边仰望天空翻滚的乌云。他在思索着。他在用生命营造着自己心中那场风花雪月。

不一会儿，身着白色纺绸衫、头发梳得锃光瓦亮的张国荣与身穿湖绿色碎花旗袍的何赛飞步入园中。数月前，《霸王别姬》获戛纳“金棕榈”大奖后，在上海首映，曾有缘和张国荣在《东方直播室》有过交谈，只是囿于时间关系，未能尽兴，但他那有问必答的爽直劲，令我印象深刻。心想，不妨乘着此次拍摄间隙，聊聊更有趣的话题。于是，我找凯歌帮忙协调时间。凯歌毫不迟疑地答应了下来，只不过要我们等到下午那场“重头戏”拍完。

大概张国荣那天状态不佳，前后拍了十多条，凯歌仍不满意，皱着眉头，反复给演员说戏，双方都有些烦躁。可是，没过多久，天公不作美，下雨了，而且越下越大。凯歌见状，不得不鸣锣收兵。

我赶紧跑上去，向张国荣说明原委。

于是，我们一起穿越月洞门，经过一段曲折的回廊，来到“退思草堂”。站在堂前贴水平台，环顾四周，细雨蒙蒙，雾气氤氲，各景点围成一幅舒展旷远、浓淡相宜、恬淡静逸的山水画。望着这如梦的景致，张国荣又恢复了往日的平静。

望着张国荣这身装扮，很自然地想起他演的“程蝶衣”。“你活脱脱一个程蝶衣啊。”我脱口而出。“你的意思是我们都是极度自恋的人？”他瞟了我一眼。随后转过头，沉吟片刻，幽幽地说：“凡是演员都有几分自恋，唯其自恋，才能在镜中找到另一个自我。我在唱歌或拍戏时，就是如此，像着了魔似的。程蝶衣最难演的是一个从小在戏班里被视作女人的伶人，举手投足都要有股子妩媚劲儿。特别是他对师哥段小楼的依恋之情。程蝶衣是个绝对自恋又自信的人。他在舞台上的狂热和灿烂，让我看到了自己的影子。”电影里的程蝶衣入戏太深，终生沉浸于自己所扮演的角色，追寻着不爱自己的爱人。作为演员的张国荣同样入戏太深，以至于把旦角曼妙的身段和纤柔的兰花指都带入生活，令搭档张丰毅颇觉别扭。

说起《风月》，张国荣认为戏里的郁忠良比程蝶衣更为难演。郁忠良从小随姐姐嫁入江南首富庞家，备受欺凌。为了报复，他借烧大烟之际下毒，将姐夫变成植物人。压抑的环境、扭曲的人性和变态的心理，注定演员要承受更大的煎熬。果然，随后几天拍摄，张国荣与何赛飞等演员几乎每时每刻都活在角色中，难以自拔。有场姐弟诉衷肠的戏结束后，何赛飞久久未能缓过来，右手按着肝区部位，瑟瑟发抖。只见张国荣也满含热泪，紧紧地抱着她，喃喃地说："没事的。没事的。"此情此景，令人动容。凯歌也感慨道："国荣的表演，包括形体、语言，足以支撑任何内心复杂的人物。特别是他的眼睛里流露出令人心寒的绝望与悲凉。停机后，国荣久坐不动，泪下纷纷。我并不劝说，只是示意关灯，让他留在黑暗中。我此刻才明白张国荣必以个人情感对所饰演的人物有极大的投入，方能表演出这样的境界。他能通过可见的内部与外部的表演，使人物瞬间活起来。"凯歌是真正懂张国荣的，但他俩也未能再创如《霸王别姬》般的神话。十多年后，凯歌拍摄《梅兰芳》，我和卢燕女士前往探班。看着监视器里黎明的表演，我们内心都升腾着一个疑问，那就是如果张国荣还在世，他是不是扮演梅兰芳的不二人选？我问过凯歌，他未有作答。我知道，这个问题太残酷，也许连凯歌自己也无法回答。

访谈中，我们几乎无话不聊。除了《霸王别姬》和《风月》，他还主动提及自己与谭咏麟的“恩怨”。上世纪八十年代，香港流行乐坛几乎是张国荣与谭咏麟二分天下，由此引发双方歌迷旷日持久的较量，渐渐发展到势同水火的地步。而歌迷的这种集体不理性行为，反过来又作用于他们的偶像。于是，谭咏麟宣布不再领取任何音乐奖项，张国荣则以三十三场演唱会向歌迷告别。不过，张国荣坦言：“在音乐方面，我们或许是对手，但私底下却是相互包容的好朋友，没有任何芥蒂。”后来，阿伦告诉我：“国荣是个很情绪化的人，尤其太过在意别人的看法，结果给自己造成许多无形的压力。他离世前几个月，我曾去他家小坐，发现他很焦虑，老说家里风水不好，还拜托我将他养的锦鲤寄放至一家戏院。其实，那就是患了抑郁症。”张国荣去世后，在一场纪念活动中，阿伦伴着昔日影像与他合唱一曲《风继续吹》。曾经的竞争对手配合得天衣无缝，可惜咫尺相近，却已阴阳永隔。此时此刻，不知当年因自己狂热举动而将偶像推上尴尬境地的歌迷们，心中又会作何感想？！

伴随着歌坛黄金时代的徐徐落幕，张国荣在影坛发展渐入佳境，《胭脂扣》便是其早期代表作。他演活了戏里痴情而又懦弱的富家子弟十二少，也因为这部戏，张国荣与梅艳芳成了莫逆之交。平心而论，十二少的戏算不得多，纯粹是为梅艳芳跨刀的。但在张国荣看来，演《胭脂扣》，就因为可以跟梅艳芳在一起。“我俩就好像前世今生的亲兄妹，无法分开。《胭脂扣》的十二少和《霸王别姬》的程蝶衣，于我而言，都很重要，从中可以看到我的演技、方法。我就是我，每次演绎都有自己的影子。”而如花和十二少吞烟膏了断尘缘的结局竟如同冥冥中的安排，预示着两人的归宿。

从《胭脂扣》，我们又谈到了《春光乍泄》。从一九九〇年起，张国荣与王家卫相继合作了《阿飞正传》《东邪西毒》和《春光乍泄》三部影片。张国荣的精湛演技和极强的可塑性，在王家卫不走寻常路的拍摄方式中得到淋漓尽致的发挥。如果说《阿飞正传》是张国荣的独白,《春光乍泄》则是他与梁朝伟的对弈。拍摄此剧时，王家卫充分发扬脚踩西瓜皮的一贯作风，带着剧组跑到阿根廷一耗就是几个月。在此期间，张国荣还患上了肠胃病，苦不堪言。“记得有天在房间里和王家卫相对而坐，我说，我们为什么会来阿根廷拍摄？这个问题困扰我许久，但今天突然看到窗外的一座铁桥，忽然就明白了，也许我前世里就是海外华工，在这里干活死了，所以，才又回到此地，做这样的事。”说完这段灵异般的往事，张国荣侧着头，陷入深深的沉思中，眼中还泛着泪光……

二〇〇三年四月一日，张国荣纵身一跃，结束了自己年仅四十六岁的生命。这只一生只能降落一次的“无脚鸟”，以如此出人意料的方式完成了人生的谢幕。斯人已逝，余音未了。这些年，我接触了不少与张国荣有过交集的朋友，他（她）们常常跟我追忆有关他的点点滴滴，为他过早离去而唏嘘慨叹。

在王家卫电影里，摄影师杜可风是不可或缺的幕后英雄。他隔着摄影机镜头与张国荣对话，他所看见和理解的张国荣，或许比作为观众的我们更立体、更深刻。访问杜可风时，距离张国荣去世已有六年光景，但这个名字对他的触动，仍然超出我的想象："那么多年来，我在观众与张国荣之间充当桥梁的作用，那是何等荣幸的事啊！我爱Leslie，虽然我们个性不同，但毕竟携手走过长长的一段路。Leslie走，是他自己的选择，我理解并尊重。但……"说到这里，素来玩世不恭的杜可风，双眼噙满了泪水，哽咽得说不出话，拿着啤酒罐的手剧烈地颤抖着。

《异度空间》是张国荣的"天鹅绝唱"。他在戏中扮演一个精神分裂的心理医生。那时，他已罹患抑郁症，那样一部灵异片对他的心理状态究竟产生多少影响，如今已不得而知。戏里戏外的某种巧合，让此剧监制与编剧尔冬升难以面对，"Leslie有恐高症，但戏里偏偏有跳楼情节。拍摄时，工作人员在他身上吊好钢丝后，又绑上两根麻绳，我还亲自示范一遍，确认其安全性，但Leslie仍很害怕，不敢往下跳。于是，每拍一个镜头，我都在旁边搂着他、安慰他。没想到，他在生活中居然毫不犹豫跨出那可怕的一步。"尔冬升还表示，此生将永不再看《异度空间》这部片子了。

在留下的遗书里，张国荣特别感谢了"肥姐"沈殿霞。在他患病那段日子里，沈殿霞总是以她的乐观，时时相劝，可惜最终仍未能挽回老友的生命。肥肥生前跟我说："我和张国荣住得很近，他常来我家坐坐，有时也一起打打牌。每当看到他阴郁低沉的样子，我就开导他，人生总有高高低低，不必太在意。况且，尝遍甜酸苦辣，人生才有趣味。三月二十六日我还和他在半岛酒店喝下午茶，我们点了一份比萨，共同分享。真不敢相信，隔了几天，他就跳楼了。一个活生生的人，就这样烟消云散了……”

这些年来我常常会想，如果张国荣没有离去，他又会拍哪些电影？唱红多少歌？得了哪些荣誉？是否会转战幕后？可惜，人生没有假设，这些问题永远不会有答案。这个比烟花更绚烂的男子，把最华彩的生命之花绽放在了舞台上，定格在了胶片里，留给自己的是难以化解的心结，留给观众的是永远的叹息与怀念。

从李香兰到蔡明亮

“你为我留下一篇春的诗，却教我年年寂寞度春时。直到我做新娘的日子，才开始不提你的名字。可是命运偏好作弄，又使我们无意间相逢，我们只淡淡地招呼一声，多少的甜蜜、辛酸、失望、苦痛，尽在不言中。”姚莉说，这首带着丝丝哀愁的《恨不相逢未嫁时》，是她哥哥姚敏与陈歌辛赠予李香兰的礼物。起因是他俩同时恋上了这朵馥郁芬芳的“夜来香”，却又未能获得爱的回报，但这并不妨碍两位“情敌”携手，以歌传情，记录下那段难忘的“三角恋”。老派文人的襟怀，今人的确无法企及。

去日本公干，在东京盘桓数日，不知怎的竟想起了那段陈年往事，忍不住给李香兰挂了个电话，号码自然是姚莉给的。虽说素昧平生，听到来自上海的问候，电话那头的声音有点讶异和兴奋，问东问西，如同孩童般好奇。不过，她最感兴趣的莫过于“大光明”和“兰馨”，这两座与之生命息息相关的文化地标。那一口脆亮娇媚的京片子实在叫人无法和一位年逾九旬的长者联系起来。“想着该和你喝杯咖啡！”她自言自语道。无奈那几日老人正罹患感冒，医生严禁会客，终于缘悭一面。

当晚，约翁倩玉往银座 Astor 品食大闸蟹。Astor 是一家有着近百年历史的中餐馆。据说，店名源自上海的礼查饭店。觥筹交错间，聊的也大多是上海的旧闻。说着说着，便绕到了李香兰。原来李、翁本是忘年之交，感情笃深，往返频仍，彼此居所相距也不过两三个街区。餐毕，翁倩玉驱车载我至李香兰住所附近转悠一圈，算是了却一桩心愿。

后来，在台北和蔡明亮偶然谈及此事，他不禁莞尔。没想到，每每走访东京，大导演如蔡明亮者，也居然和我以同样方式朝拜他心中的女神李香兰。彼时的蔡导演尚未造访过上海。因为，对他来讲，上海是张爱玲笔下的上海，是李香兰歌里的上海，倘若冒冒失失闯入现实，梦幻恐怕瞬间破碎而沦为泡影。故而，他宁愿以观察者的姿态，远远眺望这座令他魂牵梦萦的都市。

蔡明亮怀旧情绪浓烈，举凡老戏院、老电影、老物件、老情歌，均令其陷入迷思。关于那些上海老歌的记忆脉络可以追溯到他在马来西亚的童年时光。那时，父亲以摆面摊、养鸡、种胡椒为生。闲暇之余，一边抽烟喝咖啡，一边挨着收音机听歌，李香兰、白光、周璇、姚莉……不一而足。稍长，又钟情于越剧电影《追鱼》，“影片中色调粉粉的，就像水彩画一般，美人鱼游弋的婀娜身姿，曼妙之至”。当然，他对张爱玲居港期间所编电影《南北河》更是如痴如醉。戏中香港人与上海人以不同方言斗嘴，在他看来，简直就是一幅活色生香的风俗画。所有的这些，日后都慢慢渗透到他的电影中，成为构成蔡氏艺术的索引图。

绝望、孤独、都市异化的忧郁沉思，是蔡氏影像的永恒标签。和其他导演不同，他的电影通常没有对白，没有强烈的动作，也没有曲折的故事，却偏爱以行为与思想的跳跃性来铺陈情节，传递都市里人与人之间的疏离感和对爱的渴望,《你那边几点》《天桥不见了》《天边一朵云》等均属此类。其实，蔡明亮如此创作风格也与其成长经历不无关联。学生时代，他频繁转学，因不适应新环境常被称为“青鸟脸”，意思是脸臭，不合群；父母开面馆忙不过来，将他交给外公外婆照顾，等再回家，发现与兄弟姐妹已有隔阂。于是，他乐得和外公一起躲进电影院，或独自一人躺在床上耽于冥想，有时还会设计出各种离奇情节，想着如何逃离这俗世。因此，蔡明亮所描绘的孤独并非负面概念，相反，倒是一种率真的表现。蔡氏影像于孤寂肉身与心灵抚慰的双重呈现中，为大众提供一味疗伤的良药，安放都市人迷失的灵魂。

在台北永和老街的“蔡李陆”咖啡店，谈起拍电影，蔡明亮有着满满的幸福感，他一脸满足地表示这是命运的安排。殊不知，幸福背后往往是勇气与付出。身为作者导演，蔡氏影像充斥着生活在破败角落的孤独者、寂寞无助的边缘人，要讨观众喜欢，不易。更要命的是那纹丝不动的长镜头，看得人昏昏欲睡。《是梦》中，马来西亚演员蔡宝珠在戏院里边啃梨边看电影，不时地还要勾引后面的情人，那个梨足足吃了七分钟。而在《爱情万岁》中，杨贵媚端坐于公园长凳，周围到处是小石头和烂泥，萎顿的花草东倒西歪，一片狼藉。杨贵媚哭声震天，历时十余分钟而未有中断，镜头却自始至终保持死一般的沉静。蔡明亮告诉我，他想用如此长镜头捕捉贴近真实的感觉，以看似静止的画面表现另一种意义的流动性。“我的乐趣在于看细微的变化。”他说。这固然是艺术家的个性化追求，只是对观众的耐心考验十足。因此，他的作品赞扬与贬斥永远同样高涨。

有人戏称，在法国人眼里，台湾地区的天空永远是灰暗的，台湾只有一个导演蔡明亮、一个演员李康生。小康是蔡氏影像的符号。关于蔡、李两人关系，坊间有不少传闻，蔡明亮倒也坦然：“说我和小康，未免看低我了。人的感情很复杂，未必一定有某种关系，它就是命运的安排。”蔡明亮当初为拍一单元剧，找小康来演罪犯儿子，他那如机器人般的迟缓与不自然，在镜头里反而呈现出另类的自如与松弛。从此以后，蔡氏电影的故事永远围绕小康衍生开去。看了太多的小康，有朋友曾提议，男主角可否换成刘德华，导演气咻咻地回敬：“刘德华是你的偶像，李康生是我的偶像。”

蔡明亮之前，杨德昌、侯孝贤以关注台湾地区历史与现实及其充满张力的关系而屹立影坛。蔡明亮的出现，猛然间将台湾电影主题引上了后现代社会的当下现实，他是这个世界里最后一个孤守内心的电影牧童，以影像讲述着个体与个体之间的遭逢、碰撞、亲近或远离。所以，《只有你》，用李香兰这首歌的歌名来概括蔡明亮的艺术人生，大概是最确切不过的了！

俯瞰人世的旁观者

说起侯孝贤，朱天文有过形象的比喻："在夜总会，杨德昌注意到一个十六七岁的女孩，转身跟侯孝贤说：'你看！这是奇迹！她正处于女孩要变成女人的阶段！'侯孝贤非常惊讶：'他在说些什么？他怎么能感觉到这个？而我却一点也没注意到！'"

台北徐州路上的"艺文沙龙"，眼前的侯孝贤的确如此朴素、憨厚，甚至有些木讷，短头发花白，白色圆领汗衫配几乎褪色的牛仔裤，脸上满是岁月的印痕，安静而深邃，活脱脱一个忙于耕作的老农，全无大导演风采。这就如同他的电影，里面尽是再平凡不过的人物、再平实不过的场景，没有刻意营造的戏剧性，一切都是那样真实，使人有种错觉，故事里的人就在你身边或者生活在你的记忆中。侯孝贤对故事人物的交代，冷峻含蓄，看他的电影，心里会有湿湿的感觉，就像绵绵春雨，在你没有防备的时候，已经让你湿透了。因为，无论人和物，都透着股难以名状的苍凉。

侯氏影像浸透不同文化元素，线装书籍、武侠小说、布袋戏、地方民谣、沈从文、张爱玲、陈映真、汪曾祺……不一而足，但"侠"却是其灵魂所在。在台湾地区高雄凤山城隍庙一带断混的侯孝贤，自小便和拳头、砍刀、骰子形影相随，由此孕育出义薄云天的江湖豪气，草莽本色。他虽年近古稀，但说起三个眼神，仍清晰如昨：一是身患喉癌的母亲发现儿子将家中仅有积蓄偷去狂赌投来的责备眼神；其次，是父亲去世后，他在棺材旁失声痛哭时，哥哥那疑惑的眼神，因为胞兄根本不相信自己小弟人性尚未泯灭；再者，就是清理祖母遗体时，发现老人身上早已渗出血水，一大群蛆正慢慢蠕动，收尸者露出对不孝子孙的鄙夷眼神。幸好侯孝贤并未在歧路上走得太远，随着家中长辈一一离世，他似乎决意与不堪的过往一刀两断，从此洗心革面，回头是岸，还将曹操那句“宁可我负天下人，不可天下人负我”改成“宁可天下人负我，我不可负天下人”，并作为自己座右铭。所以，朱天文讥讽他，草莽未做到顶，改邪归正，一不小心，便成了导演，但内心的“黑道精神”却一直萦绕脑际。这就是他何以会为杨德昌电影《青梅竹马》抵押自己房产；可以为遭受财务困扰的哥儿们拔刀相助，一掷数百万；可以将因恋爱错失《悲情城市》的伊能静找回，不计前嫌，为其度身定做《好男好女》。这种古侠的浪漫情怀一直贯穿始终。

侯孝贤电影中的长镜头有口皆碑，但“侯最大的不同在于他相对静止的长镜头提供的是一种非常紧密的历史空间。侯密集地调度无数人物，他们中的很多人进出画框，他的镜头将之与无数无生命的物体混合在一起，易于产生异常幽闭的感觉，几乎令人窒息”。承侯孝贤相告，长镜头的使用固然受制于客观条件，譬如早年摄影器材的笨重以及非职业演员表演的粗率，却也与童年经历，与《从文自传》不无关联。“大约十四五岁时，常常溜进县长公馆，顺着墙根爬到杧果树上，边吃杧果边俯瞰周遭世界，聆听风声、蝉声。这一经验后来被用于《冬冬的假期》。因为我觉得在树上那一刻很像电影的表达形式，它仿佛凝结成某种情感和意绪，跟慢动作一样。”至于《从文自传》，则是他拍《风柜来的人》时，朱天文推荐的。那时的侯孝贤正面临困顿与彷徨，读完《从文自传》，顿时豁然开朗，“沈从文对家乡，对生死的描述，让我感到看世界的角度、视野，可以如此广阔。我拍电影的叙事观点像极了中国传统文人对人和事的态度。即使再悲伤的事，也可用平静的心情叙述。”于是，他嘱咐摄影师尽量往后退，结果，那些长镜头便如同一个旁观者，时而娓娓道来，时而沉默不语，静谧地展开充满中国山水画般留白的无尽画面，使得观者在如此简约的镜头中，深深感受到情绪和意象的延续。如果说，侯孝贤试图用镜头感动观众，不如说感动我们的正是镜头中那平淡如水，亦有令人难以抵御的无奈、共鸣。所以，侯孝贤其实就像一个俯瞰人世的旁观者，有一定距离，但，很温暖，也很清醒，这也是侯氏影像的主基调。

朱天文评价侯孝贤：“不苦相，不愤世，一心只做自己愿意做的事，有时会跌倒，又突然会爬起来，然后兴高采烈地上路。”侯导看来对自己那种“阿Q”精神颇为自得。他以为处理影像要尽量将复杂转化为直觉，简单，因而其大脑习惯于自动过滤无效信息，对谩骂、攻讦有天然的免疫力。还有，就是要把物质欲望降到最低。身为世界级电影大师，他仍然喜欢坐公交车，孵咖啡馆，观察芸芸众生种种细节，捕捉生活点点滴滴。这使我想起，在法国人阿萨亚斯纪录片《侯孝贤画传》里，侯孝贤毫无顾忌地嚼槟榔，吃地摊，喝老人茶，唱卡拉OK，依然像他半自传电影《童年往事》里那个野孩子阿孝咕，在那片被他拍摄无数次的土地上，朴素地生活着。那么多年过去，他仍然真实、质朴。他说："我发现自己经历太多事，希望不要因此就变得虚无，没有着力点了……"

梦里不知身是客

二十多年前，曾有幸陪伴程十发先生往澳门举办画展。李翰祥导演携夫人张翠英女士不辞辛劳，专程渡海前来与程公一聚。那晚，在一家日本餐厅，酒过三巡，菜过五味，李导演谈兴渐浓。因《火烧圆明园》和《垂帘听政》海报为十发先生所绘，话题自然转到“慈禧”身上。依程公所见，刘晓庆所饰慈禧固然将其阴鸷凶悍、蛮横专权刻画得淋漓尽致，但也失之于“脸谱化”，表演太过张牙舞爪。身为影片导演，李翰祥毫无护短之意，反倒坦言，论分寸拿捏，卢燕女士于《倾国倾城》中所扮慈禧，无人能出其右。《倾国倾城》当时属“内部观摩”，彼时大陆民众正处精神饥渴期，一部花样别出的“清宫戏”自然看得受众如痴如醉，特别是“卢燕版”慈禧时而凶相毕露，时而柔情绵绵，嗔怒与娇媚之间转换恰到好处，以至于一部“内参”片竟引来清史专家朱家溍先生的“公开”评论。朱先生在文章中指摘影片细节有悖于历史史实，但不得不承认“卢燕版”慈禧“扮演得很有气派，貌美而老练，正是西太后这个角色应具备的形象；以西太后六十岁左右的照片来看绝不能给人以美感，不过她年轻时曾经美过，既然是拍摄彩色故事片，当然需要卢燕这种形象，美丽而生动。过去的电影或话剧演这个角色，总是老丑一派”。朱老还与梅兰芳夫人福芝芳打趣道:“影片是闹着玩的，您的干女儿演得好！”卢燕的慈禧能获清史专家首肯，实属难得。

无独有偶，说起卢燕表演，白先勇先生亦赞不绝口。因为，卢燕将白先勇笔下的钱夫人蓝田玉演绎得惟妙惟肖。我曾得观华文漪版的《游园惊梦》，却无缘《游》剧台北版。但白老师讲:“华文漪江南本色，杏花春雨，自有一番婉约幽独，而卢燕雍容华贵，演技更趋炉火纯青，有希腊悲剧的兴衰感和历史感。”很多年后，偶然一睹台北版《游园惊梦》录像片段，便猛然想起白先勇的那番评论。钱夫人这个人物，按余秋雨话说，“不仅是验证历史沧桑的一个人，更是历史沧桑的自觉者和思考者。这种自觉和思考，既是白先勇自己的，又是他要求于观众的。”就是面对这样一个内心纠结复杂的人物，卢燕老师居然用洗练的表演手法，将其微妙的心理状态、感受和回忆，像剥洋葱般，在观众面前一层层剥开。白先勇最欣赏其中“宴会”一场戏，“那时，舞台上所有人都站在那里，只有蓝田玉一个人，背对观众，冷冷清清，从头至尾没有一句台词，但那背影却说尽了钱夫人所有的辛酸和委屈，正所谓‘不著一字，尽得风流’。”

初识卢燕老师，可追溯至一九九二年。当时，卢阿姨正在上海演出由其翻译的话剧《普莱飒大饭店》，而我恰巧正在做一档有关京剧女老生的《戏剧大舞台》专辑。因卢阿姨母亲乃一代坤伶，她本人自然家学渊源。于是，便辗转委托程之先生代为询问，不知卢阿姨是否有兴趣“票”一段“老生”戏。不想，卢阿姨听后满心欢喜，并主动提出唱《秦琼卖马》中那段“店主东带过了黄骠马”，唯一的要求是琴师必须程之担任。为了不影响话剧演出，那天录像地点就选在“人艺”排练厅。当卢阿姨穿上行头，戴好髯口，脚着高靴，一股英武飘逸之气扑面而来。卢阿姨高音虽算不得敞亮，但中低音宽厚纯正，甘醇清冽，没有丝毫杂音，听来字正腔圆，摇曳生姿，将秦琼英雄末路、凄凉无奈的心境表现得千回百转、余音绕梁；而程之的演奏亦丝丝入扣，烘云托月，彼此相得益彰。后来，我主持戏曲真人秀《非常有戏》，她又化身老将黄忠，铿锵有力地唱起了《定军山》。那时的她已是耄耋之年，白发如雪，满口京腔京韵，充满传统风采。影后的光环虽然早已沉淀，留下的却是她身上独有的东方魅力。自此以后，卢阿姨和我便结下忘年之交。

卢燕阿姨漂泊海外逾半世纪，但每每听到那动人心魄的“西皮”“二黄”，不免有“梦里不知身是客”之感，平日里也只有“皮黄”旋律在耳畔低吟，方得“一晌贪欢”，浓浓的氍毹之情一直萦绕脑际。二〇一〇年我策划《阿拉全是上海人》系列访谈，邀请卢阿姨前来做客。她原计划要去参加“金球奖”颁奖礼，可是，一听说能和梅葆玖先生唱《太真外传》，便不由分说地径直来到了上海，两人还共同回忆与梅先生在上海度过的难忘时光：“寄爹和香妈将我视如己出。每天晚上，我和葆玖做书童，帮着磨墨，抻纸。寄爹则戴上眼镜，在汽灯下，屏气凝神，悉心描摹，画观音、画达摩、画天女，工工整整，一笔不苟。画画之余，寄爹也不忘帮我说戏。《二本虹霓关》就是这样学会的。”卢阿姨说。葆玖先生在一旁补充，卢燕十岁那年演这出戏，排场可不小，魏莲芳和高维廉分饰东方氏和王伯党，琴师是王幼卿。但梅先生看完认为“祖师爷不赏饭”，卢燕从此打消唱戏的念头。不过，梅葆玥的老生戏倒是由卢燕母亲开蒙，难怪说起卢燕，葆玥老师生前常念叨：“我俩感情远胜过亲姐妹。”所以，当卢阿姨与葆玖先生相互搀扶着走上舞台，唱起《太真外传》时，仿佛看到梅兰芳夫妇款款走来，尤其是卢阿姨那优雅的仪态、婉转的音调，一派梅家风范。

记得电影《梅兰芳》在上海拍摄时，卢阿姨和我结伴前去剧组探班。那晚拍的正是梅先生（黎明饰）与夫人（陈红饰）话别一场戏。卢燕阿姨与凯歌导演并排坐在监视器前，目不转睛地盯着那小小的屏幕，生怕漏掉丁点儿细节。子夜时分，寒气逼人，凯歌导演体贴地给卢阿姨披上一件外衣，她却没有察觉，完全沉浸在回忆中。我知道，卢阿姨就像她演过的《喜福会》里那位母亲那样，虽旅居海外数年，早已习惯用英语交流，接受西方思维方式，但内心却被东方文化丝丝缕缕缠绕着，骨血里依然埋藏着纯粹中国人的基因，而“皮黄”恰恰是支撑她生命的精神载体。

早在十年前，黄宗江先生尝试与卢燕阿姨构思一部新戏《艺人》，作品描写一对经历了磨难的京剧艺人，在一次演出结束后，饰演老丑角的男演员坐在后台衣箱上坐化了，他的恋人在观众席上也坐化了。宗江先生渴望写成那个剧本，并出演那个老丑角，恋人一角自然非卢阿姨莫属。可惜，天不遂人愿，

《艺人》一剧终未能写成，宗江老人带着遗憾羽化登仙。但卢燕阿姨却以望九高龄，奇迹般地站在了《如梦之梦》的舞台上，一句“我是谁？我是顾香兰！怎么样都要坚强地活下去”，令无数观众为之动容。

卢阿姨年轻时因迷恋演戏，被“一代天后”李丽华冠以“小迷糊”雅号。年近九旬的她如今却仍执着于舞台，痴心不改，故常以“老迷糊”自嘲。“舞台是我的故乡！我要把握每一分钟，很充实地在我这有生之年，点缀我美丽的故乡！”她说。

卢燕阿姨自传付梓在即，嘱我写上几句，吾等晚辈后生战战兢兢，如履薄冰，勉强联缀数语，聊表寸心，并遥祝老人家九秩寿辰，愿她仍如春燕一般，“年去年来来去忙”，继续她梦幻般的缪斯之旅！

杜康、书及胶片
——谢晋与李行

中医“经络”迄今为止仍无法找到任何物质基础，但谁也不能否认其客观存在。同样，人类所谓“第六感”，听上去似乎玄之又玄，有时冥冥之中却也有些灵验。

戊子初秋，风轻云淡，于台北徐州路上一处安静的庭院里，听李行导演娓娓道来，有种难以言表的感动。说起李行导演，人们总是将他与《汪洋中的一条船》及《小城故事》两部影片联系起来。前者改编自郑丰喜自传体小说《汪洋中的一条破船》。主人公在艰困的人生磨难中生存下来，其不屈不挠的精神感动了同校法律系女同学吴继钊，他们相知并且相爱，虽遭遇重重阻挠，最终喜结连理。谁知中秋佳节之时，却传来郑丰喜罹患肝癌的噩耗。这位年仅三十二岁的斗士最终还是恋恋不舍地告别了人世。影片上映后，观众席哭声一片。《小城故事》里那丝丝柔情以及邓丽君的甜美歌声不知醉倒了多少少男少女。多年过去了，走在熙熙攘攘的大街上，《小城故事》的旋律不经意间从某家店铺飘进耳朵，你仍会不由自主地停下脚步，恍若隔世。

出人意料的是，李行导演最引以自豪的并非那份骄人的成绩单。他看重的则是自己与谢晋导演那份朴素的兄弟之情，甚至对他俩首次见面的时间、地点都记得一清二楚：“一九九二年一月十日，在香港参加两岸三地电影导演会，我们一见如故。古人讲‘何以解忧，唯有杜康’，而我们是‘何以抒怀，唯有杜康’。谢晋擅饮，我肝不好，没敢多喝，但实际上也灌了不少黄汤水。后来，我放了一部《唐山过台湾》给他看，电影还没结束，他就叽里咕噜乐个不停，说，假如导演名字换成谢晋，没有人会怀疑；而把《芙蓉镇》说成是李行作品，也照样行得通。就这样一来二去，两个人距离更近了。”一九九九年，李行先生在台北组织“谢晋电影回顾展”，没想到，正遇上“9·21大地震”。那晚，强烈的震感将李行先生从梦中惊醒，他不由得为老友安危担心，便急急赶往谢晋下榻的酒店。谢导向来睡眠甚佳，随行的长子谢衍就在父亲隔壁，发现情况有异，跃身而起，猛敲父亲房门，见门内毫无反应，便只得从阳台跨过铁栏杆爬过去，唤醒父亲，随后两人匆匆下楼，坐在马路边等待救援。见老友安然无恙，李行这才如释重负。说到谢导长子谢衍早逝，李行先生一声叹息，也勾起一段痛苦回忆。原来他自己的儿子也因为车祸不幸身亡，彼此都经历了白发人送黑发人的不堪折磨，“我们相差七岁，他属猪，我属马，但家世、成长背景都有相似之处，艺术上也都坚持现实主义影像风格，彼此情同手足，无话不谈……”

李行导演话还没说完，摄影师示意机器报警，需要更换电池，我们只得暂时中断谈话。不一会儿，导演助手脸色刷白，神情紧张地递过手机，只见屏幕上赫然显示新华社简讯：“著名电影导演谢晋逝世。”我几乎不敢相信自己的眼睛，世上怎会有如此骇人的悲剧?!而我又将如何面对与谢晋有着生死之交的李行先生?老人是否能够接受这残酷的现实?我在焦灼中仰望苍穹，一时踌躇难决。见我惶憾徘徊、沉吟不语，李行导演的助手轻声言道:“说吧!李导总会知道的。”获知事实真相，李行先生先是不愿接受，随之，两眼直勾勾地发愣，浑身微颤，脸部抽搐，双唇紧闭，仿佛失去了知觉一样，寂然，呆然，又好像从梦中惊醒似的，号啕大哭起来……

李行先生离开后，我独自走在幽静的徐州路上，午后的阳光穿过密密匝匝的树枝，在地下留下斑驳的影子。看着那闪烁不定的光影，心都要碎了，半年前与谢晋导演畅谈的情景浮现在眼前。记得那天谢晋兴致很高，几乎有问必答，并且保持一贯直言不讳的风格。关于张艺谋，他直陈将宋朝戏放至九寨沟拍摄，简直匪夷所思;关于陈凯歌，他为没能看到与《霸王别姬》同等分量的作品面世而感到遗憾;至于姜文的电影，在他看来好像也有点不知所云，但对他在《芙蓉镇》里“扫地”以及“在米豆腐坊抚摸刘晓庆”那两场戏赞誉有加。“当时我用每秒二十八格速度拍摄，姜文很投入，发呆的眼神极有感染力。”尽管眼光独到、严苛，他对贾樟柯的《三峡好人》倒是投以青眼。或许影片聚焦普通人的影调更能赢得谢导的认同。想当年，谢晋对《偷自行车的人》《罗马十一点》等意大利新现实主义影片曾作过深入研究。特别是对《罗马十一点》导演选择演员的原则极为欣赏:“导演选演员重气质，力求自然多采。专业和业余兼用。即便对其他众多应考的姑娘(群众演员)，导演也很注意选有特征的。如戴眼镜的、脸上有痣的、身材很高的、戴帽子的、穿皮大衣的、脸面有雀斑的、大鼻子而且身躯肥胖的、容颜丑陋的、带来妹妹的等等。总之，形象上一眼均可区别，不致混同。”

谢晋导演一生拍摄的三十六部影片，差不多可以勾勒起一段中国近代史与当代史，而且每一部均堪称经典。但经典中的经典莫过于《舞台姐妹》与《芙蓉镇》。这两部电影也让他经受了人生的惊涛骇浪。《舞台姐妹》尚未杀青便受政治暗流侵袭，“影片原有结尾含蓄而具深意：一对姐妹坐在水波荡漾的小船上，走上新生活的月红深有感触地说，以后要清清白白做人，认认真真唱戏。春花则思忖有顷，道：‘我在想，今后要做什么样的人，唱什么样的戏！’结果后来被逼改成硬邦邦的两句话：‘今后，要做革命人，唱革命戏！’”时间已过去半个世纪，说起往事，谢导仍痛苦万分。而《芙蓉镇》一度也因为种种原因取消上海首映式，面对群情激愤的观众，他只得独自走上“美琪大戏院”的舞台，鞠躬致歉。谢导之所以如此执着，是想要如太史公写《史记》那样，像屈原、杜甫、曹雪芹、巴金那样，对民众充满责任感、忧患感和使命感，更要从个人悲剧中获得某种反思：“十年动乱中，先是父亲服毒自尽。他坐在藤椅上，身体趴在写字桌上，因为是冬天，连腿都无法掰直。没过多久，母亲又坠楼身亡，我掀开盖在她身上的被单，把她抱起来，脸上出现很奇怪的表情，嘴角歪斜，似笑非笑，真可以说是‘百感交集’。”尽管伤痕累累，心在滴血，从《天云山传奇》《牧马人》，一直到《芙蓉镇》，谢晋一直试图以胶片挖掘知识分子灵魂深处的细微变化，来反映历史风云变幻，彰显社会与道德伦理的精神力量，就如同鲁迅先生所言“把灵魂展示给人的艺术是最高意义上的现实主义”。

熟悉谢晋的人都知晓，他的个性“其柔似水，其烈如火”，直至晚年，只要一谈电影，仍激情澎湃。而其身体能量很大一部分便来自杜康，几杯酒下肚，更是豪情万丈，而一旦遇上知己，就只觉千杯少了。朱旭先生回忆：“谢晋喝酒很有意思，他有个小量杯，上面标有刻度，每次喝多少倒多少，喝够定量就停下。然而，和我喝酒，喝够定量，却忍不住要再加一点，没一次按照定量喝。”平日评论电影，他也常以酒比喻，如《最后的贵族》，他就竭力体现李清照《武陵春》的意蕴。“这种风格就像我家乡的绍兴酒，平淡上口，不觉自醉。”他说。当然，谢导旺盛的创作生命力及深厚学养源于广泛的阅读。《史记》和《红楼梦》是他常置案头的两本书。论及演员表演，他也喜欢以《水浒》人物做比喻：“演员表演‘点睛’之笔在于其个性特征，这是最能展示灵魂的地方。武松杀完人，墙上题字：‘杀人者，打虎武松也’；鲁智深打死了镇关西，一看出事了，却粗中有细，说声‘你别装死’就溜走了。这两个同样粗鲁的人，性格却是不同的。演员要演出这个区别。”

谢晋导演人生的最后阶段，几乎可以用“挣扎”来形容。商业大潮汹涌而来，令他这个当年同样以商业片起步的资深导演难以招架。他不停地找来各色人等讨论，手里捧着五六个剧本等待拍摄，但理想却一次次破灭。那天临告别时，他送我至电梯口，电梯门开了，却不让我走，紧紧拽着我的手："我还想拍两部电影！就两部！然后就去见马克思！你一定要帮我！"

经受百磨千折，仍坚如磐石的谢晋，最终还是被长子的骤然离世所击垮。谢衍远行后仅仅六十天，谢晋导演倒在了白马湖畔，或许他又可遇见"春晖学校"那些可爱的老师们：夏丏尊，叶圣陶，朱自清，朱光潜，张天翼……

不死的火鸟

真不敢相信，向来生龙活虎的高凌风大哥竟会如此寂寞远行。春节前三天，他还从台北打来电话，兴奋地告知，前度数次化疗均告失败，但一位中医却使他死里逃生，转危为安。他急切希望帮助那位医生友人出版其专著，推广中医治癌理论。同时，还嘱我为他在厦门鼓浪屿开设的“庙口老奶奶冰店”及“铁路便当店”录两段广告词。谁知，不到三周时间，书稿未等来，却等来他撒手人寰的噩耗……

记忆中是在二〇〇六年主持《舞林大会》时认识高大哥的。之前，常常听台湾友人数落高凌风的种种荒唐行径。譬如因年少得志而不懂得珍惜，频频摆架子，弄得秀场和电视台急得跳脚，父亲过世的打击又让他过起了“五毒俱全”的不羁生活。他曾被枪打过，被斧头砍过，也曾有一夜狂输七百万的纪录，这在上世纪八十年代可说是天文数字。因此，坦率地讲，我看高大哥往往带有一丝偏见。然而，在录制节目过程中，看法逐渐有所改变。因为在他那“无厘头”的表象之下，却有着一个音乐人特有的执着与严谨，每个舞步和音符均力求准确无误，有时几乎到了偏执的程度。被淘汰的刹那，这位历经大风大浪的资深艺人竟伤心地哭了起来，弄得我一时不知所措。后来私下闲聊，他告诉我，早在上世纪七八十年代，他因《姑娘的酒窝》那首动感歌曲而在歌坛脱颖而出。那时，穿短裤、留长发，戴墨镜和耳环，扭腰摆臀，大力甩动麦克风，驼背缩脖两腿伸展……几乎成了他的标志，“青蛙王子”的绰号也由此不胫而走。正当歌唱事业到达巅峰时，得意忘形的他渐渐“忘了自己是谁”，用他自己的话说：“我以为我即是‘宇宙’。”很快，高凌风事业如自由落体般坠入深渊，且万劫不复。最窘困时，他几无立锥之地，只得蜷缩在朋友家的阁楼上，靠在游船上给游客发牌赚取可怜的生活费，妻子离他而去，昔日跟随左右的一班朋友也一哄而散，真可谓祸不单行。于是他得了忧郁症和一种奇怪的免疫性疾病。他曾感叹，穷有时比疾病与死亡更可怕！正当最绝望的时候，他在飞机上偶遇星云大师。大师一句“一个人要坚持自己的理想”让高凌风豁然开朗，他决定抛开过去的荣耀，弯下腰重新开始。不久，除音乐和舞蹈外，他又借“模仿秀”回到公众视野，再攀艺术高峰。经过这一路跌跌撞撞，他对每个机会都倍加珍惜，还总结出一个“石头理论”。“所谓‘石头理论’就是好比把石头丢进大海里，可能只会激起一些小涟漪，没什么作用，但是假设某次刚好碰到大风掀起大浪，别人会以为是你丢的石头掀起的浪，对你另眼相看，人的一生永远不知道能碰上几次大浪掀起的时候，所以，每一颗石头都要好好把握，好好地丢，机会随时会让你再创高峰。”打那以后，他的人生哲学便是“做事要拼，看事要淡”。

两年后《可凡倾听》赴台湾地区做系列采访，虽然采访名单上并没有高凌风的名字。素来行侠仗义的高大哥得知消息后，仍与妻子金友庄在台北闹市区一家上海餐馆设宴款待。席间，听说我们约访琼瑶女士受阻，他主动请缨，帮忙从中撮合。因为琼瑶女士当年对他有知遇之恩。高凌风早年与友人组了个乐团到琼瑶家表演，慧眼识珠的女作家看了甚是欢喜，并对他直言相告："乐团中只有你会红。"因琼瑶乳名"小凤"，平鑫涛先生便给乐队起名"火鸟"。他们夫妇还热情地向刘家昌和白景瑞推荐。后来，白景瑞导演要拍一部爱情片，请琼瑶提供故事脚本。琼瑶灵机一动，便将当时名叫葛元诚的高凌风的真实故事写成了小说《女朋友》。小说风靡一时，平鑫涛、琼瑶提议："干脆你的名字就叫高凌风吧。"从那天起，这个艺名便跟了他大半辈子。高凌风追邓丽君，平鑫涛琼瑶夫妇还破天荒地帮着出谋划策，设计了一串心全部送给邓丽君，还写成一首歌"心串心，心怦怦脸儿红，都是为了你，是你到我的梦里来，还是要我走出梦中"，并在树上用红丝带绑着，由平鑫涛题字："问彩云何处飞，愿今生永相随"。所以，高凌风视平鑫涛琼瑶夫妇为恩人、贵人、亲人。每年大年初一必去拜年，雷打不动。即便甲午新春，病情恶化，仍如期而至。只有一次例外，那就是高凌风为谋生计远赴拉斯维加斯演出，因时间冲突未及登门。出乎意料的是，当高凌风一踏上舞台，一眼便看见平鑫涛琼瑶夫妇端坐于观众席中，用关爱的眼光凝视着他，高凌风的眼泪顿时奔涌而出。虽说因种种原因，琼瑶访问最终未能完成，但心里对高大哥仍心存感激。

二〇一二年初春，我约高大哥与儿子宝弟参加《可凡倾听》春节特别节目《龙图大展》录影。之前，他与妻子金友庄婚姻触礁。经历过两次失败婚姻，高大哥对第三任妻子小金总是疼爱有加、小心翼翼。他甚至研究出一套夫妻相处之道:“如果两人吵架分不清对错时，那我就让到底。宁可当一个没想法、没反应的矿物人。夫妻彼此为芝麻绿豆小事吵架不值得。当植物人已经很跩了，我变成矿物人，家中就像找到金矿一样，每天和谐快乐！”小金也坦言:“高凌风这些年巨大的转变(个性、爱情、家庭观……)是由坏变好，若不是亲眼见证，打死我都不相信。”她还自豪地表示这个家庭是“稳定中求发展”。没想到，两人感情竟会变得如此不可收拾。高大哥一度意志消沉，来沪小住，便常常来我家聊天解闷。言谈中，他从没一味指责小金，相反，大多数时候都在唱“是我错”，愧疚之情溢于言表。尽管高大哥曾放出豪言要誓死捍卫婚姻，但他心里很清楚两人到了该唱“Goodbye my love”的时候。他在节目中首度公开透露琼瑶给他的九字锦囊“该放手的时候就放手”。虽然遗憾，但高大哥却无怨恨，他语带哽咽地说:“人生都是一个缘分，能够携手走过十六年，已属不易！小金在我眼里可分为四个阶段:先是‘情人’，然后是‘太太’，慢慢成为‘亲人’，最终我希望进入第四阶段‘恩人’。我真心感念小金一路对我的恩情。”一个人若无坚强的内心、智慧与勇气，断难说出这番话语。

“弱而愚者，不知谁看得起他，谁看不起他。弱而智者，最在乎谁看得起他，谁看不起他。强而愚者，以为无论是谁，都看得起他。强而智者，看得起他，看不起他，一样，他对别人也没有看得起看不起可言。”读木心先生这段文字，便想起高凌风，一个屡战屡败、屡败屡战的悲剧英雄，一只不死的火鸟！

俗世里的传奇

因为拍摄一部纪录片，得以重返曾经实习过的瑞金医院。步入院史陈列室，仔细端详墙上悬挂着的医学大家照片，诸多往事袭上心头。瑞金医院脱胎于广慈医院，内外科均实力雄厚。内科由邝安堃教授领衔，名医云集；外科同样如此，只是风格不同，分“法比派”和“英美派”。“法比派”医生大都留学法国和比利时，灵魂人物为傅培彬教授。董方中教授则是“英美派”中坚力量。尽管人生经历相异，对疑难杂症和医学理念各抒己见，却又相互尊重，绝无门户之见，可视作“和而不同”的典范。不管来自哪个派别，老师们对操作流程都有严格规范，譬如打结一律用左手，即便像阑尾那样的小手术也必须按规则切口，来不得半点儿马虎。曾经有幸随傅培彬教授参加一台疝气教学手术。傅教授一边操作，一边询问局部解剖，我们若一时答不上来，他也决不斥责，而是耐心解释，直至学生弄懂为止。至于董方中教授，我们没能听他授课，却也常常会在医院里见到他的身影。在瑞金医院实习，时值上世纪八十年代中期，老教授们的着装大都比较朴素，但董方中教授却开着一辆红色跑车出入医院，且西装笔挺，左侧上衣口袋还放着一块白色口袋巾，气宇非凡。从其他外科医生口中得知，彼时的董方中医生被泛美航空公司聘为高级医学顾问，待遇与其他医生自然有悬殊。据说：“董方中医生的上衣口袋里始终放着一支牙刷，就是为了随时外出会诊。他查房时也总是西装革履，斯斯文文。日常生活中平易近人，但一旦上了手术台，立刻化身为‘棺材板里能救活人’的神医和‘出神入化’的快刀手。”只可惜，无缘目睹。

很多年后，偶然看到一张黑白照片，照片上两对夫妇微笑着面对镜头，左边是董方中和太太李杏芳，右侧竟然是张骏祥和周小燕。这两对夫妇究竟是何关系，百思不得其解。待《可凡倾听》开播前夕，前去采访周先生时，方才知道原来董方中医生是她亲舅舅，但年龄相仿，只差三岁。当年，张骏祥与周小燕结婚，便借董方中医生家办了一桌喜宴，招待亲朋好友。一九七六年周恩来总理去世，音乐学院举办追思会，说及家中两代人和周恩来的友谊，小燕教授激动不已，忽然呼吸窘迫，晕倒在地，幸亏董方中医生及时赶到医院，与其他医生通力合作，这才使小燕老师转危为安。

上世纪四十年代，正当董方中先生从上海圣约翰大学医学院毕业，赴美国西弗吉尼亚州圣玛利亚医院深造时，周小燕却在巴黎备受煎熬。抗日战争爆发，刚满二十岁的周小燕以一曲《长城谣》，激励无数抗日志士。小弟弟德佑未满十九岁便牺牲于抗日运动，为防不测，小燕与大弟弟天佑一起远赴巴黎求学。前往巴黎途中，站在船头，扑在栏杆上，周小燕凝视着翻滚的波浪，心中默祷，期望自己未来的生活如同大海一般，时而平静如镜，时而波涛汹涌。不想，一语成谶。到法国后没多久，巴黎沦陷，纳粹铁蹄肆意践踏法兰西大地，战火四起，所以，小燕先生常打趣道："The war follows me everywhere." 和弟弟一起逃难的过程中，弟弟突发阑尾炎。由于断电，手术无法进行，弟弟在冰水里泡了一夜，转成肺炎。一个年轻的生命瞬间陨落，小燕遭遇人生最低谷。而在此时，萧子升和凌卓，一对慈爱的夫妇出现在小燕的生活中。萧子升是诗人萧三的胞兄，与毛泽东、蔡和森同为杨开慧父亲杨昌济的得意弟子，人称"湘江三友"，因其性格温和，毛泽东称其为"萧菩萨"，彼时在巴黎李石曾创办的中国国际图书馆任馆长，其妻凌卓为画家，文学造诣高深，林语堂评论她"口未尝出一恶语，手未尝作一恶事，心未尝起一恶念，她天性之厚也"。这对菩萨心肠的夫妇用慈悲与爱温暖着小燕日渐枯寂的心灵。也是在萧子升凌卓家，小燕有缘与潘玉良相识，也常应邀前往潘玉良画室做客，潘玉良居住在拉丁区的一间阁楼里，宛若歌剧《波希米亚人》里的场景，画室里有不少裸体素描，以及少量几幅油画。在小燕记忆里，潘玉良笔下的景物人体与其长相简直天壤之别。潘玉良也给小燕画过一幅肖像，可是小燕觉得不像，竟未取回，直到多年之后，这幅肖像才随潘玉良其他遗作，一起回归故里。

周先生晚年开启艺术第二春，忙于声乐教学，桃李满天下，但也不得不抽出时间照顾年老体弱的丈夫。张骏祥先生为体位性低血压所困扰，有时，身体位置稍一变动，就会昏厥，危及生命。为此，周先生总不离开骏祥先生半步，曾多次舍弃担纲国际声乐大赛评委的机会，但在一九九五年纪念抗战胜利五十周年的“长城音乐会”上，周先生竟奇迹般登临长城，身着黑底红花旗袍，与学生共同吟唱《长城谣》。当“万里长城万里长，长城外面是故乡……”的旋律响起，数千羽白鸽凌空翱翔于蓝天白云之间，所有人的眼睛都湿润了。直播结束，周先生又匆匆赶回上海，以免骏祥先生担心。

当生命之舟慢慢驶向终点时，躺在瑞金医院的病床上，周先生常会回忆起与骏祥先生生活的点点滴滴，譬如有一次周先生登台演唱，得知丈夫会来欣赏，故演唱时用力甚猛，结果遭骏祥先生“讥讽”，“那简直是声嘶力竭，鬼哭狼嚎”。周先生起先感到委屈，但细细琢磨，觉得丈夫说得在理，艺术要讲究分寸，太过与不足，均会损伤艺术的完整性。说完这则轶事，周先生冲我笑了笑：“艺术要有分寸，做人又何尝不是如此。”

分寸，是周小燕先生留给世间最后的艺术箴言，也是她毕生的行为准则，更是创造俗世传奇的人生底色。

叛逆的师承

和吴冠中先生闲聊，话题竟是从潘玉良开始的。

吴先生刚刚读了《文汇报》有关我采访周小燕先生的文章。在访问中，周先生向我回忆起上世纪四十年代在巴黎与潘玉良的一段交往。当时，周小燕借居在她称为“萧伯母”的野兽派画家凌卓家，因而有机会与经常来这里的潘玉良见面。某日，潘玉良主动提出给周小燕画幅肖像，年轻的声乐家自然很高兴，并为此做了三个半天的模特儿，两次在凌卓家，一次在潘玉良家。可遗憾的是，画完后，周小燕觉得不像自己，居然没要。大约十年前，这幅肖像画作为珍品出现在“二十世纪中国油画回顾展”上。周小燕告诉我，那时的潘玉良十分潦倒，居住在类似歌剧《波希米亚人》中所描绘的拉丁区，逼仄的小阁楼里到处贴满了素描，线条挺劲流畅，大多是裸体。从外表看，潘玉良不仅长得怪，穿着也奇形异状。“她走在香榭丽舍大街上是颇具回头率的，这并非因为她漂亮，而是其狮子鼻、厚嘴唇的相貌十分奇特，甚至可以说很丑。”周小燕不无风趣地说。

看了这段文字，吴冠中先生也不禁笑了起来，“周小燕说得没错，潘玉良绝对不是大美人，她有男子的豪气，却没有女性的妩媚，常常把口红涂得很鲜艳，穿一身色彩强烈的西装就出门了。她那时住在一幢旧楼的顶层，木头楼梯咯吱咯吱。她那层楼没水，水管只接到四楼，我还帮她提过水呢！”潘玉良巴黎生活陷入窘境，吴冠中曾劝她可回国教书。但她与徐悲鸿素有罅隙，声称只要徐悲鸿执掌美院绝不回去。一九五三年，徐悲鸿去世，吴冠中与卫天霖再度力邀潘赴京任教，潘也为之心动。可是，没多久，“反右”斗争风起云涌，一切皆化为泡影。一九九三年，七十四岁的吴冠中在巴黎塞纽齐东方艺术博物馆举办画展；画展期间，他专程去拉丁区探访潘氏旧居，却被告知，不仅房子拆了，连整条街都已灰飞烟灭了……谈到这些往事，吴先生显得有点怅然若失。

临去北京前，曾往“知白堂”拜访刘旦宅先生。刘旦宅对吴冠中“笔墨等于零”和“一百个齐白石抵不上一个鲁迅”的观点很不以为然。他指摘这是“概念混乱、逻辑混乱、思想混乱。这种混淆是一个很坏的现象，等于是这里有一座高楼大厦，富丽堂皇，但有个人拿着泥巴朝玻璃窗上扔，这是无事找事而且是在侮辱”。听说我要采访吴冠中，脾气倔强、个性孤傲的刘旦宅情绪有些激动，两眼冒光，“你应该问问，如果有人说，‘一百个吴冠中抵不上一个王朔’，吴先生当作何感想？！”以刘先生的资历，他当然可以有这样的质疑。但面对吴先生，这样的话实在很难问出口。不过，犹豫再三，最终还是向吴先生“摊牌”。吴先生倒也没有恼怒，反而平心静气地向我这个莽撞的后生小子一一解释：“我讲的一百个齐白石比不上一个鲁迅，指的是社会功能，不是说齐白石没有价值。齐白石我还是承认他是大师，是中国的骄傲。但就社会功能而言，文学与绘画不能同日而语。坦率地说，美术的力量比不过文学。比方说拉斐尔，他的绘画技艺精湛，但其社会功能与但丁有天壤之别。我受鲁迅影响从事艺术，很想在美术上走鲁迅之路，但这两样东西不同，走不到一块儿。所以，我觉得是丹青负我，我负丹青。或许别人认为吴冠中是个成功的画家，但我却自认是个失败者。至于刘旦宅先生，我和他不认识，彼此艺术观点有分歧很正常，没什么好奇怪的。”既然吴先生如此谦和，我也不便再问什么，便匆匆说了几句算作结语。后来节目播出，刘旦宅先生看到了这段，仍不满意，批评我不该顺势圆场，而要紧追猛打。虽然绘画风格不同、艺术观点相左，但两位大师耿直的禀性倒是何其相似乃尔！

二〇〇五年初秋，八十六岁高龄的吴冠中先生拖着羸弱的身躯，坐火车来上海出席自己的艺术回顾展。他说过：“我要把艺术人生的句号画在上海。”因为这里有他的老师林风眠、吴大羽的印迹。特别是吴大羽，堪称吴冠中人生旅途上的一盏明灯。上世纪五十年代，正是与恩师的鱼雁往来，坚定了他回国的信心。吴冠中说，“文革”后来上海探望大羽师，但那时的老师早已没了年轻时的英气，郁郁不得志，饭桌上也极少说话，只是低声嘀咕：“我不能请你们吃饭，还要你们学生请我吃。”吴冠中叹了口气，“一个知识分子在时代变迁中受到压抑，吴大羽的生活状态如是，但他仍不断探索，经营着自己的美术事业，没有受到政治和经济上的压迫。多了不起啊！”从恩师又想到了同窗。听闻大剧院有他挚友朱德群的巨幅绘画《复兴气韵》，他执意要前往观看。吴先生常常念叨，没有朱德群，自己或许只是个平庸的工程师。抬头仰望这幅色彩斑斓、气象万千的巨作，吴冠中感慨道："德群比我早学一年，成了我的小先生。从此，我们结下了终生友谊。别离，阻隔，人生里多坎坷。'明日隔山岳，世事两茫茫'，而艺术的情谊是圣火，风吹不灭。距离的风及岁月的风，风愈烈，火愈炽……我们一直是同路人，是林风眠、吴大羽、潘天寿等启蒙老师指引的那条路上的同路人，都是叛逆的师承者。今日人渐老，鬓已苍，一见如故，人如画，画如人。"正说着，吴老公子的电话响起，里面竟传来朱德群洪亮的声音。原来，一个月后，朱德群也要来上海举办展览，他希望老同学能在上海多逗留一段时间，好再痛痛快快聊聊艺术。因为他俩仅差一岁，又都病魔缠身，这或许是他们人生中的最后一次相见。听得出，朱德群有些伤感。吴冠中赶紧安慰道："没关系，人见不到，那就让我们的作品碰面吧！人生短，艺术长！"话虽如此，吴先生的神情不免落寞。好在没过几天，另一位同窗闵希文竟出现在画展开幕式上。兴奋不已的吴冠中不顾年事已高，一步跨下台去，拉着老同学的手，贴着他的耳朵说着些什么。可闵先生听力有障碍，相互交流好像有困难。但见吴先生突然用手抚摸老同学那张干瘪而又布满皱纹的脸。"就像摸自家的婴儿"（吴冠中语），脸上的表情不知是苦还是笑……

那一刻，沸腾的美术仿佛凝固了，唯有两位老人四目相对所发出的电光石火，穿行于硕大的空间里，感染着每一个人。

远远地，远远地，望着，望着，我的眼睛湿润了。

知己
——程十发与蓝天野

“我梦见缤纷的野花，那是五月的花朵；我梦见翠绿的草地，到处有鸟儿在欢歌……窗外的树叶何时才能变绿，我何时才能见到我的爱人。”伴随着舒伯特《冬之旅》的旋律，蓝天野和李立群饰演的两位知识分子，虽已风烛残年，却仍为晦暗时期的一次背叛而耿耿于怀，反复纠缠于悲愤和忏悔、仇恨和宽容的矛盾漩涡之中，难以自拔。蓝天野扮演的老金时而狂躁愤怒，时而冷嘲热讽，但不改知识分子温文尔雅的底色，直至李立群扮演的陈其骧追问：“如果犯罪不可饶恕，那么不可饶恕是不是也是犯罪？！”老金才慢慢恢复理智，以一句“我爱你”表达内心的释怀与宽宥。天野先生在戏里将一个珍视友情、痛恨背叛的老知识分子刻画得神形兼备。事实上，生活中的天野先生本身就是一个“士为知己者死”的磊落高士。上世纪八十年代，作家白桦身处逆境，天野先生“冒天下之大不韪”，冲破重重阻力，将其力作《吴王金戈越王剑》搬上舞台，给作者带去无尽的安慰。时隔三十年，为复排此戏，蓝老师又不惜将万方为他度身定制的“封箱”之作《冬之旅》推迟上演。“蓝”“白”之间的深厚友情感天动地。

同样，蓝天野与海派画坛领袖程十发的君子之交，亦可圈可点，一咏三叹。

程、蓝因纪录片《任伯年》结缘。一九六一年，蓝天野狄辛夫妇随北京人艺来沪演出《蔡文姬》《伊索》和《同志你走错了路》三出戏。上海科影厂闻讯，邀请狄辛女士为纪录片《任伯年》配音。当他们观看样片时，早年习画的天野先生为任伯年画作所震撼，而此片艺术顾问为程十发先生，十发先生又正好是北京人艺的“发烧友”，故而不辞辛劳，从库房选出十数张任伯年精品，逐一分析、讲解，从作者生平到造型构图、笔墨特点，巨细靡遗，天野先生获益良多。于是两位艺术家倾心相交，结下河梁之谊。

数月后，北京人艺又将《胆剑篇》带来上海演出，天野先生专程请十发先生看戏，十发先生为越王勾践卧薪尝胆、复国雪耻的决心和意志所感动，艺术灵感迸发，每日在剧场画下大量速写。后来还据此创作了继《阿Q正传》后，又一部连环画扛鼎之作《胆剑篇》。程十发挚友，同样也是连环画大家的顾炳鑫对《胆剑篇》评价甚高：“在这个作品中可以看出有战国秦汉时期艺术中帛画、画像石及某些造型，也有魏晋南北朝墓中壁画、砖刻、漆画和卷轴画的影子，因此使这部连环画能具有古朴浑厚鲜明的时代特征。画家采用他擅长的传统线描，极富装饰性。画面处理有时采用散点透视，可层层重叠，也可分割成块，把不同时间空间的内容组合在一起，使画面丰富饱满而层次分明；有时采用焦点透视，用以把观者的目光引向主体。有些画面沿用了人物绣像的造型方式，大片留白，突出对主要人物刻画，使读者产生了强烈的印象而引起共鸣。”试想，若没有蓝天野，程十发也许不会给世人留下一部《胆剑篇》。程公为此以洗练传神的笔墨为蓝天野夫人狄辛精心绘制一幅《西施》图，以表谢意。

没过多久，十发先生北上公干，天野先生招饮于家中。天野先生演戏之余，常爱往“荣宝斋”“宝古斋”和“墨缘阁”等古董铺子溜达。他本人便是丹青高手，毕业于“北平艺专”，同窗中有日后成为卓然山水画大家的孙其峰，以及电影导演李翰祥，及至上世纪六十年代，又受业于李苦禅、许麟庐诸公，自然深谙水墨画精髓，也相继购得不少古画，其中陈老莲的《墨竹图》更是弥足珍贵。可是，当时也有个别专家对此画真伪存疑。故而，酒酣耳热之际，天野先生取出那幅《墨竹图》请程公审定。画轴徐徐展开，十发先生眼睛一亮，只见画面上有偃竹两枝，一浓一淡，一老一新，交相辉映，枝叶离披，凌空摇曳，恰似飞凤展翅。画家用笔既沉着劲力，又不乏飘逸灵动，枯湿浓淡，相得益彰。

画幅上方诗塘题：“洪绶画竹，以与可为第二义，然第二义亦不可多得。时已巳暮冬醉后写于清泉草亭。”十发先生平素醉心于陈老莲，赞赏其尊重传统，又不固步自封的艺术精神，他在一则题跋中曾说：“我们祖先留下了杰出而又有艺术性、又有通俗性的作品……如近一些的陈洪绶的博古叶子、水浒叶子。”陈老莲乃中国绘画史一怪杰。其画风夸张迂怪，超拔磊落，所绘人物既有唐人之精巧谨严、宋人之疏密有致，又兼元人之意趣及明清两代之性情，挥洒自如，流畅淡雅。宾虹老人尝云："老莲画法上溯晋唐，下开扬州八怪之先声，以至山阴诸任氏而止。"故称老莲之画"三百年无此笔墨"，并不为过。十发先生从老莲艺术中汲取养料最多，曾刻有"十发梦见悔公"和"十发梦见莲子"两枚闲章。他本人还不遗余力，多方搜集老莲书画，藏有《簪花曳杖图》《老妪解诗图》《索句图》《罗汉礼佛图》《和平呈瑞图》等十余幅经典之作。所以，程公对老莲绘画了然于心，没有任何迟疑，当即确认此幅《墨竹图》为老莲真迹，且考订此图为作者三十二岁时所作。十发先生随手找来一张香烟壳子，在其背面拟定跋文初稿，再以同样飘逸俊秀的行草誊写至画幅左侧绫边。大概是对老莲艺术痴迷不已，十发先生返回故里，却对那幅《墨竹图》日思夜想，甚至彻夜不眠。越数月，程公再度进京，托天野先生同事、舞美设计师王文冲传话，询问是否可以用自己箧中其他古画与那幅《墨竹图》做交换。中国人向来有"宝剑赠英雄，红粉送佳人"之说，蓝天野先生平生豁达仗义，又与程十发恨相知晚，莫逆于心，几乎未加思索，便将《墨竹图》慨然赠予程十发。黄胄先生得知后殊觉惊讶，"质问"蓝天野何以将珍贵古画拱手相让，天野先生倒也坦然："我是演员，赏画不过是怡情养性；而十发乃专业画家，又深得老莲神髓，此画由他收藏，更有价值。"一九九六年，程十发先生将毕生收藏一百二十幅古代书画捐献国家，其中就有那幅《墨竹图》。

我曾有缘于"三釜书屋"得窥此幅《墨竹图》真迹，驻足画前，凝神注视，画面上那两枝舒卷自若、生机蓬勃的竹子，相互交汇缠绕，仿佛十发、天野两位高士，策杖漫行于山阴道上，相扶相持，互勉互励，说画论艺，抚掌大笑……

九层楼的风铃

阳春三月，暖风拂面，新枝吐蕊。国家博物馆“巴黎国立高等美术学院珍藏展”迎来一位耄耋老人。只见她满头银发，却梳得一尘不染，步履略显缓慢，但脸上却洋溢着慈爱的笑容，微微凹陷的眼窝里，一双深褐色的眼眸，似乎悄悄诉说着岁月的沧桑。忽然，老人在一幅题为《病中妻子》的油画前停下脚步，伫立良久。画面上，瘦弱的女子斜靠白色枕头，额头扎一条褐色丝巾，两颊绯红，神情忧郁，左手放置被子外面，被子上又覆盖一条暗红色毛毯。望着熟悉的画中人，老人戴上眼镜仔细端详，眼眶湿润。因为，画中人正是老人母亲。她万万不曾想过，历经八十载风雨，母女竟会以此种方式“重逢”。老人是图案艺术大师常沙娜先生，而作画者正是她父亲，“敦煌守护神”常书鸿先生。由《病中的妻子》，常沙娜先生又想起父亲画于巴黎的另一幅作品《画家家庭》。“他用考究的蓝绿色调和细腻的笔法，真切地描绘出静谧祥和的家庭气氛。画面突出了妈妈穿着中式旗袍的东方妇女形象，也表现了他自己作为成功的青年画家手握画具、踌躇满志的神情；而倚在妈妈怀抱中的我，受宠之态更被满怀爱意的爸爸刻画得惟妙惟肖……”

与常沙娜先生闲聊，她老人家话语中出现频率最高的便是

“感恩”二字。在她看来，无论是父亲常书鸿，还是她自己，都是踩在巨人肩膀之上，才有所成就。的确，常书鸿先生当年致力于敦煌艺术保护与研究，首先得到于右任先生支持。于右任先生曾亲赴敦煌千佛洞考察，对斯坦因和伯希和偷盗、破坏敦煌文物的行径悲愤不已：“斯氏伯氏去多时，东窟西窟亦可悲。敦煌学已名天下，中国学者知不知？”当得知常书鸿先生有志“敦煌学”研究，他欣喜若狂，嘱咐年轻的常书鸿：保护敦煌，从清除积沙开始；研究敦煌，则从临摹壁画和塑像开始。常书鸿抵达敦煌，便按照于右任先生的建议着手工作，直至晚年。然而，敦煌保护与研究路途漫漫，困难重重，敦煌艺术研究所无端遭到裁撤。常书鸿不禁悲从中来：“……我向北端的石窟群望去，‘层楼洞天’依稀可辨，那是多么熟悉的壁画和彩塑，在那里蕴藏着多么珍贵的艺术啊！当我一来到千佛洞，我就感到自己的生命似乎已经与它们融化在一起了。我离不开它们……”常先生在回忆录中这样描述当时凄凉悲壮的心情。于是，他前往重庆艰难奔波，终于感动傅斯年先生。孟真先生毅然决定调拨经费和人员，提供图书设备，并配置一辆十轮大卡车。“我们还购置了一台小发电机和照相机、胶卷以及绘图用的纸张、画笔、颜料等。这辆十轮大卡车，满载着我复兴敦煌艺术研究所的希望和新招收的人员、材料开往敦煌。”时隔七十余年，我们仍能从常书鸿先生的文字中感受到他当时的兴奋与满足。

而对常沙娜自己，徐悲鸿、梁思成、林徽因等，则是她人生轨迹不可或缺的“贵人”。常书鸿与徐悲鸿乃莫逆之交，并在巴黎与徐氏弟子吕斯百、王临乙过往甚密。筹办敦煌艺术研究所时，常书鸿曾在重庆举办画展以募集资金。徐悲鸿欣然作序，鼎力相助："常先生留学巴黎近十年，师新古典主义大师劳朗斯先生，归国之前，曾集合所作，展览于巴黎。……常先生工作既勤，作品亦随时随地为人争致，难以集合。兹将有西北之行。故以最新之作，各类油绘人物风景之属，凡四十余幅问世，类皆精品。抗战以还，陪都人士，雅增文物之好。常先生此展，必将一新耳目也。"而沙娜先生赴美留学前，父亲曾有意将她托付给徐悲鸿先生。受老友嘱托，悲鸿先生不敢有丝毫怠慢，郑重其事地连修数函，告知相关入学细节。他给常沙娜信中写道："你愿意来到我们的学校，我感觉到非常骄傲。你可好好地完成你的临摹作品，到九月随着你的伟大的爸爸来北平补考入学。"据说，徐悲鸿先生特意关照在教室里预留一个画架，以待常沙娜随时前来插班学习。只是，常沙娜后来赴美留学，美院读书之事才被暂时耽搁。其实学成归国后，常沙娜仍执意去美院继续深造。

可是，梁思成和林徽因的出现，令其人生之路再度逆转。上世纪五十年代，常书鸿先生于故宫午门筹办"敦煌文物展览"，嘱咐常沙娜陪同梁思成林徽因夫妇参观。梁先生从未踏足敦煌，但凭伯希和《敦煌图录》，照样写出敦煌研究宏文。当年常书鸿执意赴敦煌，梁思成的鼓励至关重要。听说敦煌壁画摹本集中展览，梁林二位先生岂肯错过。林徽因受肺结核困扰，连行走都异常艰难，却仍兴致不减。当闻知常沙娜自幼跟随父亲临摹敦煌壁画，林徽因盛情邀请常沙娜到她身边工作，协助她从事景泰蓝图案设计。于是，常沙娜决意放弃求学之路，追随林徽因，设计出景泰蓝和平鸽大盘，以及以敦煌隋代藻井图案及和平鸽图案为主体元素的头巾。她还常常应邀参加林徽因有名的“太太客厅”：“两位先生的家庭生活是英国式的，下午四点多钟，张奚若、金岳霖、钱伟长、王逊等先生都喜欢到他们家吃下午茶。……他们都是多年的老朋友了，彼此间无拘无束，一边喝茶一边聊天。在那么多随意的谈话中，他们从来不议论这个人那个人，只是议论一些事，有什么看法，就敞开了说，谈国家建设，谈抗美援朝，谈教学，也谈哲学、文学艺术，博古道今，其中首都北京的城市规划是谈得最多的话题。”彼时林徽因沉疴不起，但仍饶有兴趣地参与谈话。在常沙娜记忆中，林先生“躺在那里，靠在一个大枕头上，滔滔不绝地说话，一激动脸上就泛起红晕，明显是累了。梁先生太了解她了，过了一会儿就走过来看看，关切地说：‘你又激动了！休息休息。’林先生也只能无奈地靠在大枕上休息一会儿”。

虽然常沙娜先生成长历程中获诸多师长与父亲的疼爱，但母爱的缺失终究是她永远的痛。常书鸿先生与结发妻子原本是表兄妹关系，妻子也常以“四哥”称呼丈夫。夫妻俩先后赴巴黎留学，一个学习绘画，一个学习雕塑。琴瑟和鸣，相濡以沫。从仅存的几张旧照中，可以看到夫妇俩相互依偎，妻子面容姣好，身材苗条，头发呈波浪状，一顶帽子总是斜戴在头上。丈夫的手搭在妻子肩上，妻子则搂住丈夫的腰，女儿沙娜手捧鲜花，站立前面，凝视远方，一派祥和甜美气氛。沙娜先生回忆："妈妈漂亮，打扮入时，非常爱我，而且非常能干，会织好看的毛衣，我穿的衣服都是她做的。妈妈在雕塑系学得很不错，还拿到了奖学金……"所以，当听说丈夫决意放弃巴黎优渥生活，到飞沙走石的茫茫戈壁，夫妻间龃龉不断。经友人从中协调，妻子终究还是勉强同意返国。起初，妻子也为敦煌壁画和雕塑的瑰丽所折服，全心投入壁画临摹工作。渐渐地，敦煌生活的刻板和孤独令妻子心生厌烦，他俩冲突四起。恰好此时有个浙江籍退役军官不经意间闯入他们的生活。此人巧言令色，骗得常先生信任，承担起研究所后勤工作；同时又善于察言观色，很快摸清常先生夫妇矛盾症结所在，故以甜言蜜语俘获常夫人芳心。常夫人个性单纯幼稚，经不起死缠烂打，竟一时冲动，抛下一双儿女，与那个军官不辞而别。从学生董希文口中得知原委，常书鸿先生心急如焚，策马扬鞭，紧追百里却仍未找回爱妻，昏倒在地，幸亏被人及时救起，得以脱离险境。"在子女的哭叫声中，我开始默默地承受这意想不到的打击。在苦不成寐的长夜里，铁马声声，如泣如诉，更勾起了我万千思绪。回想回国后几年来的坎坷风雨，回想妻子这几年跟我一起遭受的痛苦，在怨恨之后，又感到自己心头袭来的一阵自我谴责……"常书鸿先生曾痛苦地反思自己的婚姻悲剧。

母亲离开后，常沙娜与父亲相依为命。她倾心照顾父亲，也绝口不提母亲，似乎母亲的形象渐行渐远。直到一九六二年，常沙娜才在杭州与母亲重逢，其间相隔近二十年。但不知为何，那天母女相见，两人异常克制，竟没流一滴眼泪。常沙娜先生只记得母亲连连致歉，并说：“现在我也很苦，这是上帝对我的惩罚，一失足成千古恨。”原来，那个退役军官病死在监狱。母亲为生活所迫，不得不改嫁一体力劳动者，彼此完全没有共同语言。即便如此，老太太还不得不以帮佣维持一日三餐。从那时起，常沙娜先生瞒着父亲每月寄钱给母亲，直至老人家过世，但母女俩却再也没有机会相见。沙娜先生至今仍保存母亲的六封信，“……母亲信里的字很差很差，和记忆中妈妈的字完全不一样了，看了心里很难受。”一位留学巴黎的中国女雕塑家，一念之间，居然沦落为给人帮佣的老妈子。她留给世人的作品只有一尊女儿的雕像和一尊吕斯百雕像，还有那些字迹潦草歪斜的家书。说起母亲的遭遇，常沙娜先生总会用法语说：“C'est la vie（这就是人生）！”

常书鸿先生晚年给女儿写信：“沙娜，不要忘记你是‘敦煌人’，也应该是把敦煌的东西渗透一下的时候了。”常沙娜先生也始终从敦煌艺术中汲取创作灵感。因为无论身处何地，她眼前总闪现敦煌壁画与雕塑的壮美，耳边总响起那似有似无、若有若无的叮当铃声。常书鸿先生说，那是莫高窟九层楼的风铃。

是真名士自风流
——记唐云

每每见到唐云先生，便会联想到梁楷笔下的“布袋和尚”，憨态可掬，诙谐滑稽，令人发笑。唐云先生也画“布袋和尚”，所不同的是他画的是一个瘦瘪的老僧，背上的布袋显得很沉重。唐先生还在画上写有一偈：“行也布袋，坐也布袋。放下布袋，何等自在。”这完全是唐先生自身的写照。

唐云先生有名士派风度，飘逸旷达，浑厚热情，坦诚率真，说话从不拐弯抹角。他曾经对一位笑星说：“侬的节目蛮好看的。”得到大画家的赏识，笑星自然受宠若惊，便谦虚地答道：“哪里，哪里，唐先生讲得好，我是混混日子的。”不料，唐先生把脸一沉：“搞艺术怎么可以混日子呢？简直是瞎三话四。”说罢，扭头便走。一向伶牙俐齿的笑星也窘得无言以对。还有位京剧名伶Y君曾得到过唐先生一帧墨宝，几年后率团来沪演出，又再度登门拜访。唐先生一见她，便脱口而出：“画不是已经给你了吗？怎么又来了呢？”陪同者连忙打圆场，“Y老师现正在学画牡丹，想请唐先生指点。”唐先生斜睨了一下Y君，问：“学了多久？”“大约半年。”Y君怯生生地回复。只见唐先生一摆手：“不要拿出来看了，肯定画不好的。”弄得画室里的空气异常紧张。

初登“大石斋”，我也碰过一个软钉子。那日唐先生穿着一件棒针绒线衣，头戴黑色毡帽，嘴里衔着一个板烟斗，正在伏案专心画一幅山水长卷。画了一会儿，直起身来，呷了口茶，转身问我，“画得怎样？”“很好！”他又追问：“好在哪里？”我憋红了脸，支吾了半天。“唉，知之为知之，不知为不知，是知也！不懂不可装懂。”我嗫嚅着，半天说不出话，一脸尴尬。

到了中午时分，唐先生留我用饭，并说：“你要陪我多喝几杯。”然后，倒了两杯威士忌，又夹了几块很肥的肉放在我的饭碗里。虽然我长得比较“丰满”，但肥肉是从来不碰的，洋酒更是一滴不沾。见我面露难色，唐先生脸上堆起了孩童般顽皮的微笑，神经兮兮地对我说：“要是把酒和肉全部吃下去，我就帮你画张画，哈哈！”想到可以得到先生墨宝，我便横下一条心拼了！其实，肥肉倒是勉强能够忍受，只是天生缺乏分解酒精的酶，实在是不胜酒力。没喝几杯，就觉得昏昏沉沉，眼前一片迷茫……

唐云先生善饮是出了名的。不能喝酒，又如何能成为风流名士呢？据说，早年间，唐云先生与邓散木、白蕉、唐大郎、若瓢等一帮酒仙聚会，黄酒能喝上百十来斤，而且不醉。有一次，他去黄山游览，随身背了个酒篓，里面装了五十斤黄酒。快接近天都峰时，他干脆一屁股坐在岩石上，边观云海松涛，边饮酒抽烟，直到夕阳西下，这才带着几分醉意，摇摇晃晃地从仅一米来宽的鲫鱼背上跨了过去。入夜，明月高悬，唐先生在朦胧中提笔作画。不多一会儿，一棵苍茫古拙的松树便跃然纸上，并且还赋诗一首："山灵畏我黄山住，墨溅长松十万株。只恐风雷鳞甲动，尽成龙去闹王都。"

不过，唐先生很少和女人喝酒。因为他在杭州灵隐寺被王映霞灌醉过；和周炼霞饮酒时互斗腹笥，却总是败下阵来，弄得灰头土脸；与李秋君过招，更是小心翼翼。因为场面流传，李秋君曾属意于唐先生，只是半路上杀出个程咬金，张大千的横空出世，让李秋君魂牵梦萦。但唐先生断然否认，他说，只是当年在友人家观赏《曹娥碑》，这才与张大千、李秋君偶遇过一次。

唐先生常常称自己为"药翁""老药"，大家都以为这与其父亲开药店有关。不过，唐先生则给出了自己的答案：

我所画的花草，有许多都是药材，像荷花、菊花、梅花、竹子、芦根、万年青、石榴、枇杷等等。我希望自己的画如这些药草一样，也能给人一点疗效或滋养。身体疲乏了，看了画就起一点振奋作用；情绪低落了，看了画心胸就变得开朗一些；精神懈怠了，画能给人一点调节的作用……总之，看了画，能获得一点益处，哪怕能让人们的精神生活丰富一些、积极一些，也是好的。这就是我取名"老药""药翁"的寓意。

有时，他也会在画上署"大石居士"。那是因为他推崇八大山人与石涛。八大与石涛均为明朝宗室后裔，清兵南下后，感受到国破家亡的苦痛，隐姓埋名，遁入空门。八大佯狂避世，杜绝交往；而石涛则浪迹天涯，客死异乡。八大的画冷寂怪诞，特别是所画鱼鸟，均白眼向上，怒目相向；而石涛则相对较为沉郁苍茫，清灵明秀。唐云先生曾藏有一幅石涛画给八大的山水画《春江垂钓图》。石涛在这幅画中用笔简括凝练，但生机盎然，好像有意要凸现八大的简单画法。画上还题写豪迈超然的四句诗:“天空云尽绝波澜，坐稳春潮一笑看。不钓白鱼钓新绿，乾坤钩在太虚端。”由于石涛画题八大上款的，仅此一幅。所以，“大石居士”对这幅画格外珍视。从唐云先生前期画作中可以看出，他受石涛影响特别大。

当然，新罗山人的活灵和意趣天成也是唐先生的至爱。正是因为取法新罗，又兼师石涛，结合两者的秀逸和灵动，唐先生的早年作品处处洋溢着才情，笔墨间飞扬着唐氏特有的虚灵和飘逸。《绿天白羽图》便是那个时期唐云先生的典型之作。

《绿天白羽图》画芭蕉白鹅，画面非常简洁。芭蕉以大块墨色花青绘出，爽利而肯定，多见石涛笔致，特别是画家水分的掌握烂熟于胸，单纯的水墨间产生了丰富的浓淡枯湿变化。画面效果丰而糯厚、重而弥清，给人酣畅淋漓之感。白鹅则是整幅作品的“画眼”，用顿挫之笔画出白鹅外形，大块留白，略加点染，配以特别响亮的鹅红，让人过目难忘，清逸处超尘绝俗，充分体现了文人写意画的超迈格调。

唐云深悟佛语，处世待人、言谈、画画，无不禅机处处。同时，他的生命又是由茶酒浇灌而成，风流倜傥、洒脱不羁。“是真名士自风流”，《菜根谭》里的这句话，用在唐云先生身上是再也合适不过了。

《丹霞连江图》记

上世纪九十年代初，陪发老往澳门开画展，在一古董店购得谢稚柳先生山水一张。返沪后兴冲冲携画前去“壮暮堂”请谢先生鉴定，结果他一看竟是赝品。不过，谢先生看到有人造自己假画好像并不生气，反倒平静地说：“凭良心讲，这张画临摹得还是不错的，乍一看还真有点乱真，只是那些水草的用笔过于草率，露出了马脚。”见我有些懊恼，谢先生便安抚道：“没关系，以后给你画一张就是了。”可那时谢老已年过八旬，不敢惊扰。没过多久，老人便被病魔击倒，驾鹤远行。于是，这成了我心中永远的遗憾。

事有凑巧。相隔数年后，我竟在一拍卖场与《谢稚柳呈潘伯鹰六十寿卷》不期而遇。那日原本只是陪友人坐坐，并无意竞拍，但当那张青绿山水手卷呈现在眼前，画幅所流淌出来的那种儒雅高逸的气息，却让我周身热血涌动，激动不已。虽事前未及细看原作，但仍毫不犹豫地判定，此图必为谢老真迹。经过一番厮杀，终于如愿以偿。

热心的友人怂恿我携画去请陈佩秋先生过目。佩秋先生在画案上将画卷小心翼翼展开，眼睛顿时为之一亮。“这可是张好画啊！那段时间老头精力最旺盛，艺术上也最为成熟。”然后，沉吟片刻，她又说：“你知道吗？我在拍卖预展是见过这张画的，也想自己拍回来留作纪念，只可惜后来记不清究竟是哪家拍卖行了。看来你和谢先生还是有缘啊！”我请佩秋先生题引首，她也并不推辞，饱蘸浓墨，写下了“丹霞连江”四个字。

这张《丹霞连江图》是谢稚柳先生为诗人、书法家潘伯鹰先生六十初度而作的。谢、潘二人早年都供职于“监察院”，协助于右任、章士钊、沈尹默等人的工作。他们俩在工作之余，常常谈诗论书，互有唱和。当时，谢稚柳曾为潘伯鹰画过一幅工笔梅花并钤一方他自己最得意的闲章：“而君西游何时还”。潘伯鹰兴奋之至，随即以诗回赠：“笔端慧业定中因，经上寒苞客里身。更有水仙分韵色，绡衣罗袜各生尘。”以后，谢先生每有得意之作，总要请潘先生在画上题诗或跋。如谢先生从敦煌归来后，开始画人物画。他根据和张大千在莫高窟考察壁画的体会，用了四个月的工夫，创作出了一幅具有唐人恢宏气度的《四美图》。潘伯鹰见此画大为赞赏：“……千秋逸事写谁工？一丈横图看不足。莫将陈意轻比方，别运清新动心目。四姝踏臂檀栾围，歌声惊起双禽飞。谢郎健笔战往古，三唐两宋相环回……”上世纪五十年代初，谢先生被诬陷为“投机倒把”，潘伯鹰又写诗为他鸣不平，“濒海多层波，危巢见栖鹘。健翮翀晴霄，意轻修毒蛇。调刁起土壤，骇浪动溟渤。古柯聚蝼蚁，象蛇更结盟，纷然螫汝头，倏焉作汝肉。完卵几不容，垂翅露两足。摧颓余劲气，锐眼尚高瞩。苍鹰晚自猎，共汝旧云木。相哀默不言，鸡鹜已来啄。鹘兮宁尔心，九皋有丹鹤。”同时，谢先生也为潘先生绘制了许多精品佳作。潘伯鹰晚年大喜，谢稚柳和陈佩秋特意联袂画了一幅《鸳鸯荷花图》以表恭贺之情。两位艺术家的纯真友情保持数十年之久，令人感佩。

《丹霞连江图》是谢稚柳先生上世纪六十年代初的作品。在这之前，他曾和张珩、刘九庵、容庚等人出行广东，游览了罗浮、丹霞一带名山，回沪后作过一些以此为题的作品，如《丹霞》《罗浮》《粤北山色》等，《丹霞连江图》也应属此类。有意思的是，这些作品虽构图章法上有所创新，但笔墨、造型仍不脱他所喜爱的宋人范畴。他在《粤北山色》中写道："丁酉四月南游罗浮，将至广州，侵晓见此奇景，而车行甚远，窗中凝望，……真王晋卿烟江叠嶂好画本。"在为友人马国权所作山水中，他也提道："从丹霞别传寺对望得此情景。自仁化舟行锦江数十里，两岸峰峦如画屏锦障，光景奇彩。苏东坡题王晋卿烟江叠嶂图歌赋'武昌樊口幽绝处'，不知有此奇绝否。"这些文字似乎都透露出这样的信息，那就是王诜的作品在谢先生心目中占有着举足轻重的地位。

王诜是北宋山水画家，画风清润可爱。苏东坡赞曰："晋卿画山水寒林。冠绝一时，非画工能仿佛。"其代表作有《渔村小雪图》和《烟江叠嶂图》等。其中，《烟江叠嶂图》为谢先生本人收藏，他本人还为此备受责难。原来，当时谢老从坊间收得《烟江叠嶂图》，但多数鉴定家认为是假货。不得已，谢先生只得花一千八百元自己买下。可后来又有人指摘谢先生以此牟利，并将此画没收。谢先生有口难辩，郁郁寡欢。直至上世纪八十年代，冤案才得以平反，豁达大度的谢稚柳不计前嫌，又将它捐献给国家，了却了一桩心愿。所以，从这个意义上讲，谢先生和一千多年前的王诜有着一种心灵上的沟通与交融。

徐徐展开《丹霞连江图》，我们发现此图基本脱胎于王诜的《渔村小雪图》和《烟江叠嶂图》，并吸收巨然、董源及郭熙等人的某些元素，相互借鉴，融会贯通自成一格。画面中，峰峦绵亘，坡岸环抱，于坚凝雄浑、方峻硬朗中又透着一股柔婉之气，尤其是山头上那些大小不等、参差不均的浓墨苔点，特别富有节奏感，潇洒不拘，秀润苍茫；山间茂树成荫，浅绿晕染，色调醇厚，气氛庄严；山下树舍错落，寒柳枯槎，与山上丛林遥相呼应，境界幽静闲散，引人作恬退山林之遐想。画面左侧汀岸间有一小桥，江山辽阔，烟波浩渺，一片空灵气象；而右边的流水、舟楫使面幅下部更具流动感，同时也增加了画面的情趣。总之，这幅画真正达到了“刻画谨严，笔墨精练，气象浑成，韵致深远”的意境，实在难能可贵。

《丹霞连江图》尺幅虽然不大，却具“以小见大”之妙，记录着画家筚路蓝缕、艰难跋涉的经历，记录着人世间最温暖的情怀，引领人们陷入无限的遐思……

偶然相诤也相宜
——启功与谢稚柳

很多年前，读到过启功先生《自撰墓志铭》三言诗稿："中学生，副教授。博不精，专不透。名虽扬，实不够。高不成，低不就。瘫趋左，派曾右。面微圆，皮欠厚。妻已亡，并无后。丧犹新，病照旧。六十六，非不寿。八宝山，渐相凑。计平生，谥曰陋。身与名，一齐臭。"虽是戏言，却参透人间百态，精妙绝伦。后来，又欣赏过他描写挤公交车痛苦难忍的几首"打油诗"，其中一首云："铁打车厢肉作身，上班散会最苦辛。有穷弹力无穷挤，一寸空间一寸金。头屡动，手频伸。可怜无补费精神。当时我是孙行者，变个驴皮影戏人。"读来拍案叫绝。由此，我便萌生要见见这位"当代书圣"的念头。但我也知道，那时的启功先生身体状况已大不如前，可前来求书者仍络绎不绝。无奈之下，老人只得在门上贴了个"谢客启"，纸条上写："熊猫冬眠，谢绝参观，敲门推户，罚钱一文。"不想没过几天，纸条就被"雅贼"揭掉，偷偷"收藏"起来。启功不得不又重新书写一张"启功有病无力应酬，有事留言，君子自重"。漫画家丁聪听说此事，即画一幅漫画《大熊猫病了》，画中启功胖嘟嘟的脸上满是疲惫，手持一张纸条"大熊猫病了，谢绝参观"。因此，要见启功，难矣！

功夫不负有心人。某日和书法名家沈培方先生谈及此事，与启老熟稔的培方兄自告奋勇，主动承担起联络工作。没过一月，便得到老人应允。于是，二〇〇四年初春，冒着严寒，和培方同往北师大小红楼，拜见启功先生。

当我们踏入启先生逼仄的书房时，刚刚用完早餐的老人立刻起身，提了提手中的不锈钢四脚助步器，不无诙谐地说："你们看看，这玩意儿四条腿，加上我那两条腿，都成了六条腿的人。还要采访啊！哈哈！坐、坐。"

临来北京前，培方兄特意关照，一直以来，启功先生最不愿意别人提及两件事：一、他的先祖是赫赫有名的清朝皇帝雍正，但启先生不想与皇室沾上边；二、不愿说起自己的老伴。因为每每谈及去世的妻子，总让他唏嘘不已。妻子的离世就好像摧毁了启功最后一道感情堤坝。他甚至都不再与人一起去游山玩水，怕见到别人双双相随，触景生情，念及老妻而伤心。所以，事先构思访问提纲时，我把话题集中在书法与鉴定两项，其他则一笔带过。

我问他书法究竟是"结体"还是"笔墨"为上。启先生未加思索，答道："从书法艺术上说，用笔与结字是一对辩证关系。但就研习书法深浅而言，则应是结字为上。"我又问他如何看待坊间流传署有"启功"名号的书法赝品，老人坦然地说："人家用我的名字是看得起我，他学这手字也是花了点工夫的。再者，他就是因为缺钱才这么干的。他要是真向我借钱，我不是也得借他吗？只要他们不用我的字写反动标语就没事。"据说，北京潘家园古玩市场有位老太太专售启功假字，还一个劲儿夸启功："启功好，来我这儿从不捣乱。"有人询问启功其书法真迹与赝品区别，他的回答更是出人意料，"那些字是伪而不劣，我的字是劣而不伪。"这就是启功，宽容而善良。但他同时又坚持原则。有位地产商准备好笔墨纸砚，逼着老先生给自家楼盘题词，还大言不惭地说："您看，我镜框都弄好了，您只要大笔一挥就可以了。"启功听罢，脸一沉，道："你把镜框准备好，我就非写不可？如果你准备好一副棺材，我也得一定要往里跳？！"启老那番绵里藏针的话语说得那位商人窘迫不已。

启先生这种个性也体现在他的鉴定之中。他认为书画鉴定有时要有一定"模糊度"。他指着墙上那幅范宽的《溪山行旅图》复制品，说"画上有'范宽'的款。'范'是姓，'宽'则是绰号，意为宽宏大量。自己签名怎么可能不写真名而写绰号呢？但这张画分明是张好画，名款或许是后添的。这就叫模糊，说真也行，说假也行"。可是对原则问题则寸步不让。譬如对张旭《古诗四帖》，老人就十分较真。

对于这一旧题张旭古代狂草字卷，历来争议很大，同为书画鉴定大家的谢稚柳在其专著《鉴余杂稿》中花了不少笔墨论证诗帖真伪。谢先生是画家，立论自然从书画自身规律着手。根据《宣和书谱》、《怀素论笔法》、倪瓒跋张旭《春草帖》，以及杜甫《张旭草书歌》对张旭书法的描述，谢老认为这卷书法的书体"在用笔上直立笔端逆折地使锋埋在笔划之中，波澜不惊的提按，抑扬顿挫的转折，导致结体的动荡多变。而腕的运转，从容舒展，疾徐有节，如垂天鹏翼在乘风回翔”。因此谢稚柳先生认为《古诗四帖》确为唐代书法家张旭真迹。而他本人的书法也因此从追随陈老莲转而崇尚张旭，引发自身书风的变化。

和谢稚柳先生思维方法不同，启功先生对《古诗四帖》的考订，则是从文献、著录、避讳文字出发。启先生说，现存四幅墨迹中的第二幅写有南北朝诗人庾信的诗句，其中有“北阙临丹水，南宫生绛云”。他说：“按古代排列五行方位和颜色，应该是，东方甲乙木，青色；南方丙丁火，赤色；西方庚辛金，白色；北方壬癸水，黑色；中央戊己土，黄色。”庾信原诗应该是“北阙临玄水，南宫生绛云”。“玄”是黑色，“绛”为红色，彼此一一对应。但诗帖中将“玄”改为“丹”，“丹”是红色，“绛”也是红色，这就成了红对红，与古诗对仗规律不符，属刻意更改，而这种更改可能与文字避讳有关。经文献考证，启功先生发现，宋英宗有一日梦见始祖“玄朗”，于是便下诏令凡遇“玄朗”二字必须避讳。据此，启先生认定旧题张旭《古诗四帖》实际上恐怕是件宋人书法作品。

为此，启功与谢稚柳两位长者相互“抬杠”多年，谁也说服不了谁。虽说各执己见，但他们从未剑拔弩张、恶言相加，始终保持深厚的友情。启功曾在谢稚柳《塞上牧马图》上题诗“大漠云开晓气澄，始无草色胜青陵，平生肺腑今无恙，老骥堪追万马腾”，并称赞谢先生书法“超轶绝圣”，而谢老也极其看重启老对自己书法的评价。

关于启功与谢稚柳，还有一段有趣的佳话。上世纪八十年代，谢稚柳偕陈佩秋北上作画。那日，佩秋先生刚画完两只憨态可掬的水墨青蛙，启功先生见了爱不释手，对佩秋先生说：“您看那两只青蛙的肚子，活脱就是我和稚柳啊。”说罢，哈哈大笑。于是健碧夫人便慨然赠之。启老将此《双蛙图》，悬挂于书房之中，视为拱珍。后来苗子、郁风夫妇见此《双蛙图》也乐不可支，遂央求健碧先生复制一帧。苗子乘兴在画上题调寄《鹧鸪天》一首：

青草池塘对对飞（蝴蝶吱吱叫，蝦蟆对对飞，此明人谑语也），乱弹何复与公私。不揪蝌蚪从前尾（《艾子杂说》谓龙王有命，将尽诛有尾之族。鼍闻而哭。复问蝦蟆，无尾何哭，答曰：吾今无尾，但恐更蝌蚪时事也）。且夺姑娘向日衣，此事帖，彼时诗。偶然相诤也相宜，相逢说尽相思苦，写意图成管仲姬。

启功先生读后满心欢喜，忘不了凑凑热闹，他写道：

青草一池宽，鼓吹声高雨后天。毕竟南楼多妙笔，空前。兄弟图成貌一般，相对语悠然，论画评书有胜缘。共祝江湖饶岁月，加餐。白出从今总不翻。（寄调《南乡子》仆与稚老鼓腹而嬉，有双蛙之号，健碧陈夫人因写双蛙图以供郁苗俪赏。见示命题，并书本事，俾观者得知画里真真呼欲出也。）

与此同时，王世襄先生也不甘寂寞，饶有兴致地与启功先生唱和一首：

文淑笔生春，南北双蛙妙绝伦。若问何科更何目，难分。都有金睛墨点纹（金睛言精鉴，墨点谓饱学），不为官私为假真（晋惠帝在华林园中闻虾蟆声，谓左右曰："此鸣者为官乎？私乎？"）毕竟腹中装得满，经纶。鼓吹常教四海惊。

这些虽只是文人间的笔墨游戏，但没有高深的学养、睿智的头脑以及广博的胸怀，很难有那样的境界。而启功与谢稚柳之间的相净与相宜，更是为后人树立了一个典范。

纫秋兰以为佩
——记陈佩秋

说来心寒，偌大的海上画坛在经历一个多世纪的辉煌后，终于变得沉寂寥落、了无生气，只剩得一群急功近利之徒打着“革新”的旗号，舞枪弄棒、冲冲杀杀。但还好，至少像程十发、陈佩秋、刘旦宅等那样的大家，仍背负着强烈的文化使命感，闪耀着人文主义光芒。这多少让我们这些海派艺术的拥戴者聊以自慰。陈佩秋先生无疑又是其中最令人关注的。因为，和其他人相比，她的为人为艺都显得那么特立独行、与众不同。

佩秋先生爱画兰花，所撇兰叶，运笔流畅潇洒、婀娜飞舞，简逸中又具粗细顿挫变化，真可谓清而不凡、秀而淡雅，传递出清幽的色彩，又洋溢着不凋的活力。“佩秋”二字出自《楚辞》，“扈江离与辟芷兮，纫秋兰以为佩”，说的就是兰花的意思。不过，佩秋先生在画上经常题的却是“高花阁健碧”。画家告诉我这和杨万里“健碧缤缤叶，斑红浅浅芳。幽香岂自秘，风肯秘幽香”诗句有关。“缤缤是兰叶缤纷，参差婆娑的动态美。斑红就是兰花嘛，兰花想藏起浅浅的芳香而自赏吗？那是办不到的，风是不肯的，风一吹，幽香还是要散出去的。健碧就是指兰花叶子碧绿而健挺，生长得很茁壮。俗话说，好花还要绿叶扶衬，我做一片绿色的叶子，来陪衬人家花的。我不做花，做绿叶，所以我就用健碧。至于‘高花阁’是李商隐的诗。兰花通常下面先开，顶上最高的花蕾是最后开的。我用高花是取后开晚开的意思。一个人做学问、学本事，都要慢慢来，不能急于求成。这里的高花和健碧有着相同的意义。”佩秋先生这样说道。

佩秋先生的性格也一如她所画的兰花，耿介不阿，超尘脱俗。她为人处事透明真诚，绝没有一丁点虚伪矫饰。十多年前，电视台为谢稚柳先生拍纪录片，导演希望也给佩秋先生拍几个镜头。没想到，她婉言谢绝了，没有陈述过多的理由，只是淡淡甩出一句“谢先生归谢先生，我归我”。那么多年过去了，这短短十个字仍清晰地留存在我的记忆中。当然，佩秋先生更反感别人把她列入“闺秀”画家的行列，不喜欢别人用“蒨华娟秀”“清婉纤媚”的词句来描写她的画作。用她自己的话来说，那就是不管男画家还是女画家，谁画得好，谁就应该在画坛上占有一席之地。有一次，我和佩秋先生一起去天蟾舞台观赏京剧女老生王佩瑜的余派演唱会。当主持人反复强调王佩瑜可列京剧女老生榜首时，佩秋先生似乎有些不悦，便从观众席起身说道：“我看现在的男老生也没有一个能超过王佩瑜的。”观众哗然。但主持人好像并没有理解画家说话含义，又重复了刚才的论断。于是陈先生干脆健步走上舞台，拿过主持人的话筒，说：“过去读齐如山先生写梅兰芳的文章。齐先生讲，梅兰芳演女人比一般女性演员更加细腻动人。同样道理，王佩瑜舞台上塑造的男性角色也比一般男演员更出神入化。艺术是没有男女之分的。过去有人一讲到女性画的画就脱不开脂粉气这个评价。

我看不见得。如果把我画上的名字遮掉，又有谁能分得出究竟是男人画的还是女人画的？因此，在艺术中对男性和女性区别对待，实际上是一种歧视，是对女性的不尊重。”一席话说得全场观众掌声四起。佩秋先生刚毅磊落的禀性由此可见一斑。

虽说佩秋先生的笔墨及性情挺健阳刚，有大丈夫气概，但内心却时时涌动着一股浓浓的柔情。今年年初，美国王己千先生的女公子来沪为其父画展做前期准备工作，受父亲嘱托，专门约请程十发、陈佩秋两位老友出谋划策。佩秋先生一见发老，立刻趋前，紧紧握住他的手，关切地问这问那：“你的手要经常锻炼。不然的话，容易肌肉萎缩，你还记得吗？画院刚成立时，我们俩是最年轻的。可现在也垂垂老矣。我们要抓紧时间多画些好画啊！”发老也感慨道：“我现在是精神抖‘手’，力不从心。等我画出几张像样的画，一定到你府上登门求教。”“那怎么敢当啊！”佩秋先生赶紧回应，“我们现在住得很近。你如果画累了，闲着无事，就打电话给我，我来陪你聊聊天、解解闷。”两位耄耋老人间的这段稀松平常的对话包含着多少人间情怀。从这个意义上讲，佩秋先生称得上是真正的侠骨柔肠。画家的这种个性也必然反映到她的作品中去，读她的《江南春色》便有这样的感受。这幅长只有四十四厘米、宽只有十一厘米的画作耗费了画家差不多两年的时间。画面上错落有致的绿树给生命以恣情的张扬与迈阔，七只轻灵的黄鹂不停地在树丛间穿梭飞舞、欢唱鸣叫，那娇嫩的粉红、淡紫及蓝白青红，透射出一个清澈纯洁的灵魂，给人以温润幽雅、委婉平和的感觉。这是艺术家慷慨、质朴与清醇、内敛的结合，是对生命与自然的憧憬与热爱。

这些年来，除了画画，佩秋先生把兴趣转到了古画鉴定上。通过文献、笔墨、构图、印章、题跋、绢帛等多方面深入研究，对阎立本《步辇图》、董源《溪岸图》等千古名画做出了更加符合历史、还原真实的判断。这需要何等的勇气和魄力。有段时间，一张署名"宋徽宗"的《写生珍禽图》被炒得沸沸扬扬。有人要佩秋先生对此画发表意见，因为谢稚柳先生生前对这幅画做过较高评价。佩秋先生不为亲者讳，毫不含糊地指出："谢先生当时编画册时并没有见过此画真迹，仅凭著录及一张模糊不清的照片，谈了对宋徽宗作品的大致评价。再说，即便谢先生当时认定此画为真迹，也只能作为参考。以前也遇到过类似情况，对同一张画，谢先生到了晚年，便会有一些新的，甚至截然不同的结论。所以，《写生珍禽图》究竟是否为宋徽宗真迹，关键还是要看他的笔墨风格、时代气息。现在宋徽宗有几张很靠得住的作品，大家可以用自己的眼睛加以辨别。"为了使研究更加科学规范、合乎逻辑，佩秋先生还将电脑技术引入古画鉴定上来。她在研究阎立本绘画时，就把《历代帝王图》和《步辇图》输入电脑，每个局部逐一对照，互相比较；鉴定石涛绘画时，她把石涛各个时期的用笔全部用电脑分析，结果发现不管什么时期，石涛的用笔如苔点、小竹子等都有其共同点，形成了自己独特的风貌，如果是张石涛假画，只要稍加对比，就可一目了然。朋友们都劝陈先生不必如此劳神，有时间不如多画几张画，但画家却不以为然：“我感到有种责任心，或者说是职业良心促使我这样做的。书画与市场相关联，就必然出现假画，如今赝品漫天飞扬，那还了得！解决这个问题的唯一办法，就是加强鉴定工作，培养鉴定家的职业良心，提高大家的鉴别能力。”

佩秋先生此举显然触到了某些人的痛处，他们跳将出来，不无揶揄地说：“一个画画的懂什么鉴定，别瞎掺和！”佩秋先生则反唇相讥：“不会画画，鉴定就如同隔靴搔痒。”其实很多人不知道，佩秋先生浸淫古书画已达半个多世纪。早年在杭州国立艺专求学时，就临过赵幹的《江行初雪图》，以后又相继临过李唐、马远、黄公望、倪云林等不同时代画家的作品，感受良多。同时，她还走街串巷，不断在古董市场历练自己的眼光。她也有幸经手过马远、黄公望、陈老莲等人的珍品。《避暑宫图》就是她于上世纪四十年代用自己有限的积蓄，从古董贩子手中买回来的。后来给谢稚柳先生一看，果然是个宝贝。《避暑宫图》属北宋全景式构图。整幅画面为依山临湖的大片宫阙，并有桥梁与湖泊彼岸隔水相接，其规模之大，为传世宋元画中罕见。经专家考证，此图所绘极有可能是天下闻名的九成宫，作者为北宋画家郭忠恕。书画鉴定家傅熹年先生曾将此画借回家品赏达一年之久，爱不释手。

有人问佩秋先生是否准备集绘画、书法、鉴定于一身，成为一个画坛大佬。“我只是画坛的一片绿叶，只想把红花衬得更艳更美。”佩秋先生淡然地说。画家曾用过一方“忆谢堂”的闲章，取李白夜泊牛渚诗意，暗寓绘画创作之路往往是孤独的，不被人理解，如李白那样，深感知音太少。依我看，佩秋先生的确就像一头老黄牛，默默地埋首苦耕力耘，用一块石一丛树一簇花，用一根线一团墨一抹色，构建属于自己的艺术大厦。

唯有痴情在
——叶浅予与戴爱莲

和丁聪、苗子、黄永玉等京城老辈儿文化人闲聊，言语间总不时冒出叶浅予和戴爱莲的名字，他们既对两人的道德文章钦佩之至，又为这对曾经的艺术伉俪未能结伴终生而痛心疾首。更让人唏嘘不已的，叶、戴二人离异之后，虽又各自组织家庭，但婚姻并不圆满，始终与爱情擦肩而过。所以，他们两人在艺术领域堪称精神贵族，但在情感生活方面却是贫瘠的，最后不得不在爱的孤寂中驾返瑶池。

戴爱莲出生在西印度群岛的特立尼达，自幼随母亲移居美国，学习舞蹈，师从安东·道林等世界舞蹈大师。一九三九年戴爱莲考取位于美国西南部的达厅敦艺术学院舞蹈系。求学期间，戴爱莲总是设法寻找一些杂活补贴生活，解决生计。有年暑假，戴爱莲得到充当学校雕塑家维利·科索普模特儿的机会。比戴爱莲年长几岁的维利英气逼人，才华出众。而此时，维利的未婚妻，同样也是学舞蹈的西蒙正好回奥地利省亲。短短的两个星期，戴爱莲以其东方女性特有的韵味，激发了维利的无穷创作灵感，很快，一尊栩栩如生，以戴爱莲为模特儿的大理石雕像应运而生。与此同时，维利和戴爱莲火一般的恋情也随之爆发。不久，西蒙从奥地利返回达厅敦。女人天性的敏感使她很快发现维利和戴爱莲之间非同寻常的关系。而戴爱莲面对这位同是舞蹈系的同学也感到有几分窘迫。经过激烈的思想斗争，理智终于战胜情感，戴爱莲决定从痛苦的三角恋情中默默退出，远走他乡。她不得不离开心爱的学校，到香港寻找仰慕已久的宋庆龄。宋庆龄对戴爱莲的归来极其重视，即刻委托廖梦醒安排戴爱莲的舞蹈专场演出，并指定要正在香港主持《今日中国》出版的叶浅予在宣传方面给予支援。

和戴爱莲一样，此时的叶浅予也正遭受感情的重创，在这之前，叶浅予和漫画家梁白波同居数年，那段岁月，他们分别创作了《小陈留京外史》和《蜜蜂小姐》两部漫画史上的扛鼎之作。叶浅予后来在《婚姻辩证法》一文中回忆这段感情时，说“我和白波既是异性的同类，又是艺术事业的搭档。我们一见钟情，相见恨晚，用不着互诉衷肠，迅速地合成自然的一双”。可是，叶的原配罗彩云坚持不愿离婚，梁白波只得忍气吞声，以“情妇”身份和叶浅予继续生活。对此，叶浅予也大为感慨，认为梁白波“不是一个寻常的女性，她有不吝施舍的精神，也有大胆方有一切的勇气”。然而，这种“不道德”的感情到底不能长久，于是，四年的同居生活在恋恋不舍中画上句号。

因此，此时此刻，戴爱莲的出现正好弥补叶浅予的感情空白，叶浅予自己也说，“在地上失去了一个梁白波，从天上又掉下来一个戴爱莲”。可是，对戴爱莲来说，又何尝不是如此呢！“大概经过半个月光景，我们之间由社会人的关系升华到了生物人，速度相当快，主动权在女方，男方没法抗拒”（叶浅予语）。为此，宋庆龄在自己家里举行宴会，并以主婚人身份宣布他们结为夫妇。当时，滞留香港的文化人夏衍、丁聪、冯亦代、苗子、郁风等都为他们送上祝福。婚后，他们辗转来到重庆。那时，日寇连续向重庆发动轰炸。情势危急，但戴爱莲和叶浅予不为所惧，各自用舞蹈和绘画形式宣传抗日。特别是戴爱莲与吴晓邦合作《合力》，以此号召各阶层团结一致，共同抗日。她还把马思聪的《思乡曲》和《新疆舞曲》编成两个独立舞蹈，演出轰动山城。但凡碰到戴爱莲演出，叶浅予就成了“跟包”，身兼数职，不但要在后台打杂，还要做饭、当翻译，必要时还要任演出经理和舞台监督。总之，那段时间，虽然生活清苦，但两人“妇唱夫随”，令人羡慕。因为戴爱莲的缘故，叶浅予创作了大量舞蹈作品，从《荷花舞》《采茶扑蝶》《西藏舞》，到印度《婆罗多舞》以及罗马尼亚民族舞，不一而足。叶所画舞蹈作品最大特点是能抓住舞蹈变化中最美的瞬间，是动态的，呼之欲出。叶先生告诉我，这主要得益于速写。那时，只要戴爱莲演出，他就用最快速、简练的线条去捕捉舞蹈之美。所以，叶浅予大量舞蹈作品其实是他和戴爱莲爱的结晶。

全国解放后，叶浅予出任美协副主席，戴爱莲则奉命组建北京舞蹈学校。哪料到，就在这个时候，两人的感情出现危机。原因是戴爱莲爱上了自己的舞伴，一个比她年轻近二十岁的青年舞者。至此，叶浅予才恍然大悟，原来自己这个高级“跟包”，“在新的历史条件下，已不再符合她的需要”。叶浅予是流着眼泪和戴爱莲签下离婚协议的。

和叶浅予分手后，戴爱莲很快踏上新的爱情之旅，起初两人还算恩爱，戴爱莲曾特地来上海拜见婆婆。秦怡记得那天她正好和戴爱莲坐同一趟列车回上海。途中，戴爱莲一个劲地向秦怡打听，按上海人习惯，媳妇见婆婆该送什么礼。秦怡说她也不清楚。因为她和金焰结婚时，婆婆已经不在了。最后，戴爱莲还神秘地告诉秦怡："你知道吗？我婆婆和我年龄相仿。"也许是因为个性、年龄，抑或价值观、人生观的差异，戴爱莲的这段婚姻也无疾而终。

经历了五年独居生活后，叶浅予经人介绍和王人美结为夫妇。王人美早年因主演《野玫瑰》《渔光曲》红遍大江南北。二十世纪五十年代因感情与政治风波，一度精神失常，故而性格比较乖戾，虽说和叶浅予生活了三十多年，但一直磕磕碰碰、吵吵闹闹、貌合神离。她还曾经在一封信中和叶浅予探讨生活不和睦的原因："我们结了婚，而实际上你爱的是戴爱莲，我爱的是金焰，这也就是为什么我会犯神经病。"一九八七年王人美因脑溢血去世，而叶浅予因自己突发"心肌梗死"，未能送老妻最后一程，为此，他感到内疚与自责。

再说戴爱莲。一九七九年，她应美国拉班舞蹈中心之邀，赴美国参加世界舞蹈大师鲁道夫·拉班诞辰一百周年活动，在伦敦逗留期间，她又见到了睽违四十年的维利、西蒙夫妇，戴爱莲和维利，这对当年的情侣，虽然已是双鬓染霜，但从对方的眼神中仿佛又找回了那段青葱岁月。站在一边的西蒙也看出了他们内心的波澜，她知道，时间与空间并未阻断丈夫对昔日恋人的无限思念。后来，当得知自己身患绝症，将要辞别人世时，西蒙关照子女，希望戴爱莲在她死后能够照顾维利的生活。西蒙去世后，戴爱莲毅然飞赴伦敦，陪伴维利。他们还一起造访达厅敦艺术学校，重温那段短暂却美好的时光。遗憾的是，从达厅敦回到伦敦后，维利便一病不起。连自己生活也不会打理的戴爱莲毫不犹豫地担当起护理的职责。她盼望着维利能够快快康复，但维利的身体却每况愈下。一九九五年元月，维利在伦敦病逝。仅仅过了四个月，叶浅予也在北京走完了命运多舛的一生。令人不可思议的是维利和叶浅予都生于一九〇七年，逝于一九九五年。很难想象，这两位与戴爱莲相亲相爱的人竟然同年而生、同年而逝。而他们又分别用雕塑和绘画为戴爱莲留下了一生中最美的身影。从这一点上讲，戴爱莲是世界上最幸福的女人。因为她用爱催生了东西方两位艺术大师，同时又在他们各自的作品中得到永生。

二〇〇六年二月九日，戴爱莲以九十高龄仙逝。得知消息，我突然想起她的住所外树木葱茏、生机勃勃，这似乎是她艺术常青的象征。这又使我想起叶浅予先生在富春江畔的老家门口同样也是绿意盎然。叶浅予说，他一生最爱的是戴爱莲；戴爱莲也说，她一生最对不起的是叶浅予。尽管在他的晚年有很多人从中撮合，希望两位大师能够再度携手走完人生最后旅程，但是他们最终没有破镜重圆。这让所有爱他们的朋友扼腕长叹。一九九五年，叶浅予走了；十一年后戴爱莲也走了。但愿他们能够在天国相会。

双“陈”记

陈逸飞、陈丹青，当代中国画坛的双子星座。

早在上世纪七十年代，陈逸飞和夏葆元、魏景山并称上海油画界三大才子。他们三个人中，逸飞最年轻，但聪慧、刻苦，其作品《金训华》《攻占总统府》《黄河颂》等气度不凡，大有后来居上之势。那时，但凡画油画的人都以结识逸飞为荣，年仅十八岁的陈丹青也不例外，他想尽各种方法亲近逸飞身边的人，以便和心中偶像有近距离接触的机会。

后来，经逸飞同学刘跃真引荐，两人得以见面。

然而，当丹青踏入逸飞画室后却立刻又吓得退了出来，前后不过一分钟左右。原因很简单，就是因为激动，“现在想起来很戏剧化，那么大一个画室，一块巨大的画布，逸飞从上面跳下来，慢慢往后退，仔细端详那幅画。我没料到他如此年轻，才二十五六岁。要知道，一个少年人想象名画家，总习惯于将他往苍老方面想。但逸飞却整个一副高中生模样，戴个眼镜，头发甩甩，在那里看画。当时，他只是匆匆瞥了我一眼，什么也没说，又继续画他的画。我一害怕便退了出去。”回忆起和逸飞第一次见面，丹青这样说道。

刘跃真一看不行，就又把丹青带进逸飞画室。很快他们俩便成为了朋友。

那时，陈逸飞和魏景山正在准备创作《鲁迅》三联画，一向慧眼识才的逸飞便邀请丹青一同参与创作构思。由于陈、魏二人先前并无创作连环画经验，而丹青倒是已经画过一些，于是，逸飞便对丹青说："你来动动手，尤其是鲁迅演讲的时候，台底下坐着一排青年，到底是侧面的角度好，还是直接从台上望下去角度好？"天资聪颖的丹青很快根据自己的想法在稿纸上勾勒出草图。逸飞看后，大喜过望，马上便用在自己画中，而且那幅画中鲁迅的耳朵还是根据丹青耳朵写生而成的。"那时是不谈稿费的，最高兴就是出版以后，每个人能送两本连环画。"谈及此事，素来冷峻、犀利、不苟言笑的丹青，脸上漾起温暖的神情。

除了切磋画艺，当时还是单身的丹青也常去逸飞家蹭饭。丹青记得"文革"期间逸飞旧寓的门牌是十三号，而他自己的生日恰也是十三号。"那会儿，他儿子不过三五岁，童车里坐着不肯听话吃晚饭，逸飞吓他，说我是警察，于是孩子满嘴含饭把我手背吻一吻，算是来告饶：这西来的动作想必是父母教的。其时正当'文革'，上海人仍在自然而然学西洋……"过往的点点滴滴，如同泛黄的老电影在丹青脑中闪过。

大约到了一九七五年，远在江西插队的陈丹青无法忍受远离故乡的孤寂，写信向逸飞求援。很快，逸飞的回音就来了，他一方面安慰丹青不要急，一方面赶紧给苏州画家杨明义写信，杨明义大约又设法找到南京名画家亚明。与亚明熟识的一位艺术院校老师将丹青画作带至教室，询问是否有学生可动用自己的关系来帮助这位才华横溢的青年画家。不想，其中有位女孩表示可以想想办法。几经周折，丹青终于在江苏落户，得以继续从事自己的绘画事业。

有趣的是，那位对丹青施以援手的女孩毕业后径直去了西藏，生性敏锐的她发现，西藏到处都是画画的素材。于是，丹青毫不犹豫地前去与她会合。这样，便有了日后让丹青在画坛名声大震的《泪水洒满丰收田》和《西藏组画》。那位清秀的姑娘也就顺理成章地成为了丹青的妻子。

一九八〇年，陈逸飞怀揣三十八美元飞赴美国求学。陈丹青听说后也想去，但那时自费留学须有人担保。丹青虽有远房亲戚在美国，但那是个在美国土生土长的广东老华侨，既不会说中文，也根本不认识丹青，因此，始终态度暧昧。正当丹青万般无奈之际，逸飞又出现了。他按地址找到了丹青那位亲戚，苦口婆心地向老人介绍丹青是何等有才华，只要有机会来美国留学，将来必然成就大业。逸飞那番话果然奏效。没过多久，丹青顺利拿到赴美签证。即便到了美国，他们仍保持情同手足般的友谊。两人碰在一起谈得最多的还是画画，而且逸飞那时就告诉丹青，自己最大的志向不是画画，而是拍电影。画画之余，他们在纽约还常常观看各种演出，汲取艺术养料。丹青告诉我，印象最深的是那次去卡内基音乐厅听小提琴家帕尔曼的音乐会，“在去音乐厅的路上，逸飞问我晚饭吃过没有，我说来不及了，他随即拿出随身带的鲜肉粽子。于是，两人也不顾他人眼光，肆无忌惮地在地铁里把粽子统统吃完。这似乎是我到美国后最丰盛的一餐。”

至此，人们可以看出，在丹青艺术和人生道路上的几个重要拐点处，都会出现逸飞的影子。而逸飞也一直如兄长般呵护这个与他同样有异禀的青年才俊。

令人遗憾的是，到了一九八三年，由于个性、环境以及彼此关系和地位认知的差异，他们互生罅隙，渐渐疏远，后来竟形同陌路。直到十五年后他们又在美国古根海姆博物馆举行的中国五千年大展上不期而遇，因为他俩的《踱步》和《泪水洒向幸福田》同时入选。古根海姆博物馆的地形是个窄的圆巷，说着话，两人便碰到了。丹青开玩笑说，这叫“狭路相逢”。在丹青记忆中，两人四目相对时，“初略尴尬，旋即握手，沪语笑谈如往昔：他有点发胖了，西装笔挺，相貌堂堂。我俩眼光对看着，有话不好说，我想起小时候，心里起感伤——他是老朋友，他是我老师。”之后，他们在一些社交场合也见过几次，但都没有机会单独谈话，直至逸飞去世，丹青不无感触地说：“如果只剩下我和他，我会告诉逸飞，你的电影戆，戆在哪里，好又好在哪里。我也会跟他探讨对画画的新的理解。”

对于两人产生隔阂的原因，我曾问过逸飞，他没有正面回答，只是含混地说：“也许身处不同环境，对人和事的判断会发生偏差。被朋友误解在所难免，但心里终究是痛的。”

在采访谈及此事时，丹青也王顾左右而言他。不过，他暗示自己和逸飞的关系有点像左拉和塞尚。

大凡熟悉文学艺术史的人都约略知晓左拉与塞尚的悲剧。他们两人是普罗旺斯的中学同学。由于志趣相同，很快结为伙伴。成年后，他们满怀理想到巴黎闯荡，一个从文，一个事画，彼此惺惺相惜。没想到，到中晚年时，左拉在自己的小说《杰作》中以塞尚为模特，把自己这位老友描绘成一个失败的天才。塞尚大怒，觉得受了老朋友的曲解和侮辱。两人就此绝交。没过多久，当塞尚得知左拉因煤气中毒而身亡时，惊得几乎跌倒，一连数日，枯坐画室，泪流满面。我相信，塞尚的眼泪是为了不幸的左拉，更是为了永远无法再弥补的赤诚的友情。

那么，丹青的话语究竟透露出哪些讯息？他和逸飞，谁是左拉？谁是塞尚？

当然，丹青知道所有的比喻都是跛脚的："我不可能是塞尚，逸飞也不会是左拉。我们是青少年时候的朋友，又是亦师亦友的关系，是不可替代的。我很难说出那样的感受，尤其是他这么快就去世了。逸飞走了，也带走了所有属于我们共同的记忆。"

就今天而言，探究逸飞和丹青产生龃龉的原因其实并不重要。他们那段哪怕是短暂的友谊也是值得怀恋羡慕的。只是逸飞已经远行，无法继续搭建他的视觉王国。但幸好我们还有丹青，年过天命的丹青则应该再多画些。为了他自己，也为了逸飞。这对所有热爱他俩艺术的人来说都是最大的安慰。

画魂
——记朱屺瞻

在草长莺飞、春和景明的时节，一代画坛巨匠朱屺瞻先生终于走完了曲折而漫长的人生旅程，告别了心爱的画笔、画桌，驾鹤仙去，魂归故里。他走得那么坦然，那么安详，没有一丝烦忧和遗憾。

我和屺老接触不算太多，在我的印象中，他是一位纯朴率真、恂恂慈仁的长者，虽百岁有余，却鹤发童颜，精神矍铄，言谈举止间流露出无穷的活力和朝气，尤其胸前飘拂的银髯更是平添几分飘逸的仙气。难怪有人说，见到屺老，就令人想起“栩栩然蝴蝶也”的庄周，或“悠悠然见南山”的陶潜。

在流派纷呈的当代中国画坛，我对屺老的绘画艺术是情有独钟的，兴许是老人早年刻苦钻研国画艺术，而后又两度东渡扶桑学习西洋绘画的缘故，他的腕底便流淌出东方文化的醇厚静谧和西洋绘画的热烈奔放。因此，读屺老的画，既能隐约瞥见青藤、八大、缶庐的身影，也能依稀感受梵·高、塞尚、马蒂斯的神韵，但又分明具有屺老自己独特的面貌。他的画作，无论是名川大山还是花卉蔬果，都呈现出一种不同以往的全新格调，体现出艺术家别具一格的艺术魅力。我藏有一幅屺老在九十高龄绘就的《岁寒三友图》，画面上，高耸挺拔的苍松、摇曳生姿的墨竹，以及傲然开放的红梅有机地融合在一起，错落有致，交相辉映。那精湛的笔墨糅合着浑朴高古的神思，那淡雅的色彩中渗透着清新明丽、生机盎然的基调。将画悬壁凝望，让人顿觉有一股雄风豪气扑面而来。

一九九五年仲夏，我有缘在旧金山国际机场欣赏屺老晚年的扛鼎之作——巨幅《葡萄图》。国画中的藤本植物通常讲究笔法气势，吴昌硕有“画气不画形”之说。在这幅作品中，屺老以澎湃的激情、老辣的笔法、酣畅的墨彩，构成墨气淋漓、笔势连贯而撼人心魄的交响旋律。藤条爽利苍劲，枝叶纷披历乱，而一串串的葡萄，则显得那样晶莹剔透，如倾盆的骤雨，如倒海的激浪……在画的右上方，屺老还题了一首徐渭的咏葡萄诗：“数串明珠挂水清，醉来得墨写能成，尚有旧时画秃笔，偶将蘸墨点葡萄。”这幅作品可以说是充分展示了屺老所开创的狂放恣肆、拙朴厚重、气势磅礴、卓尔不群的一代画风。

屺老一生虚怀若谷，坦荡豁达，尤其好交朋友，视友情为生命的一部分。他和艺术大师齐白石非同寻常的友谊早已被传为美谈。抗日战争期间，白石老人蛰居故都，闭门谢客，并自书“白石死矣”的丧牌挂在门上，以拒敌寇的威胁利诱。远在千里之外的朱屺瞻先生得知此情后，唯恐这位他仰慕已久的艺术家有衣食匮乏之虞，于是，便通过北京的“荣宝斋”，请白石老人为他刻印，足给“润笔”，保证了白石老人的基本开支。他们还频频鱼雁往来，倾吐胸中块垒，以“民族气节”自勉，相互激励。为此，白石老人非常感激朱屺瞻先生的知遇之恩，并将朱先生引为平生五大知己之一。白石老人曾在朱屺瞻先生《六十白石印轩图卷》上记叙了这段友谊："人生在世不能立德立功，即雕虫小技亦可为。然欲为则易，工则难，识者无难得也。予刻印六十年，幸浮名扬于世，誉之者故多，未有如朱屺瞻，既以六十白石印自呼为号，又以六十白石印名其轩，自画其轩为图。良工心苦，竟成长卷，索予题记，欲使白石附此卷而传耶？白石虽天下多知人，何若朱君之厚我也，遂跋数语……"后来，白石老人又为朱先生作《梅花草堂图》且题诗一首："白茅盖屋初飞雪，青铁为枝正放葩；如此草堂如此福，卷帘无事看梅花。"

像这样的故事，在屺老的生命长河中还有许多许多。即便到了晚年，他交游仍然十分广泛。几年前，"邓林画展"和"沈柔坚画展"他都欣然而至。在"邓林画展"开幕的冷餐会上还发生了一段有惊无险的小插曲，有位女服务员不慎跌倒，托盘上十数杯饮料一股脑儿倒在了屺老的身上，玻璃杯也被砸得粉碎。周围的人一边忙着给屺老擦拭，一边埋怨服务员的鲁莽。那小姑娘自知闯下大祸，吓得目瞪口呆，眼中噙满了泪水。而屺老非但没有生气，反倒侧过身去安慰小姑娘："呒没关系格，侬勿要吓，我今朝赛过豁个浴（即洗澡）。"一番话立刻消除了紧张气氛，那位小姑娘也破涕为笑。从这件事中，我们可以看出屺老为人的和善、宽容。

在屺老进入百岁之后，经程十发先生引荐，我有幸与屺老相识，并数次步入"梅花草堂"，聆听先生教诲。有一次，我陪旅美钢琴家孔祥东去拜访先生。那天，屺老精神特别好，他指着生机勃勃的菖蒲，说："菖蒲一年四季碧绿生青，看了之后让人眼目清亮。"随后，他饶有兴趣地谈起音乐与绘画的辩证关系："音乐要有节奏、旋律，绘画要用色彩、线条、造型来表现画面的音乐感。所以，乐理和画理是相通的。"一席话说得孔祥东茅塞顿开："朱先生说得太好了，我想我也应该通过演奏来传达音乐的诗情画意。""是啊！是啊！"屺老频频点头称是。接着，我们聊起了德彪西和西贝柳斯。说到西贝柳斯，老人的眼中闪出激动的光芒："我正是听了西贝柳斯的音乐之后，才意识到画画也要有他音乐中那排山倒海之势。所以我决定要放，要无拘无束地放，痛痛快快地在宣纸上表达自己的感受。从屺老家出来，走在幽静的长乐路上，回味先生朴素但充满哲理的话语，我们似乎悟出些许为人、为艺的道道。

有一段时间，潘玉良这位被人遗忘多年的画家，突然间成为新闻焦点。同时，由屺老题写片名的电影《画魂》正紧锣密鼓地筹备拍摄。潘氏是一位富于传奇色彩的画家，而该人物由影坛巨星巩俐扮演，因此，有关潘玉良的经历被媒体炒得沸沸扬扬。其实，美术界了解潘氏的人并不多，而且大都语焉不详。不过，我知道屺老与潘氏有过一些交往，就"探宝"似的请他回忆一下有关潘氏的情况。屺老告诉我，当时他和潘玉良常在一起作画，但两人的艺术风格不尽相通。潘玉良的人物画丰满挺拔，色彩上讲究过渡，层次分明；而屺瞻先生则笔触粗狂，色调浓重，造型夸张，显得有点野。因此，潘玉良有时不免要笑话屺瞻先生的人物画画得太丑。但是，随着相互了解的日益加深，她对屺瞻先生的艺术和为人都极为敬佩，主动提出要为屺瞻先生制作一尊塑像。我问："那现在这尊塑像还在吗？""没有了，经过战乱，再加上几次运动，尤其是'文革'，什么也没了。"屺老惋惜地说，"除了塑像，我还有她的画。可现在，一切都和我的梅花草堂一样，荡然无存了。"虽说屺老已是百岁高龄，但对过去的记忆却还是那么清晰。

一般来讲，人到了暮年，对艺术的敏感总会迟钝些，但屺老却是一个例外。他愈到晚年愈是神采飞扬，老而弥坚；他的画作也就越发洋溢出一种蓬勃的生气，无论是色彩、线条还是构图造型，更加自由自在、无拘无束；画面意境更具有真趣，体现了对人生的达观意识。屺老平时作画时常戏称"瞎塌塌""白相相"，这正表达了老人对生活的热爱和对光明与欢乐的热切向往。

屺老虽然离我们而去了，但我仿佛看见他像一个天真烂漫的孩童，在布满菖蒲和水仙的画室内，挥舞着如椽大笔，尽情地游戏于彩墨之间，抒发对大自然的真情实感……

屺老的精神不朽！屺老的艺术不朽！

桐君山上一倔翁
——记叶浅予

有人叫他“倔老头”，他也自称“倔翁”。不管怎么称呼，倔是出了名的。

据说有家电视台的记者去采访，被他拒绝，而那位记者也挺执着，干脆在桐庐宾馆住下，死缠硬磨了三天，最终却还是倔不过他。杭州一家报纸想请他题写报名，他竟气呼呼地对来访者说：“回去禀报你们总编，就说叶浅予已经死了！”

叶公浅予的倔，名副其实。我便很想有机会能拜见这位充满传奇色彩的艺术大师。

在一个洒满金色的秋天，乘叶公返乡之际，我与叶公的忘年交、画家谢春彦先生一同驱车前往富春画苑。生怕出现尴尬的局面，临行前，我又特意请叶公的挚友、老画家申石伽先生写了封“介绍信”。叶、申两公是中学同窗，石伽先生上世纪三十年代初到上海时曾得叶公鼎力相助。当时，他们还同住一室切磋艺术，石伽先生第一本画集的出版及有关宣传，也都由叶公一手策划。他们几十年一直保持书信往来，感情甚笃，揣着申公的信，我心里感到踏实了许多。

当我们赶到桐庐，已是掌灯时分，坐落在富春江畔、桐君山腰的富春画苑已笼罩在一片沉沉暮霭之中。我们踏着青石板路拾级而上，在几声“汪汪”的犬吠里，漆黑的大门开了，叶公的爱女，一位跟随戴爱莲多年的舞蹈艺术家热情地迎了上来：“哎呀，你们怎么这么晚才到。父亲急坏了，怕你们路上遇到意外，一个劲儿地催我们跟上海打电话。这不，我们刚把他劝上楼睡觉。”说着，便把我们请进了客厅。

环顾四周，我发现屋里的陈设极简陋，只有几件破旧的桌椅，唯一能使人驻足凝神的便是两张巨幅汉代砖画拓片。画上一位威猛的将士驾着战马勇往直前，人物造型古朴刚劲，狂放恣肆，充满着一种原始美。这硝烟弥漫、金戈铁马的古战场上威武不屈的将士，看来挺像浅予老人。

“快吃饭吧！”明明姐对我们说，“你们到这儿就要跟在自个儿家一样，千万别客气。这鸡是我们自己养的，鳊鱼是父亲关照留给你们吃的。”

这席话，说得春彦兄和我都非常感动。我们刚要动筷，楼梯那头忽然传来“笃笃笃”的响声。明明姐笑着说：“准是父亲听见响声下楼了。”

不一会儿，一位鹤发童颜、目光炯炯的老人出现在我们眼前，他便是中国画坛国画大师叶浅予先生。春彦兄一见叶公，赶忙跨前一步，与老人紧紧拥抱：“老前辈，你好吗？”“好，好！”老人说着，由衷地发出一阵爽朗的笑声。随后，春彦兄又将我介绍给他：“叶公，这位是上海来的电视节目主持人，他特意赶来采访你。”

我刚要把手伸出去，不料，老人家突然笑脸一收，冷冷地瞥了我一眼，然后挥动着有力的大手，高声说道：“对不起，我不欢迎！”刹那间，我只感到通体透凉，周身的血液都涌向头部，一时窘得不知说什么才好，四周的空气也好像凝固了，一阵沉寂。幸好明明姐及时打了圆场：“爸爸，天已不早了，你先睡觉，有什么事明天再说。”

事后，明明姐才道出原委：某电视台举办中秋晚会，想通过比较元代画家黄公望的《富春山居图》和叶公的《富春山新居图》来反映富春江两岸的历史变迁、山川风光以及民俗风情。老人觉得很有意义，便决定跑一趟桐庐。但待到节目播出时，这些镜头又莫名其妙地被删剪了。老人为此耿耿于怀。——听了这个“典故”，我才如释重负。

明明姐又告诉我们，虽然跟去年相比，老人显得有点老态龙钟，但精神一直很好。刚到桐庐，他足不出户，闭门谢客，每天从早到晚伏案写作，以每天五千字的速度，花了二十天完成了一本回忆录《笔走童年》。后来，又陆陆续续作了一些画。前不久，舞蹈家戴爱莲特意从北京赶来探望，叶公很高兴，两位老人童心不泯，还结伴去江边捡叶公所钟爱的鹅卵石。

放下碗筷，我和春彦兄蹑手蹑脚地上二楼欣赏老人的新作。

说起叶浅予，人们总是将他和那位瘦高个、尖鼻子、蓄着两撇小胡子的“王先生”联系在一起。早在上世纪三十年代，叶公在上海即以系列漫画《王先生与小陈》名闻遐迩。后来，叶公又转入国画创作，用他那支富于激情和灵感的画笔塑造了许许多多人物形象，像《西藏舞》《印度婆罗多舞》《红绸舞》《维吾尔族舞》……在那个风雨如晦的年代，叶公身陷囹圄，但艺术家的那份天性却未曾泯灭。步入晚年，叶公重新回到梦魂牵绕的故乡，走遍了富春江两岸，以极大的热情和顽强的毅力，几易其稿，历时三年，终于完成了巨幅历史性长卷《富春江新居图》。我敬仰的倔叶公，在他八十余年的人生旅途上有着太多的沟沟坎坎：铁窗生涯、数次婚变、丧子亡妻……尽管他经历了一次又一次沉重打击，但从未屈服于残酷的现实，他始终昂首挺胸，乐观地面对人生。

二楼四壁张挂着叶公刚刚完成的《文革厄运》《梦富春》《壮游》等十二帧册页，而且每幅画都配上别具风采的打油诗。叶公通过幽默夸张的艺术手法勾勒出了他所走过的曲折的人生历程。其中有一幅《倔老头》尤其引人注目。在这幅画中，叶公将自己描绘成济公模样，显得十分滑稽可笑，旁边贴着一幅对联，上联“见利思义”，下联“见义忘利”，横批则是“倔则灵”。而那首打油诗更令人拍案叫绝：“倔老头，白了头 / 嘴缺牙，吃得下 / 腰板硬，手不颤 / 人要直，画要曲 / 八十有八，自食其力 / 自强不息，老而不惑 / 知足常乐，不愁吃穿 / 穷得开心，富得揪心”。它既反映了老人暮年壮心不已，又揭示了耐人寻味的生活、艺术哲理。叶公在“文革”中曾受到林彪、江青一伙的残酷迫害，真所谓“林彪立竿我见影，江青一令抽我筋”。在《文革厄运》中，林彪是一条阴险的毒蛇，而江青则变成了凶残的老鹰，他们噬咬着叶公瘦弱的身躯，吮吸着老人脉管中的鲜血。“文革”中老人的遭遇在这幅画里表现得一览无余。而在另一幅《壮游》中，老人裹着条围巾，满心欢喜地坐在一架飞机上，在蓝天白云之间，俯瞰天目山的壮丽景色，表达了“白头老画家，壮游娱古稀”的豁达潇洒、开朗幽默的心情。

等我们看完叶公的画作，明明姐已将我们的卧室安置妥当。此时，皎月已上半空，平静的江面在月光的映照下泛着幽幽白光，窗外时断时续地传来悦耳的蝉鸣。春彦兄兴致很浓，摆开笔墨纸砚，乘着酒兴尽情挥毫。可是，我依然心绪如麻，默默注视着窗外缓缓流淌的富春江暗暗祈祷：但愿明天一切顺利。

次日清晨，我在睡梦中隐隐觉得有人在牵动我的被角，睁眼一看，竟是叶公！他带着稚童般的微笑瞧着我：“昨天晚上我是跟你开玩笑的，不要介意！快起来吧，天已不早了。一会儿我们去分水参观郑家祠堂。”我连忙爬起来，两脚落地感觉特别轻巧和踏实。漱洗完毕，来到客厅，叶公见我仅穿了一件衬衣，关切地说：“山上冷，要多穿点，否则会得感冒。”我热乎乎地应着，递上了申石伽先生的信。老人读完信，不由得感叹道：“现在老朋友已所剩无几喽！”

用完早餐，我们随叶公沿着一条羊肠小道径直来到江边。此时回首仰望富春画苑，一座粉墙黛瓦的仿古建筑赫然在目，它背山面水，气象万千，画苑门口，粗大的枫树和樟树相互对峙，犹如两位忠诚的卫士守护着这座艺术殿堂。

八点半光景，当地县政府的领导接我们去参观祠堂。一路上，叶公谈了他在“文革”中的种种遭遇。那时，他在八平方米的牢房里被关押达七年之久，即使在这样残酷的环境中，他始终没有丧失生活的信心。为了锻炼身体，他创造了一套练腰的体操，并来回走动，免得背弯腿僵。为了练习说话发声，他读书读报读出声来，还自编自说长篇故事《松树湾》。老人遗憾地说："可惜现在已忘得差不多了，否则写出来也是蛮精彩的。"

车在曲曲折折的小道上开了大约两小时，到分水的时候，村口早已挤满了看热闹的男女老幼，他们都想一睹与他们共饮一江水的艺术大师的风采。老人颔首向村民们致意，还不时敲打着那些孩子的脑袋，惹得村民们哈哈大笑。所谓"郑家祠堂"是一座早已破败不堪的建筑，但是通过残存的雕梁画栋、飞檐翘角，还是能想象出这座祠堂当年是何等气派。屋檐上雕刻着麒麟、凤凰、仙鹤等，还有各种神话人物、戏文传说。气势雄伟，工艺精湛。叶公语重心长地对当地文管会的同志说："太可惜了，这些都是我们民族文化的精髓，要好好保护。"

叶公对家乡的一草一木、一山一水都寄托着无限深情。正像他在《富春山新居图》的后记中所说的："我是画人物的，我的职责是发掘人和社会的美。为什么富春山水能推动我花费三年精力经营这个长卷呢？简单说来，原因有二：一是经过十年精神创伤，使我不敢再去触动人和社会这两个领域；二是富春山水养育了我，我要把它画出来，抒发我对祖国大地的感情。"

我有幸在叶公的画室拜阅了这幅惊心动魄的历史性长卷。在这幅画中，叶公突破了传统山水画的窠臼，采用超时空的手法，根据画家的立意和画面需要，取舍江面、山区、田野等形象，又将春夏秋冬四季、阴晴雨雪四时，浑然一体地组合在同一画面之中，给人以耳目一新的感觉。由此也可以看出，叶公的艺术创作已达到了炉火纯青、返璞归真的境界。

入夜，我们围坐在一起，品着香茗，春彦兄提议请叶公唱段京剧。叶公推辞道："我老了，唱不动了，还是你们唱吧，我帮你们打拍子。"于是我先唱《甘露寺》"劝千岁"，春彦兄又唱昆剧《长生殿》选段。这下可把老人的戏瘾勾出来了，他站起身，清了清嗓子，来了段《打渔杀家》。别看老人已是耄耋之年，却依然中气十足，唱得中规中矩，有板有眼。

我们要告别富春画苑了。临行前，明明姐为我们准备了一大包杭州特产小核桃，还有刚刚煮熟的玉米棒，让我们带着路上吃。老人恋恋不舍地送我们到大门口，千叮咛，万嘱咐："这儿正在修路，要当心，车开得慢点。"并且要我们代他向程十发、贺友直、戴敦邦等老朋友问好，希望他们来年春季去富春画苑作客。

汽车的发动机响了，我们向这位可敬的倔老头辞行。他站在高大的樟树下显得那样挺拔，而且神情严肃地向我们挥手致意。看着他那副认真的样子，我心中涌起一阵酸楚。突然，老人又俏皮地做了个"敬礼"的动作，高声喊道："再见。"他的身影在我们的视线中越来越小，这洪钟般的声音在空旷的山谷中却传得很远很远……

大师风范
——记程十发

无论美术界如何纷纷扰扰、吵吵嚷嚷，但程十发先生在中国画坛的地位却是毋庸置疑的。在半个多世纪的艺术历程中，这位“取古今中外法而化之”的艺术家，以丰赡的想象、清冽的意趣、精巧的构思、独特的造型以及灵动的线条、多变的色彩独步画坛。从上世纪五十年代的《小河淌水》，六十年代的《阿Q正传》《胆剑篇》，到七十年代的《周勃》，八十年代的《广陵散》《李长吉诗意图》《为怀素上人造像》，以至九十年代的《春晓》……这些濯古来新的经典之作，建树了奇姿卓卓的“程家样”新风，也使得程十发先生无愧于一代艺术宗师的美誉。

或许是上苍的特别惠顾，我有幸在程十发先生晚年与他相识、相知、相交。程十发先生是位才情勃发的艺术家，除了绘画之外，他还精通音律、诗赋、昆曲、摄影、收藏、考古等。因此，每次去看望先生，即便是闲聊，也能使我受益无穷。诗人萧丁先生说：“少坐程门，便觉高雅。”此话所言极是。

许久以来，我一直想试着写写先生，无奈对于美术我完全是门外汉，说不出什么道道来。于是，只能用我这支笔记录下先生的生活琐事。不过，从这些片断中，我们能够窥见程十发先生作为一位艺术大师的道德风范。

一、“手足”之情

程十发先生爱交朋友，在他的“三釜书屋”，几乎每天都是宾客盈门，各地来的求画者络绎不绝。对朋友，他总是有求必应，绝不提“金钱”两字。

他有位远在南方的学生，数年前退休返回故里后无处安身，便赶来向先生求援。先生二话没说，前后花了整整一个星期为这位学生精心绘制了一幅四尺整张的山水画，嘱咐他赶紧将画卖掉，以救燃眉之急。

已故沪剧名家解洪元先生以前和程先生是邻居，但彼此并不熟悉，也没什么交往。解洪元在患癌症后，性情烦躁，很希望能在屋里挂一张程先生的画，以减轻病痛的折磨。程十发得知这一情况后，连夜赶画一张画。第二天一大早，亲自把画送到病人手中，使弥留之际的解洪元先生得到莫大的安慰。

相比之下，程十发先生赠与韩天衡先生的《豆庐山房》，则凝聚了一位前辈艺术家对后生的殷殷关怀之情。上世纪八十年代初，上海的住房状况极为窘迫，即便是在书画、篆刻艺术领域已脱颖而出的韩天衡先生也无法摆脱居室窘迫的境遇。程先生把这一切都看在眼里，痛在心里，但又拿不出实实在在的解困办法。于是，他在一九八一年除夕作《豆庐山房》邮赠天衡先生，并且还在画的左侧题写了一段意味深长的跋语：“文徵明先生刊一印，曰‘印造斋’，取此斋造于印上，亦属子虚乌有之意。辛酉除夕余仿其义写此画造山房，赠豆庐主人，以为新岁微仪。虽子虚乌有，亦可效庄周入梦，少文卧游，不见世俗争房之恶习，而获林泉高致雅趣。”从这幅画上，我们可以看出程先生助人为乐、想人之想的真挚情感和高尚人格。

十年以后，同样是那个爆竹声声、家家团圆的除夕，程十发先生又把自己的一片挚爱投往一位素昧平生的“朋友”，他便是著名足球教练徐根宝。程先生是位十足的球迷，当徐根宝率领的中国足球队兵败吉隆坡，引来全国上下一片责骂声时，他毅然提笔，给徐根宝写了封短信：“根宝先生大鉴：古训有失败为成功之母。今夕为辛未年除夕，明日即壬申年元旦，祝弃旧迎新之意。有一部《孙子兵法》的连环画送给你，或许从中有所启发，在新春来临之际，保重身体，再为祖国体育事业多做贡献。”写完信之后，程先生请家人将信和《孙子兵法》连环画送至《新民晚报》体育部，让他们代为转交。先生这封发自肺腑的信给情绪低落的徐根宝注入了“兴奋剂”。他在《在黑洞中穿行》中写道：“不知别人有没有这样的体会，在逆境之中任何一句安慰、鼓励的话，哪怕是一个眼神、一个举动，都会让人铭心难忘、感激万分。在这样一个难过的年中，程老的这封信给了我无穷的力量和温暖。”大年初四，徐根宝来到程先生家中，当面向他致谢。知道徐教练过两天就要去昆明，程先生就拿出一幅早就准备好的《迟开的茶花》送给徐根宝。三月昆明的茶花已经开过，画的寓意也就不言而喻了。程先生还向家人及前来拜年的宾客说：“虽然我和徐指导是初见，但我们有着深深的手足之情。”众人面面相觑，不知先生葫芦里究竟埋的是什么。见大家一片疑惑，先生便呷一口茶，清一清嗓子得意地说：“你们想，我画画是用手的，徐指导踢球要用脚的，我们这不是名副其实的‘手足’之情吗？”众人听罢，无不捧腹大笑。

在程十发先生的生命历程中，像这样的事还有很多很多……

我曾问先生为什么对朋友如此慷慨。先生说，这和他青年时代的一段经历有关。原来，先生在二十六岁那年患瘰疬（即淋巴腺结核病），头颈都烂了，一直无药可治。那年春天，他来到杭州，坐在西湖边的长椅上，一愁莫展。忽然来了一位老者，问他是否生瘰疬病，告知只需要用一对完整的海马，用阴阳配合好，火灼成灰，每天用黄酒吞服，十二对为一疗程。先生不胜感激，忙问长者姓名，容日后图报。长者只是说：“等你好了，再传给别人就是。”这件小事对程十发先生触动很大。几十年来，那位长者慈祥的面容时常会浮现在他眼前，因此，他对社会上对金钱顶礼膜拜的现象不以为然。他总是说：“在我的每一张作品中都凝聚着许多朋友对我的帮助。只要人家喜欢我的画，我就很高兴。一个画家千万不要在铜钿眼里翻筋斗，不能在画画时就在想这画能卖多少钱，而是应该想到这张画画好以后要送给喜欢我的画的人。”有一次，在苏州沧浪亭游览，忽然对亭前一副楹联发生兴趣：“清风明月本无价，远山近水皆有情”。他略微思索一番，遂将此联稍作调整，即把“本无”和“皆有”的位置对调，于是，就变成了“清风明月皆有价，远山近水本无情”，以此来讽刺那些见利忘义之徒。

二、噱家大师

程十发先生虽堪称当代书画大师，但在日常生活中，他生性活泼，思维敏捷，虽年逾古稀，依然谈锋甚健，言谈间每每妙语连珠，令人乐不可支。难怪笑星王汝刚感叹道："程十发先生才是真正的噱家大师。"

汝刚与我均对中国书画艺术痴迷不已，于是，我们便成了"三釜书屋"的座上客。程先生为人随和，绝无一丁点"大师"的架子，他亲切地称我们俩是他的"忘年交"。有一天，程先生偶然跟我们聊起京昆，谈到京剧大师周信芳先生。他说，他对周先生的麒派艺术钦佩之至。但与周先生原先并不熟识，倒是一出《海瑞罢官》将他们联系在了一起。十年浩劫中，周先生因演海瑞惨遭迫害，程十发先生则因为绘制连环画《海瑞罢官》受到株连。在批斗会上，两位艺术家紧挨着低头"认罪"，接受"批判"。面对小将们声嘶力竭的喊叫，程先生充耳不闻，任思绪自由驰骋。他久久注视着周信芳先生的脚，心里嘀咕：周先生舞台上叱咤风云，但那双脚何以如此之小？要是日后有机会我登台唱戏的话，他的鞋子我是万万不能穿的，否则岂不成了"穿小鞋"了么？正想到这里，小将们看程先生走神，立刻厉声叱责，程先生对此毫不理会，继续他的遐想。他琢磨着，当时嘉靖皇帝与海瑞之所以会发生矛盾，问题恐出在语言障碍上。海瑞是海南人，皇帝是一口地道的京片子，而大学士徐阶则说上海话，三人语言不通，大学士传话有误，致使龙颜大怒而罢黜海瑞。如果当时能推广普通话，彼此有了沟通，冲突或许就没有那么激烈，也就没了《海瑞罢官》的戏文，我们俩自然就不会遭这份罪了。说到此处，汝刚问："听说先生后来专为周氏亲属作了一幅画，是否画周信芳先生的舞台形象？"程先生沉吟片刻，说："光阴荏苒，岁月流逝，现在画周先生恐怕未必能传神，但是要我画周先生那双脚，却能丝毫不差。因为每天开批斗会时，我们只能低头弯腰，脸自然是看不清的，但周先生那双脚却清晰地映入我的眼帘。"面对当时如此险恶的形势，程先生尚能保持一种乐观的精神状态，非常人所能企及，其幽默性格由此可见一斑。

某君三十岁生日，程先生欣然前往祝贺，并以一幅《月季图》相赠。拙朴的花瓶里，三十朵月季竞相怒放，一派生机。先生拍着某君的肩膀："你三十初度，如花朵竞放，前程不可限量。"某君听罢，忙向先生敬上一杯啤酒以表谢意。先生连连摆手："不可，不可，我喝的是汽水，啤酒加汽水，喝了岂不要大发脾气啊。"

有一次，我因洗澡不慎致使煤气中毒，被送往医院抢救。先生知道后焦急万分，他亲自打来电话询问病情，还在电话里安慰："不要怕，不会有事的。因为你名字起得好，曹可凡，曹可凡，就是讲，一旦出了什么事，还是可以从阴曹地府回到凡间；如果叫曹不凡，就麻烦了。"

程先生的机敏往往还能在瞬息之间将令人窘迫的场面扭转过来。有位日本书法家以在中国开书法展览为荣，不料展览开幕那天，天公不作美，狂风骤起，暴雨如注，与会者才五十余人。那位日本书法家自然懊丧不已，主办单位也感到有些尴尬。程十发先生不慌不忙地走到日本朋友身边，说：“今天非常遗憾，天气不好，来的人不多。不过我觉得五十多人，也算不得少了。当年王羲之兰亭雅集才不过四十二人，可见你的威风已超过我们的书圣右军先生了。”一席话，说得日本朋友脸上顿时绽开了笑容。

程十发先生作画，山水、人物、花鸟无所不至，无所不精。尤其他笔下的人物更是灵动逸致、意趣盎然。有人将其归为“尚趣”派，我想，这大概与他平时的幽默风趣是分不开的吧！

三、蝶恋花

熟悉程十发先生的人都知道，他是个昆曲迷。差不多每个周末，都要约请计镇华、岳美缇、张静娴等昆曲名家来家中拍曲。兴致所至时，他也会忍不住高唱一曲“大江东去浪迁迭……”正是由于长期浸润于婉转低回的昆曲曲调，程先生画的戏曲，尤其是昆曲人物画别具特色。像《狗洞》《借扇》《山门》等都堪称中国戏曲人物画的经典之作。在《狗洞》中，程先生用近乎漫画的笔法，勾勒出一个行骗最终失手的假知识分子的丑恶嘴脸；《借扇》取材于“孙悟空三盗芭蕉扇”的故事，程先生在这幅画中，匠心独运，用曼妙的舞蹈身段来表现孙悟空的“玩世不恭”和铁扇公主的恼恨、激愤；而在《山门》中，先生则着力刻画花和尚鲁智深和店小二的眼神……

程先生喜爱昆曲，源于他幼年时的两位“老师”。一位是当时家乡松江白龙潭小学的周老师；另一位则是父亲书架上的一部昆曲剧本集《缀白裘》。因此，他对昆曲不仅仅停留在会哼唱几段，而是把它也当作一门学问来研究，这从他为《借扇》一图的题跋中可略知一二。“元曲《西游记》传世仅三折，一为‘撇子’，一为‘认子’，此为‘借扇’。旧本唯铁扇公主唱词，孙悟空今本有唱词，已佚元曲风格。此剧开打并重，余写观印象。”试想，如果不谙昆曲史料，如何能写下如此简括精到的见解。

程先生描摹戏曲之所以传神，和他平日的悉心观察和勤学苦练是分不开的。上世纪五十年代，全国举行戏曲会演时，程先生几乎天天泡在剧场里，在领略传统戏曲神韵的同时，埋首勾勒戏曲人物速写。当时他看了俞振飞先生主演的《独占花魁》后激动不已：“真是一个活生生的卖油郎，演得太传神了。”由此，俞老的戏他几乎每出必看，并且还和俞振飞先生成为挚友。

俞老九十大寿邀诸好友小酌，赴宴者均携带生日礼物以示祝贺，唯独程先生空手而至。众人有些迷惑不解，程先生似乎看穿了大家的心思，说：“俞振飞先生乃京昆泰斗，一代宗师，我如果今天就这样送一幅画给他的话，未免太一般了。今天我要送俞老一份特别的礼物：和俞老合作一幅画。”话音刚落，大家拍手叫绝。俞老早年师从陆恢和冯超然等大家学习绘画，后来又得到张大壮指点，自然也是调研丹青的高手。于是大伙忙着铺好宣纸，俞老开笔，只见他寥寥数笔，一株飘香的幽兰跃然纸上，简括洗练，十分老到。随后程先生不假思索，在兰花的上方画了一只五彩缤纷的蝴蝶，并题“蝶恋花”。程先生说：“我毕生酷爱昆曲艺术，昆曲犹如兰花，我就好比那只蝴蝶，将永远恋着昆曲这朵清香四溢的幽兰。”一席话令四座皆叹，掌声响起。

四、另外一支画笔

尽管曾经有许多海内外摄影名家都为叶浅予先生留下过动人的一瞬，但真正令叶先生为之感慨、为之激动的却只有那张在颐和园藻鉴堂拍摄的半身像。

照片上，叶先生精神抖擞地站立在花丛中，面带微笑，目光炯炯地注视前方，一束逆光斜照在老人棱角分明、富有个性的脸上，显示出他无穷的生命力。从他的眼神和微笑的神态中，人们可以窥见这位画坛一代宗师对绘画艺术的执着追求。

浅予先生生前一直将这帧照片悬挂在书斋的显著位置，只要有朋友来访，他总要兴致勃勃地向大家介绍这幅照片的由来，还时常要让客人猜究竟是谁拍的。

其实，这张照片并不出自哪位专业摄影师之手，而是叶浅予先生的挚友、国画大师程十发先生的杰作。程先生对当时拍摄这张照片的情景记忆犹新：“那是一九八一年的中秋时分，我住在北京的中国画研究院（颐和园藻鉴堂）。一天清晨，我和叶浅予先生到堂后的山坡上散步，这时正好满山蔓长着各种色彩鲜艳的牵牛花，迎着朝阳，显出朝气蓬勃的生命力。我们在花丛中边走边谈。突然，我看到逆光下一片花丛格外引人注目。我正欲拍摄时，发现叶先生在一旁兴致很好，朝阳斜照在这位老前辈的脸上，衬托出他背后的一隅花丛。虽然叶先生年事已高，可是他在气质上洋溢着一种朝气的美，于是便赶紧按下快门，抓拍了这张照片。”

程十发先生出生在人文荟萃、钟灵毓秀的古城松江。故乡三泖九峰等古来名胜，激发着他的艺术灵感。但由童年步入少年，视觉上已有比较完整的能力观察世界上各种事物时，他就不满足于仅以画笔来抒发情感，而是渴望用镜头将周围的山水美景、风俗民情永久地凝固在底片中。因此，他对摄影艺术有着难以割舍的情怀。回忆起孩提时代学摄影，他显得有些激动：“当时我的条件只能得到一个方匣镜箱，虽然镜头上只有一块玻璃，但我和它却有着十分亲切的感情。因为它所记录的是我双眼看到的，一点也不虚假；而我所看到的一切，也都可由它来证明，它跟我在一起，懂得我喜爱什么、留恋什么，甚至它的‘情感’，也完全和我一致。”

在程先生看来，摄影与绘画有着异曲同工之妙。画家在蘸墨落笔之前，对所要绘制的东西需要沉思，要把自己的情感融汇到每一根线条、每一片色彩中去；而摄影家需要通过镜头真实记录所看到的一切，拍摄前同样需要思考良久，才能按下快门。所以，程先生把摄影形象地比喻成他手中的另外一支画笔。

直到现在，程先生对摄影艺术的迷恋有增无减。每逢外出游览，他总忘不了带上那架奥林巴斯相机。

几年前的一个早春，我和几位画家一起陪程先生去莘庄的胡须梅园赏梅。胡须虽然不大，倒也玲珑精致。园内亭台楼阁，小桥流水，富有诗意。四周还种植了数百株梅花，红苞绿萼，暗香袭人。踏入梅园，真有飘飘欲仙之感。见此美景，程先生忍不住举起了相机。别看先生年逾古稀，但拍起照来，手不颤、气不喘，聚精会神，一丝不苟。那天，程先生兴致特别高，一口气拍了好几卷胶卷，还欲罢不能。其中《红梅喧喧》《岁寒三友》《春消息》等照片，都生动传神地表达了梅花冰清玉洁、不屈不挠的精神品质。后来，这些照片都被刊印成画册，供友人欣赏。

除拍照外，程先生还热衷于收集老式照相机。迄今为止，他已经搜集到了蔡司伊康、莱卡、米诺克斯、哈苏、罗莱福、来克斯等几十架名牌相机，其中一架二十世纪二十年代产的林哈照相机更是弥足珍贵。我问先生为何乐于此道，他风趣地说："过去家里比较清贫，为了能买上一架照相机就拼命攒钱，但等我攒够了钱，已经很多年过去了，原先想买的那架照相机早已过时，成了老爷货。因此我喜欢的并不是一架具体的照相机。这就像有位老画家常跟别人念叨，他在年轻时曾经遇到一位美丽的'姑娘'，别人帮他一推算，那位昔日的姑娘早已成了老太太了。我喜欢旧相机的道理同样如此，这些旧机器过去都是美丽的姑娘，而现在则变成垂垂老矣的老太太了！"

为善为苦
——记黄永玉

有人说，黄永玉这人有才气，版画、国画、油画、雕塑、漫画、诗歌、散文、小说，什么都拿得起来，而且成绩斐然，令人叹为观止。

有人说，黄永玉这人有运气，平生遇见过许多杰出人物，如弘一法师、沈从文、李可染、张乐平、聂绀弩等。

有人说，黄永玉这人有骨气，有强烈的民族自尊心。当某位前清遗老把日寇侵华战争和中国人民的奋起反抗比喻为姑嫂吵架，他怒不可遏，拍案而起："狗杂种 ××！"他的那次"国骂"至今为人津津乐道。

有人说，黄永玉这人有侠气，肯为朋友两肋插刀，在所不惜，心甘情愿做着那些"为善为苦"的苦事。有人说，黄永玉这人也有点傲气，我行我素，从不迷信权威，敢于向大师"开炮"。"文革"后，曹禺写出新作《王昭君》，发表后赞誉不绝。但黄永玉先生却给曹禺先生写了封信，毫不客气地批评道："我不喜欢你解放后的戏。你心不在戏里，你失去伟大的通灵宝玉，你为势位所误……"

总之，印象中的黄永玉是一位富有传奇色彩、不同凡俗的艺术家。

一、上海，没有一个地方可以替代

初识黄永玉先生是在一九九五年岁末。这是他阔别上海二十多年后，再一次来到这座令他魂牵梦萦的城市，他曾在一篇文章中写道："我永远喜欢上海，虽然我年轻时代的生活无天不紧张、不艰苦，我仍然怀念它，没有一个地方可以替代。"他此行的目的是要寻觅青春的印迹，踏访久违的老友。在上海，他借居在影星王丹凤在陕南村的空房里，每天客人络绎不绝，"谈笑有鸿儒，往来无白丁"，小小客厅充满了欢愉和温馨。我也跟着几位画家朋友一起去凑热闹，起先大家还都有点拘束，但黄先生的洒脱、豪放和幽默很快消除了我们的紧张感。老人健谈，从佛罗伦萨、巴黎，谈到凤凰、张家界；从达·芬奇、罗丹，谈到齐白石、张大千；从莫扎特、普契尼、卡夫卡，谈到弘一法师、沈从文……不过，说得最多的还是那些同命运、共患难的亡友。他左手托着胶木烟斗，深深吸了一口，又慢慢吐出，一缕清烟袅袅婷婷，在屋内弥漫开来，思绪似乎也随着清烟飘回到过去的岁月。好大一会儿，才喃喃地说："乐平（漫画家）、野夫（木刻家）、西厓（木刻家）这样的好人都走了。作为朋友，我却连去医院看看他们，说几句话的机会都没有。我常常责备自己在那个动荡的时候忘记了他们。我不是缺乏勇气，只是当时自己的事情也搅得乱七八糟而脱不开身。要是他们现在还活着该有多好啊！我可以陪着他们在我意大利的家里住住，开着车子四处转转。这明明是办得到的，唉！都错过了。

年轻人是时常错过老人的。”黄先生说得很动情。这不禁使我联想起他在画册后记中一段感人的话语：“时光太快，令人莫名其妙。我竟然七十岁了。差堪得意，一生从未蹉跎时光；只是漫长的岁月中，情感用得真累。这铁石心肠的世界，把画册献给谁呢？献给自己吧！”怕老人过于伤感，大家连忙把话扯开：“还好，我们没有把你错过。”

在上海的那些日子里，黄永玉先生始终被浓浓的友情包围着。他见到了张乐平夫人冯雏音，见到了作家黄裳和诗人王辛笛，更出乎意料地见到了睽违达半个世纪的挚友殷振家先生。殷振家先生是一位正直善良、才华横溢的戏剧导演，滑稽戏《七十二家房客》便是他的杰作。然而他却一生坎坷，晚年妻子又重病缠身，生活窘迫。黄先生得知后，把自己关在房间里不停地画呀画。然后他把这些画交到老朋友手上，再三叮嘱，要用钱就拿去卖。老人想用这种方式来传达对朋友的高尚情谊。

临别前，永玉先生告诉我他在上海亲历的一件小事。有一天，他坐出租车，当开车的女司机得知他是画家时，显得很兴奋，说自己丈夫也很喜欢画画，只是工作不太理想，整天起早贪黑，赚那少得可怜的工资勉强维持生活，自然也就无暇再拿起画笔。于是，她决定辞职，出来开出租车养家糊口，让丈夫腾出时间画画。她说她丈夫很勤奋，也有天分，只要坚持下去，相信他一定会成功的。永玉先生听了，感动万分，回到住所后，立即送了本画册给那位女司机，并且要他转达“一个画画的”对“另一个画画的”的问候和致意。老人觉得这件事看似微不足道，却是他上海之行的“额外”收获，这显示了一座城市的襟怀和气质。“所以，我喜欢上海是有一定道理的。”他微笑着，眉宇间还夹杂着几分孩童般的淘气和天真。

二、窗口，人生的一种过渡

一九九七年初，我去香港拍摄春节电视节目，虽说工作日程排得满满的，但还是抽空给永玉先生挂了个电话，原以为他可能已经把我给忘了，没有想到电话那头传来那爽朗的笑声：“哈哈，你来香港了？那来玩啊！”于是，在离港前一天晚上我如约前往永玉先生的家。由于司机不熟悉道路，走了许多弯路，等到永玉先生家时都快十点钟了。我连连向先生道歉，可他却把手一扬：“没关系，反正我也睡得很晚。不过，茶凉了。”永玉先生的家位于中环附近的半山，是高级住宅区，宽敞的会客厅有一长排玻璃窗，站在窗前，仰望苍穹，繁星满天，一轮明月挂在天际；远处香港、九龙摩天大楼的灯光闪闪烁烁。群星和灯珠衔接在一起，分不清哪是星河哪是灯海。我被眼前的美景惊呆了，半晌说不出话来。永玉先生见我这副发呆的样子，笑了：“很美吧，可这样的窗口要是提早四十年来该有多好啊！我一生经历过的窗口太多了，每一个窗口就是个里程碑，一个记录。”接着，先生饶有兴致地跟我聊起有关“窗口”的故事。

永玉先生告诉我，他的第一个窗口是在家乡凤凰的老屋。爷爷房里有一个带窗台有矮栏杆和可以坐卧的大窗，“前面有树，中间有城墙，远一点就是山。阳光、雀鸟、老鹰，还有染坊，有个高架挂满二十多丈布，那些色彩鲜艳的布一条条挂起，很好看。小时候，我常趴在窗口痴痴地看，所以，那个窗口与我的童年是密不可分的。”说到家乡，永玉先生永远有着难以割舍的情怀。他风趣地把老家比作自己的被窝，他经常要去睡一睡。这被窝里有自己喜欢的浓重的气味，别人未必习惯，但自己喜欢。永玉先生就是带着家乡独特的气息，走向更广阔的世界的。

一九四三年，永玉先生去江西信丰县民众教育馆工作。他在二楼的房间有一扇很大的窗，对着草地和树林。当时，先生的女友（也就是现在的妻子、儿童文学家梅溪）也在民众教育馆工作。永玉先生每天早上都倚在窗口等她上班，一看见女友远远走来，就立即吹起法国号以示欢迎。永玉先生后来专门写过一首长诗记载他人生中第二个永远难忘的窗口。

第三个窗口是在香港九龙荔枝角九华径。一九四八年永玉先生和新婚的妻子一起到达香港，住在一间很窄小的屋子里，仅容得下一张床和一张小工作台。小屋有一扇装铁栏杆的窗，透过窗子可以看到许多榕树的树顶。夫妇俩买了漂亮的印度窗帘来装扮他们自认为“最值得自豪、最阔气”的窗子，还给它取了个罗曼蒂克的名字——“破落美丽的天堂”。

上世纪五十年代初，在表叔沈从文的召唤下，黄永玉先生带着全家回到北京，与李可染、董希文、李苦禅、张汀等画家合住在一个拥挤的大杂院里。“文革”开始后，便被赶到一个没有窗的小屋。但是，生性开朗、幽默的他并没有为困厄所吓倒，于是他干脆画了一幅二米多长的《窗》，挂在破烂的墙壁上，“窗”外山花烂漫，洋溢着春天的气息。永玉先生就是用这样的“窗”来表示他的乐观、旷达，以及对美好未来的坚定信念。“只要活着，故事还不会完；窗口虽美，却永远总是一种过渡。眼前我们有一长列窗口，长到一口气也走不完。它白天夜晚都很美，既如过去梦幻般的美，又真实可靠……明天的窗口，谁知道呢。”他说。

三、翡冷翠，温馨的记忆

黄永玉先生常戏称自己“狡兔四窟”。四个家：一个在北京，一个在凤凰，一个在香港，一个在意大利。他虽现在定居香港，但一年中总有几个月去意大利画画、写作、讲学，顺便也看看居住在翡冷翠（即佛罗伦萨）的女儿、女婿。对永玉先生来说，意大利是他从小向往的地方，因为小时候当教员的妈妈曾对他讲，世界上有个伟大的画家，叫莱昂纳多·达·芬奇。等他晚年来到翡冷翠的芬奇镇，参观了达·芬奇故居，心想，这么伟大的艺术家竟然住在如此朴素的房子里。“一个伟大的人物，是否必定要在一所伟大和漂亮的房子里出生？不一定。一个人的伟大不是与生俱来的，而是经过奋斗和磨砺才得来的。”达·芬奇的房子给了他很大的感触。

在翡冷翠，永玉先生喜欢自己租房子住。那是由松林和花树夹着的一幢三层住宅，房子的左边是一条古老的小河，据说那是翡冷翠的“文化”发祥地。他像当地普通居民一样，穿上拖鞋、短裤，衣着随便地四处闲逛，逛到哪里都可以坐在街角吃东西，和人聊天。有时，干脆带上沉重的画箱、三脚架、手工牛皮背袋以及板烟斗、火柴、小刀、照相机等杂物，到处写生。没过多久，他就跑遍了大街小巷以及周围的群山，创作了几十幅油画。他觉得能和当地人坐在一起谈天，说一些体己的话，画几张自己想画的画，是一种逍遥的感觉。

因为画画，永玉先生在翡冷翠还和一些当地人交上了朋友。有段时间，他常在街角的一家修钟表的店铺前画画。一天，他正画得起劲时，店主回来了，永玉先生连忙起身，不好意思地说：“真对不起，把你的店面挡住了。”店主说不用客气，并示意他坐下继续作画。第二天，永玉先生又来这里画画，两人还用英语互相攀谈。永玉先生觉得他很友善，就递了张名片给他，并邀请他晚上去家里吃饭，这下可把那位钟表匠吓了一跳。因为意大利人是绝不会在认识朋友的第二天就请吃饭的。但钟表匠还是冒着大雨，如约来到了永玉先生家，手里还捧着一大束鲜艳欲滴的玫瑰，脸上却露出一副怯生生的神情。用饭时，他提出要给妻子打个电话，只听见他在电话里说：“没事，一切平安，饭菜也很好吃。”显然，当地人对一个中国老人还有些防范心理。不过打这以后，他们就开始做朋友，享受纯真的友情。

四、万荷堂，一张刚完成的立体大画

一九九八年春，有爱造房子“坏习惯”的永玉先生突发奇想，仅仅花了几个月的时间就在北京郊区一片果园中设计建造了一座由青石、灰砖和原木构成的“万荷堂”。有人说：“你都七十多了，还能活几年，何苦费那么大劲去造房子？”永玉先生反讥道：“这算什么话，造房子和画画其实是一回事，前者只不过是画一张立体的大画，画好了，也就算玩过了。”去年秋天，我趁去北京看歌剧《图兰朵》之际，专门去了趟“万荷堂”。“万荷堂”，占地约二十亩，大院的东首是个庞大的荷花塘，池塘四周亭轩错落、回廊曲折，清幽雅致，美不胜收。其中有一座凉亭里有先生大幅水墨荷花图，苗子先生题了几句极精彩的诗句。记得有这么几句：“主人自写青山卖，朋辈同夸白雪辞。手把荷花来劝酒，步随芳草去寻诗。”颇耐人寻味。西首那用青石、灰砖和原木筑成的建筑群，分前后两进。前面是永玉先生的大工作室，跨过门槛，首先跃入眼帘的是一幅八尺整张的《十万狂花入梦寐》制成的屏风，五彩斑斓，气象万千；环顾四周只见屋内摆放着清一色明代家具，四周还散落着一些中国古代陶罐；宽大的画桌上横七竖八地放着笔、砚、宣纸、书籍和几件小摆设；东侧的墙壁悬挂着先生刚刚完成的巨幅画作《老梅蓬勃图》，苍劲郁勃；而一架崭新的黑色三角钢琴更给工作室添上点儿浪漫气味。穿过工作室，径直往里走，就是主人的客厅和居室。这里的陈设与工作室风格完全不同，客厅里挂着的大多是永玉先生的油画，巨大的壁炉上摆着他和家人的照片，屋子中央是一圈矮沙发，好客的主人常约一些旧友新知在这里品茗聊天。

闲聊、漫淡是永玉先生生活中的一大乐趣，而漫淡时说得最多的恐怕还是人。他曾经说起过许多精彩有趣的人，有些已淡忘模糊了，有些则记忆犹新，譬如弘一法师，譬如沈从文……

永玉先生是目前见过弘一法师的为数不多的几个人，那年他才十几岁。少年的黄永玉很调皮，有一天，他在庙里的白玉兰树上摘花，恰巧被弘一法师发现了。弘一法师说："你看这花长在树上好好的，干吗非要摘下来呢？""老子高兴，就要摘。"黄永玉说。弘一法师非但没有生气，还招呼他到禅房去，并问他会什么。这个顽童大言不惭地回答："老子画画！唔，还会别的，会唱歌，会打拳，会写诗，还会演戏、开枪，打豺狼、野猪、野鸡。"见到弘一法师的字，他还说不好，没有力量。忽然，他发现书桌上有写着"丰子恺""夏丏尊"名字的信封，有点好奇。因为他在课堂上读过他们两位的文章，当知道眼前这位貌不惊人的老和尚是丰子恺的老师，又知道他还是"长亭外，古道边，芳草碧连天"这首歌词的作者时，便又缠着弘一法师给他写幅字。弘一法师笑了："你不是说我的字没有力气吗？"聪慧过人的黄永玉连忙改口道："不过，现在看看，你的字有点好起来了。"弘一法师答应他几天后来取。顽童去别处玩了一个礼拜，再踏进寺院便得知弘一法师圆寂了。进入那个小院，只见弘一法师侧身躺在木板床上，脸色安详，像睡觉一样。桌上居然有一张写给他的条幅："不为自己求安乐，但愿世人得离苦。"他虽然不懂什么意思，但还是号啕大哭了起来。

永玉先生谈得最多的莫过于沈从文先生。沈从文早在上世纪三四十年代就写出了像《边城》那样的传世之作，晚年虽遭受了不公正的待遇，但仍钻进故纸堆中，孜孜钻研服装史，写出皇皇巨著《中国服装史》。"从文表叔他一心一意只想做一条不太让人翻动的、被火慢慢煎成的、味道也过得去的嫩黄小鱼，以期有朝一日对人类有所贡献。"在黄永玉的生命里，感情最浓的是沈从文，最尊敬的是沈从文，最崇拜的也是沈从文。

上世纪五十年代初，沈从文给客居香港的黄永玉写信，希望他能尽快回国，"为国家做点事，是我最希望的"。于是黄永玉和妻子在一九五三年回到北京，在中央美术学院工作。当黄永玉工作上受阻、思想上有波动时，又是表叔给他写去了鼓励的长信："一、充满爱去对待人民和土地。二、摔倒了，赶快爬起来往前走，莫欣赏摔倒的地方耽误事，莫停下来哀叹。三、永远地，永远地拥抱自己的工作不放。"同样，当看到黄永玉潦草敷衍的作品时，表叔也会毫不客气地，狠狠"剋"他一顿。因此，沈从文在落寞和孤寂中逝世后，永玉先生不无悲痛地写道："表叔真的死了。三十多年来，我时时刻刻想到从文表叔会死，清苦的饮食，沉重的工作，精神的磨难，脑子、心脏和血管的毛病……"

当然，除了人物之外，这位号称"凤凰老刁民"的艺术家也经常说说有关创作的故事。我曾不止一次听他谈起那件在当代美术史上轰动一时的“猫头鹰事件”，听他谈画《水浒人物》前前后后的曲折经历，也听他谈和“清末四公子”之一张伯驹先生在“文革”期间的那次难忘的邂逅……

黄永玉先生曾说一个画家的成功需要具备三个条件：一是要有基本功，主要是颜色的探索、趣味的安排；二是做人要过得去，否则就会像流星一样稍纵即逝；三是艺术的“八字”要好。永玉先生的艺术“八字”该是不错的了，短短几十年竟有如此非凡的成就。对此，他自己也不否认：“总体上讲，我的‘八字’很好。虽然我一生没有大的成就，但确实没有浪费时间。每天工作，尽了自己的力量，没有辜负我初中三年级的学历。”

永玉先生一生命运多舛，历经磨难，但他从不畏缩，从不气馁。他很欣赏这样两句诗：“为了太阳，我才来到这个世界。”每当他受到委屈，遇到灾难，便会鼓励自己，我是为了太阳才来到这个世界上的。“人生所有的遭遇我都受过，但我不哀叹，我感到很值得。这一辈子没有冤枉，所以当生命走到尽头时，我不要坟墓或墓碑，即使有个墓碑，上面也只要写三个字——太累了。”先生这段话始终在我脑际，挥之不去。如果没有经历过生活的大喜大悲、大起大落，就很难对生命有如此的大彻大悟，这也说明了为什么这世上绝大多数人终究是不能免俗的。

囚徒的呐喊

我不喜欢李敖。

他倨傲不逊，目空一切。“五十年以来，五百年之内，中国白话文写得最好的前三名是，李敖、李敖、李敖。而且，每一个说我吹牛的人，其实心里都供着我的牌位。”

他六亲不认，忘恩负义。钱穆、胡适早年对他投以青眼。胡适甚至在其最困厄时寄去一千元支票一张，让他从当铺赎回三条裤子。但李敖后来对钱、胡的批判丝毫不留情面。

我也喜欢李敖。

他卓尔不群，爱憎分明。“敢以率真表天真。”他当面斥责老友金庸“伪善”：“金庸所谓信佛，其实是一种‘选择法’，凡是对他有利的，他就信；对他不利的，他就佯装不见，其性质，与善男信女并无不同，自私成分大于一切。”而面对三毛那样仰慕他的忠实“粉丝”也绝不心慈手软，他指摘三毛帮助沙漠中非洲朋友纯属“做秀”，弄得三毛大窘。语虽尖刻，评析倒也不无道理。

那日，当身着红色夹克、戴着墨镜的李敖出现在台北徐州路上的“艺文沙龙”，一座幽静的日式小楼时，我才真正领教他的不羁、率性。“可凡，你的节目开播四年八个月都不找我，竟找那些烂人上节目。什么意思？！”见我一脸茫然，他又突然转怒为喜，露出孩童般调皮的表情。“钱锺书说过，只吃鸡蛋，别看母鸡。你们死心眼，偏要看母鸡，今天看到也不过如此！其实李敖之所以让人害怕，主要是因为每个人都可以骂别人是王八蛋，可李敖能证明你是王八蛋。”说完，他自己也不禁嘿嘿笑了起来。

李敖的老师很早就叮嘱他“切忌多言，切忌放肆”。然而，飞出学术禁锢的李敖非但多言和放肆，还为自己惹来两次牢狱之灾。第一次是因文字惹祸，其主编的《文星》被迫关停，他被判入狱十年，最后坐了六年牢。第二次则是与《文星》昔日老板为财产反目，也有半年铁窗。如今，李敖可以笑谈陈年往事，但内心伤痛却无法修补。“《老残游记》中那女孩被夹指头，十指连心，痛到心头。狱卒用圆珠笔夹我，并且用我右手紧捏夹着笔的左手，还不断奚落我，李先生，不要恨我们噢，要恨你自己的右手。我说，我不恨右手，恨圆珠笔。那个时候，精神完全被肉体出卖，只是内心还存留一点点抵抗与喘息。”因此，李敖默默将美国开国元勋派屈克·亨利的名言“Give me liberty, or give me death（不自由，毋宁死）”改为“Give me liberty, or give me your death（不自由，要你死）”。李敖自认两段牢狱生涯对自我人格产生严重扭曲。多少年来，他始终过着自囚般的生活，天马行空，独来独往。每天仅吃极少量蔬菜和不含糖的水果。一周大部分时间都住在阳明山潮湿、狭窄的小屋里，孤独地读书写作。仅星期天才下山与妻儿共享天伦。李敖比女儿大六十岁，比儿子大五十八岁，比太太大三十岁，照理说，年逾古稀的他理应更珍惜与家人相处的每分每秒，但他偏偏要与最亲近的人刻意保持距离。“我慢慢老了，他们要习惯这个家没有我。我不出现，该怎么生活。但是，我发现，现在星期天回家，妻儿反倒不习惯我出现在他们的生活中。老掉了，我真的老掉了。没办法！”向来不甘服老的斗士对我说出这番话时，眼中竟闪过些许茫然与无奈。不过，他很快调整了情绪，敏捷地从口袋中掏出几样随身携带的“宝贝”。其中，有一只强力手电筒和一把小刀，“为什么要带这东西？若进电梯，忽遇停电，打开电筒，可不被黑暗所困，而小刀则能把门撬开逃生。”最莫名其妙的是一个手机模样的一万伏特电击棒，“或许是坐过牢的关系，我只相信自己，从不依赖他人。有人曾寄来子弹威胁，警察派保镖保护我。一旦保镖也死了，怎么办？有电击棒就不怕了。”这些话听来的确有些匪夷所思，但联想到他身陷囹圄时所遭受的众叛亲离，一切也就顺理成章了。李敖的人生信条是人性最靠不住，所以他从不参加朋友的婚、丧、喜、庆，因为自己挨苦受难时，大家都远远躲着，就连心爱的姑娘也逃之夭夭，他为此痛不欲生。李敖曾写过一首小诗表明心迹：“不爱那么多 / 只爱一点点 / 别人的爱情像海深 / 我的爱情浅。不爱那么多 / 只爱一点点 / 别人的爱情像天长 / 我的爱情短。不爱那么多 / 只爱一点点 / 别人眉来又眼去 / 我只偷看你一眼。”

说起李敖的浪漫史，他与胡茵梦的感情无法回避。胡在《生命的不可思议》一书中将李敖描绘得十分不堪。她披露与李敖生活期间深刻感受其自囚、封闭和不敢接触，以及洁癖、苛求、神经过敏和无端恐惧，“譬如我在屋子里一向不穿拖鞋，喜欢光着脚丫到处走，因此脚底经常是灰黑的，李敖对此事反应强烈……另外，他对别人排泄物要求也颇高，如果上大号有异味，又是另一项值得打击的罪过……”但李敖对此矢口否认，反指胡茵梦满口胡言，连带胡的文学才华也沦为他的攻击对象。“有的人，才女想变成美女，失败了，像陈文茜；有的人，美女想变成才女，也失败了，像胡茵梦。”他还引用陆游“粉棉磨镜不忍照”来讥讽前妻的衰老。胡五十岁生日，老死不相往来达二十年之久的李敖竟破天荒送去五十朵玫瑰花，不明就里的胡茵梦大为感动。“可她忘了，我有个恶作剧，就是提醒她，五十岁了。”李敖说。

话虽如此，李敖至今仍觉得胡茵梦与林青霞一样，是心中女神。另一位入大师法眼的美女则是清丽脱俗的高金素梅。素梅曾为台湾地区的影视红星，如今则是原住民“民意代表”。素梅当年参加选举时，曾得李敖鼎力相助，故允诺以“清凉照”一帧相赠，可后来不知为何没了下文。好久以后，有朋友来找李敖，说素梅有事相求，李敖顺口说起照片一事。素梅倒还记得，但解释那些照片早已被那时的男友给烧了，才导致无法兑现承诺，并询问是否可照一张现在的。李大师笑称不必了，“还是年轻的素梅比较好！”这就是李敖，玩世不恭，游戏人生。

李敖外表强悍，却有颗纤细柔软的心。采访结束，他从一黑色拉杆箱里取出多本近作，一一签名留念。匆匆用完午餐，他便起身告辞，且执意独自打出租车回阳明山。骨折刚刚痊愈的大师踽踽独行在绿树成荫的街道上，显得有些吃力，一阵风吹散了他灰白色的头发，而猩红色夹克与黑色拉杆箱形成的反差在午后阳光的照射下显得格外分明。望着他渐行渐远的背影，心中突然涌起一阵惆怅、伤感……

白先勇回家

苏州、上海、台北、香港……这些年总是在不同城市和白先勇先生会面。

二〇〇四年初春，为青春版《牡丹亭》世界首演，白先勇几乎天天泡在苏州昆剧院，监督演员排练。青春版《牡丹亭》是集合两岸文化界菁英共同打造的一项巨大工程，引起各方瞩目，剧组上下神经紧绷，日以继夜地在排戏磨戏。得知消息，我迅疾赶往苏州。记得那时的排练场设在一幢四面透风的烂尾楼里，白老师裹着厚厚的棉大衣，神情专注地盯着台上演员的表演，时而双眉紧锁，时而抚掌称快。排练间隙，他不停地跑前跑后，一会儿与昆曲大家汪世瑜、张继青窃窃私语，一会儿对俞九龄、沈凤英殷殷嘱托。好不容易才逮到忙中偷闲的白老师，拉他到一间简陋的办公室，纵谈青春版《牡丹亭》的来龙去脉。说起《牡丹亭》，原本略显疲惫的白先勇，立刻精神陡增："我想起每个民族，总有它的爱情神话；但世上的爱情故事虽多，那都只是写实层面的'人间'情，真正做到不朽、永恒、eternal（不灭的），一种人类最高的'情'上面的 quest（追寻），唯有《牡丹亭》……如果要给《牡丹亭》一个定位，它可能是中国抒情文学传统里从《诗经》《楚辞》一以贯之的巅峰。杜丽娘的心事，最后虽然得到圆满的结局，但那股奋不顾身的赤精厉忱，本身就有一种凄艳的悲壮。”他还深情回忆童年时代与柳梦梅、杜丽娘的不期而遇。抗战胜利，“蓄须明志”，谢绝舞台长达八年之久的梅兰芳，终于剃掉胡子，和俞振飞于美琪大戏院贴演《游园惊梦》。年仅十岁的白先勇随父母前往观赏，虽然一句戏文也没听懂，但《游园惊梦》那段“皂罗袍”音乐以及梅兰芳的翩翩舞姿令他倾倒。二十年后，成为小说家的白先勇竟以昆曲为背景，写下了同名小说《游园惊梦》。似乎是命运使然，《牡丹亭》成为白先勇毕生追求的梦。虽然我和白老师以前从未谋面，却有一见如故之感，彼此交流水乳交融，毫无生涩之感。白老师对这次访问也十分看重，“这次访问有其历史意义，那是在中国大陆第一个电视栏目访问到我与青春版《牡丹亭》，日后我为推广青春版《牡丹亭》不知上过多少次电视节目，都是《可凡倾听》起的头。”白老师在《倾听心声》一文中曾这样写道。

没过多久，我和白先勇又在上海相逢。我们或在由李鸿章、杜月笙宅邸改建的饭馆品尝地道上海菜，或走访白家当年在上海的几处居所。白老师对上海印象最深的莫过于“大世界”。他记得第一次去游“大世界”，站在“哈哈镜”面前，看到镜里反映出扭曲变形后自己胖胖瘦瘦高高矮矮的奇形怪状，笑而不止。然而，那时候的白先勇，大部分时间却因患“肺痨”被隔离在虹桥路一幢德国式小洋楼里，“整日与花草和小动物为伍，看见梧桐落叶，竟会兀自悲起秋来……”对孤独和寂寞的过早体味，为他成为一名文学家做了思想和情感上的铺垫。白先勇的处女作小说《金大奶奶》就有其童年虹桥路上生活的影子，而《台北人》中许多篇什，如《永远的尹雪艳》等，也都抒发了他对这座城市“剪不断，理还乱”的情愫。由他小说《谪仙记》改编的电影《最后的贵族》在开始时还特意安排了个外滩的镜头。白先勇认为“这些恐怕并非偶然，而是我‘上海童年’逐渐酝酿发酵，那些存在记忆档案里的旧片拼拼凑凑，开始排列出一幅幅悲欢离合的人生百态来，而照片的背景还是当年的上海。”

四年后，我访问台湾地区。白先勇先生约我在台北光复南路、忠孝东路口的一家名叫“相思李舍”的咖啡馆见面，里面的陈设完全是一副老上海模样，昏黄的灯光下，捧着一杯香气四溢的咖啡，恍若隔世。不过，那次会面弥漫着悲肃的气氛。因为，就在那天清晨，从上海传来谢晋导演骤逝的噩耗。白先勇与谢晋相识于一九八八年，那是在美国举办的谢晋电影回顾展上，两人亲密无间，无话不说。在一次闲聊中，谢晋对白先勇说，他觉得《谪仙记》中几个人物都有《红楼梦》的影子，李彤像林黛玉，慧芬像薛宝钗。白先勇惊讶于谢晋对自己心思的洞察与揣摩。于是，他俩顺理成章地讨论如何将《谪仙记》搬上银幕。白先勇后来在上海逗留期间，又多次和谢晋讨论《最后的贵族》的详细提纲。“当我们写到沦落在威尼斯的李彤遇见同样落魄的白俄音乐家时，都为这场戏的意境兴奋不已。晚饭时，竟喝了一瓶威士忌。”谢晋曾对我说。当初，白先勇属意林青霞出演李彤，但那时两岸阻隔，未能如愿。后来，我和白老师在香港地区和林青霞谈及此事，她仍感无比惋惜。白先勇的另一篇小说《花桥荣记》则由谢晋长子谢衍拍成电影。短短几个月，这对影坛父子相继撒手人寰，怎不叫人唏嘘。谈到与谢晋谢衍两代人的友情，白老师不禁悲从中来，眼眶里盈满了泪水……

在桃红柳绿、草长莺飞的时节，因为《父亲与民国》和《台湾岁月》两册书，我又随白老师去了趟桂林。白先勇的小说《玉卿嫂》《花桥荣记》等，背景均设在桂林，足见其浓烈的乡梓之情。我们下榻的"榕湖宾馆"为"白公馆"旧址。白老师告知，这里过去称"西湖庄"，湖中央的荷花丛里常会有一群黑压压的水鸟掠过水面，翩然飞去。周围是一片绿油油的橘树林，一只只金球垂挂在树枝上，迎风招展。采摘橘子是他与兄弟姐妹们最大的乐趣。原有小楼曾毁于日寇战火，现在看到的乃战后重建，但楼前那对斑驳的石狮子却仍是旧物，左右两侧的参天大树如今只剩孤零零的一株，俯视人间沧桑。睹物思人，白老师喃喃自语道："树犹如此啊！"不一会儿，当地朋友便送来一碗热气腾腾的"桂林米粉"。那如玉般的粉条，浇上秘制卤汁，铺上数片薄薄牛肉，再撒上酥脆的花生米、小葱花、红辣椒、酸豆角、刀拍蒜瓣，真可谓色香味俱佳，吃完后仍齿颊留香。据悉，白老师每次返乡，一日三餐均以米粉犒赏自己，用他的话来说，那是"乡愁引起的原始性饥渴"。"我常听人夸耀云南的'过桥米线'，那是说外行话，'过桥米线'和'桂林米粉'相比，还差得远着哩。"白老师边大啖米粉，边乐呵呵地说。

次日清晨，我们驱车前往距离城区三十多公里的临桂县，白家老宅就在那里。那是一座青砖高墙大院，院内亭台楼阁，水井鱼池，一应俱全。整个建筑背靠青山，气象万千，周围稻田阡陌，屋舍俨然，有鸡犬之声相闻，宛若武陵仙境。白先勇祖母长年居住于此。老太太对孙儿疼爱有加，祖孙二人共享鸡汤。没想到，患有“肺痨”的老人却将疾病传染给了自己的掌上明珠。一九二七年，蒋介石和宋美龄曾专程来此探望老人家，轰动一时。负责看管大院的一位白家族亲告诉我，客人们还在二楼戏台前，观赏桂剧皇后小金凤主演的《打金枝》《薛平贵回家》和《苏三起解》。蒋介石与白崇禧的恩怨情仇素来被视作历史之谜。白老师承认他们的确存有芥蒂，但蒋对父亲军事才能仍是倚重的，只是蒋的个性决定了他无法忍受父亲的直言不讳。在白先勇记忆中，父亲晚年是在寂寥与屈辱中度过的，每天还有特务跟踪，昼夜不歇。即便如此，他仍保持一贯的孤傲与尊严，每天穿戴整齐，准时上班。没有兵带，便把精力转移到管束儿子身上，弄得白先勇两个弟弟为此叫苦不迭。但爱妻的亡故彻底击垮这位戎马一生的老将，“母亲下葬后，按回教仪式我走了四十天的坟，第四十一天，便飞往美国了。父亲送别机场，步步相依，竟破例送到飞机梯下。父亲曾领百万雄师，出生入死，又因秉性刚毅，喜怒轻易不形于色。可是暮年丧偶，儿子远行，那天在寒风中，竟也老泪纵横起来，那是我们父子最后一次相聚，等我学成归来，父亲先已归真。月余间，生离死别，一时尝尽，人生忧患，自此开始。”《蓦然回首》中这段文字想必是白先勇和着血泪写就的。可以说，正是父亲的命运翻转以及时代的沧桑巨变，浇灌了白先勇内心的文学之花，使得他以悲天悯人的情怀描摹世间百态。

既生于那个忧患重重的时代，白先勇一生注定浪迹天涯，居无定所。桂林、南京、上海、香港、圣芭芭拉……处处都留下生活的印迹，哪里都算不得是真正的家。如同浮萍般的漂泊感始终笼罩在他心头。这些年，白老师沉醉于曼妙多姿的昆曲艺术，义无返顾地担起“昆曲义工”的重任。因为，他只有在那有着六百年历史的古老工尺谱中，方能找到心灵的归宿。诚如林怀民所言：“台北不是他的家，桂林也不是——都不是。不是任何地方，而是一份好深好深的记忆与怀念。白先勇回去的‘家’，正如计程车后，消逝在黑夜中的长路；那些属于中国的辉煌的好日子，那——我们五千年的传统。我们五千年的五千年的五千年的……”

“我们生来都是旅人……”

严尔纯先生从爱妻程乃珊遗物中找到一本题有我上款的《上海素描》，落款时间为“2011.8.15”。乃珊的“马大哈”远近闻名。除写作外，乃珊凡事大大咧咧，此书想必她写完后随便一放，便遗忘了。睹物思人，往事历历在目……

印象中，与程乃珊见面，大都是在餐桌旁或派对上。有乃珊的聚会大抵不会冷清，大声的话语和爽朗的笑声总是盈满屋舍。尤其边啜几口红酒，夹几筷小菜，边听她讲海上旧闻，是再惬意不过的事了。记得有次聊起“天鹅阁”的“鸡丝焗面”和“凯司令”的“栗子蛋糕”，她的谈兴忽然被激发出来，声调也高了许多：“‘鸡丝焗面’表面烤得金黄，内里却散发浓浓的芝士味，吃完之后齿颊留香，若再配上一碗蘑菇汤及一客冰淇淋，简直赛过活神仙；而‘凯司令’的‘栗子蛋糕’更是神奇，蛋糕以栗子泥堆成，外形呈球盖形，然后用鲜奶油裱出各色花纹，中间再放一颗艳红樱桃，极具海派风味。”平心而论，这两款食物均吃过不止一次，感觉不过尔尔，但经乃珊一品评，似乎陡然变成人间珍馐。

乃珊出身名门，祖父是知名银行家，丈夫严尔纯先生的外公则是鼎鼎大名的“绿屋”主人。因此，她待人接物讲究格调、品味，追求高雅精神气质。在她看来，格调与名牌无关，只要穿着得体，一件普普通通的衣服，照样显现主人的腔调。忘了哪一年去她家“嘎讪胡”，我那皱巴巴的风衣居然引起她的注意。后来她在一篇散文中有过专门描述：“一身旧塌塌的米黄色风衣，颈上随便搭着一条颜色黯淡的（那种颜色新的看上去也像旧的）羊毛围巾，配一口略带苏州口音的老派上海话，貌似十分三十年代，但谈吐思维却是摩登的。须知这些老牌风衣就是必须要穿得旧塌塌、风尘仆仆、漫不经心才显出气派，很有《北非谍影》中亨弗莱·鲍嘉的神韵。只有那些盲目的名牌追求者，不惜花几个月工资，求得一件英国名牌风衣，小心翼翼地赤刮辣新地上身，连褶皱都不敢起，那才寿头寿脑……”

虽然家境优渥，从小过惯钟鸣鼎食般的生活，但乃珊身上毫无颐指气使的大小姐骄蛮个性。相反，倒是乐观开朗、古道热肠。朋友间有什么事找她，她从来就是有求必应。二〇一一年拍摄电影《金陵十三钗》，导演张艺谋提议，戏中我饰演的“孟先生”和女儿“书娟”那段对话，可否改用上海话，当然，还必须是老派上海话。于是，“程乃珊”这三个字立刻跳入我的大脑“内存”。乃珊及尔纯先生果然满口答应，不辞辛劳，逐字逐句修改。譬如：原剧本“孟先生”有句台词“书娟，爸爸一定会想办法把你救出来”。乃珊说，老上海人一般称“爸爸”为“爹爹”，对女儿也很少直呼其名，总是以“阿囡”代替，以示亲昵。因此，那句词便改为“阿囡，爹爹一定会想办法拿侬救出来”。同时，她还提醒哪些字必须要念尖团音，语气、语调也要有那个时代的韵味。拍摄时，导演专门请了位“老克勒”到现场“监督”。一场戏下来，我和“女儿”以上海话你来我往，时代感瞬间弥漫整个摄影棚，连见惯世面的“老克勒”也不禁跷起了大拇指。导演自然大为满意，并特意请我代为向乃珊致意。原本还想请她参加电影的上海首映式，不料那年十二月，乃珊被查出罹患白血病，从此谢绝一切公众活动。

二〇一二年春节，经数月化学及靶向药物治疗，乃珊病情一度得到控制。在阴阳界游走一圈后，她不仅没有消沉，反而愈加变得乐观，写作欲也十分强烈。于是，我试探着问她是否愿意为我的新书《不深不浅》写几句话，而且一再强调必须在健康状况允许范围之内。但乃珊毫无迟疑："呒没关系，我来写，解解厌气也好。"仅仅一个月，乃珊便交出了这篇"作业"。当时只期待她写个二三百字，她却一口气写了千余字，还一再自谦"写得太长，废话太多"。她在文章中说我"属于老派的(traditional)，但绝不老式(out)。他属海派的，但自有一道坚定不移的底线。这恰巧就是上海先生的特点。百年风云，云舒云卷，上海的城市文化不是一天打造出来的。为了生存，上海男人在时代的洪流里沉浮颠簸，渐渐打磨出一套顺应大都会游戏规则的应变能力……棱角虽已被生活打磨得溜光滴滑，不露锋芒，不张扬，却认认真真处理生活中的每一个细节……"，文章表面上看似说我，实则却是她对海派文化的深度思考。大概过了半年多，我拿着新出版的《不深不浅》再次登门探视，却发现乃珊略显落形，状态大不如前。原来药物已无法遏制癌细胞的恶性繁殖，而骨髓移植也因超过年限而无法施行，前景暗淡。尔纯先生告知，乃珊对自己病情了如指掌，虽也有片刻情绪失控，但很快镇定下来，靠煮字作为心理支柱，陆陆续续写了十多万字的文稿。那时，对乃珊而言，书房乃是战场，是其生命的维系。她每日躲进狭小的书房，奋笔疾书，拼尽最后一点气力，说尽留存于大脑中有关老上海的悲欢离合。当生命之舟慢慢驶向终点，乃珊终于无力执笔，但丈夫仍一如既往将书房的灯开得亮亮的。起先，乃珊从卧房走到客厅途中还会往里张望。后来，她嘱咐不要再开灯了，因为有书房而无法写作，对她来说实在太过残酷。即便如此，她又忍着病痛，以口述方式留下若干篇万字以上长文。我知道，她是想和时间赛跑，以优雅的姿态跑完人生这最后一圈！因为她说过："人生的起点和终点，我们都需要天使守护在侧。特别当生命缓缓降下帷幕之时，更需要仪式化的庄严之美。那不是迷信，是一份诚与敬，是生命的一个饱满润濡的句号。"

"我们生来都是旅人……不顾途中的危险痛苦……虽然有时忍受不了，但因为有爱从四面八方伸过手来，让我们学会响应不倦的爱的召唤，不陷入迷惘，不被束缚。"张培往生后，乃珊以泰戈尔的这段话为挚友送行。芸芸众生如我们者，其实何尝不是匆匆而行的旅人，如若在有限的人生旅途中看到无限精彩的风景，便不枉此生。从这个意义上讲，乃珊的生命虽然短暂，却也是华彩的乐章。

这篇小文，不知何故，写写停停，前后竟花费整整一年时光，直至今日才得以完稿，算是放下一桩心事。身处彼岸的乃珊读了此文，不知是否会拈花一笑？

静水流深

因为《乡愁》，认识了余光中。但，萦绕心间的却是《听听那冷雨》邈远幽深的意境。“雨来了，最轻的敲打乐敲打这城市，苍茫的屋顶，远远近近，一张张敲过去，古老的琴，那细细密密的节奏，单调里自有一种柔婉与亲切，滴滴点点滴滴，似幻似真，若孩时在摇篮里，一曲耳熟的童谣摇摇欲睡，母亲吟哦鼻音与喉音……”古老的方块字，在光中先生笔下，如同跳动的音符，层层叠叠，虚虚实实，忽扬忽抑，忽远忽近，具有独特的韵律美，寄托作者无尽的忧思与愁绪。难怪柯灵先生评曰：“《听听那冷雨》直接用文字的雨珠，声色光影，密密麻麻，纵横交织而成。这也许可以帮助我们对中国文字和现实文学的表现力增加一点信心，也应该承认这在‘五四’以来的散文领域中，算是别辟一境。”

二〇〇四年余光中先生翩然来沪，欣然接受邀请，做客《可凡倾听》。闲谈中，余先生特别提及与海上文坛耆宿柯灵先生的忘年之交。他清晰记得，与柯灵先生初见可回溯至一九八一年，当时柯灵与辛笛两位前辈同去香港大学参加“四〇年代文学研讨会”，两人由此结缘。柯灵先生对光中先生诗文多有赞誉，他在与余光中信函中说：“尊集已拜读一过，老伴亦快读过半。年来沉湎大作，为暮年一乐，《论明朗》《幼稚的“现代病”》《再见，虚无！》诸作，尤有倩麻姑抓痒之快。国内诗坛，论者亦颇以‘现代病’诟病，而未见洞中肯綮，评论切实如大作者，深憾未能借助东风，为浪子觉迷也。”三年后，他俩在东京国际笔会再度相逢。到了一九九四年，柯先生又以上海市作协主席的身份邀请余光中及梁锡华、黄维梁来沪访问。他们原本还可以在一九八七年汉城国际笔会把酒言欢，但余光中先生因故未去，柯灵先生却并不知情，还随身携带一把宜兴茶壶，准备相赠，上面尚有徐孝穆先生雕刻题识。结果由王蓝先生带回台湾。余先生后来专门赋诗一首以谢柯灵先生雅意：“韩城之会虽误了，但一壶在握 / 恍惚隔海和故人相对 / 又何必拘泥怎样的泉水 / 用怎样的烹法烹怎样的好茶 / 最清的泉水是君子之交，最香的茶叶是旧土之情 / 就这么举起空空的小壶 / 隔一道海峡犹如隔几 / 让我们斟酌两岸，品味古今。”

忽忽十年，柯灵老人已然归于尘土，忆及往事，余光中先生不由得黯然神伤起来。“柯先生晚年和我见面三次，每次都恨其短，却对我的作品鼓励有加。他是我十分尊敬的前辈，也是钱锺书和张爱玲的知音。两岸交流之初，他率先站出来肯定钱、张，十分难得。”为此，余先生要我陪他与范我存女士去拜访柯灵先生夫人陈国容女士。那日，到了华东医院，面对国容女士，光中先生与夫人有如小学生般毕恭毕敬，自始至终伫立于病榻旁，并略略弯腰，彼此倾心交谈，回忆前尘往事。临别时，国容女士以一套《柯灵全集》相赠，并用颤抖的手写下一段祝福的话语。光中先生与我存女士双手接过柯灵先生著作，深深鞠躬。逼仄的病房回荡一派古风。时隔多年，余先生对那次会面仍记忆犹新：“当时国容女士就倚坐在柯先生弥留其上的病床，主客怅然相对，思念的却是音容犹在的亡者。柯先生与我有缘，是大幸，却恨缘浅，未能常挹清芬。”

余先生对文学前辈礼遇有加，对吾等晚辈后生同样关怀备至。世人提及余光中，必称《乡愁》，但我却偏偏爱读他的《今生今世》。余先生与母亲感情至深，曾不止一次忆及童年时代在四川的那段艰难岁月：“桐油灯下读古文的孩子。雨下得更大了。雨声中唤孩子睡觉的母亲。同一盏桐油灯下，为我扎鞋底的母亲……”母亲往生后，光中先生饱蘸笔墨，写下多篇怀念母亲的诗文。其中最感人的莫过于《今生今世》：“今生今世 / 我最忘情的哭声有两次 / 一次，在我生命的开始 / 一次，在你生命的告终 / 第一次，我不会记得，是听你说的 / 第二次，你不会晓得，我说也没用 / 但两次哭声的中间啊 / 有无穷无尽的笑声 / 一遍一遍又一遍 / 回荡了整整三十年 / 你都晓得，我都记得。”

世上最伟大的爱唯有母爱，母亲总是为子女倾注全部心血，无怨无悔，即便奉献生命，亦在所不惜。故而每每阅读此诗，总难以自禁。余先生得知原委，随即用他那银钩铁画、笔力雄健的钢笔书法，为我抄录了这首《今生今世》。不仅如此，数月之后，他又将《母难日》中的另外两首《矛盾世界》和《天国地府》一并抄录与我。如今，这两份手稿成为我最珍贵的收藏。

二〇一一年，拙作《悲欢自酬》付梓在即，我“得寸进尺”，斗胆向余先生索序。因为，我知道老人向来惮烦作序。每次写序，他都要不辞辛苦，仔细阅读书稿，将其中重点圈注出来，有时还要将字里行间的讹误逐一校正过来，按他说法：“我难改啄木鸟的天性，当然顺便校对了一遍。”所以，短短一篇序文可能要花上他十天半月的时间。有人做过统计，如果每篇序言平均用去一周，那么他此生至少为人写过六十篇序，所耗时间约为四百天。据说，他一度想写篇小品《序你的大头》，一吐胸中积怨。尽管如此，每次面对朋友请托，嘴硬心软的老人也只得半推半就，唯唯接纳。这次也不例外。大概两个月不到，余先生就寄来序文，同时还附有一封短笺：

曹先生：

传上这篇读后感，迟奉为歉！

寄给我的尊稿，校对极潦草，每页都有错、别字，也有漏字，或年份、细节有误。有的地方，引文与本文字体部分，极易相混。盼于付印前彻底改正！匆此即颂。

著安

余光中

2011.3.28夜

读罢书信，连忙翻看书稿，发现余先生果然用红笔将大大小小二百余处错误指正出来，连一个标点符号也不放过，有些他一时吃不准的地方，还提请我再校对相关原著文字。看着那些用红笔写就的密密麻麻的文字，深感汗颜，心想，这样一篇序文不知浪费他多少宝贵时间，更为自己的孟浪而后悔不迭。同时，老先生的执着、顶真、严谨，也由此可见一斑。

余光中先生大半生漂泊，以诗文寄托对故乡的惘思。他就像是个拥有大智慧的禅师，虽历经人生起起落落，却仍然波澜不惊，保持“不以物喜，不以己悲”的超然与潇洒，如同流深静水，汩汩流淌进胸间，撞击着心灵的堤岸，使我们可以从容面对世间成败、沉浮、荣辱。

诗意的呐喊

毫无疑问，赵丽宏是我平生认识的第一位作家。

记得，那还是在医科大学求学期间，我代表学生会邀请丽宏老师来做文学讲座。丽宏的家离学校不远，深藏于绍兴路一条老式里弄。推开斑驳的后门，顺着陡峭阴暗的楼梯，便来到居于二楼与三楼之间的“四步斋”。虽说，作家以“四步”形容书房的逼仄，但在我看来，这已属文学夸张手法。一间仅四五平方米的斗室，四周均为“书墙”，且书一直堆垒到天花板。靠窗有张小书案，与之相对的则是仅能容纳两人的小沙发。在如此局促的空间，不要说走“四步”，连转身都恐怕有些困难。不过，书房布置得井井有条，墙上沈从文、章西厓和周慧珺的书画，更平添几分雅致的气息。彼时的丽宏早已以诗文名闻遐迩，但面对一个愣头愣脑大学生的冒失请求，毫无大作家架子。他那宽阔的四方脸上没有太多表情，但语气温和，态度诚恳，听完我的叙述，几乎没有任何迟疑，便爽快地答应了。临别时，还赠送两本他的散文集。我和丽宏由此结下文学之缘。因为地理上的便利，闲暇之时，我常常自说自话登临“四步斋”求教。丽宏也从不以为忤，每回都热情接待，耐心聆听，有时还不厌其烦地帮我修改课余时间偷偷写下的几篇陋文。如今回想起来，仍觉脸红，不知当年自己的孟浪，浪费了丽宏多少宝贵的创作时间。

没过多久，我鬼使神差般地“弃医从文”，成为电视主持人。作为朋友，丽宏更投来兄长般关注的眼神，也时刻提醒我保持清醒的头脑，因为炫目的灯光容易让人变得虚幻，从而失去前行的目标。他常告诫我，主持人“肚皮里要有货色”，所谓“货色”，实际上就是指“主持人的精神内涵，即修养、涵养，拥有知识的数量和质量。一个好的主持人，应该对文学艺术、历史政治、社会风情，都有一定程度的了解”。那些年，丽宏为我取得的点滴进步而高兴。譬如看了我和梅葆玖的对话，他说：“看得出，你的谈吐已够得上‘准票友’的水准。这样，梅先生说得有趣，观众也听得带劲。”有时看到报章上我发表的一些谈艺术的短文，他也及时给予嘉许：“这表现了你的爱好和情趣丰富多样。这样的探索和积累，对你荧屏主持大有益处。你主持的节目一直有一种书卷气，希望你不要让这种书卷气淡化，浓些无妨。”然而，丽宏并非毫无原则地一味唱“赞歌”，一旦发现问题，也会毫不客气地指出来。有一次主持音乐会，台下有观众发出不礼貌的嘘声，我针锋相对地回敬道：“假如想方便，请到隔壁去。”说得少数几个闹事者哑口无言。没想到，丽宏那天恰好在现场。事后，他和我分析道：“尽管当时我为你的机智幽默和勇敢感慨，但总觉得有些言重。观众素质低，自然需要引导。但用这样的话语来镇住他们也未必妥当。作为主持人，你不该给人留下恃才傲物的印象。”

这些年，在丽宏影响之下，我竟迷恋起写作，且一发难收，接连出版了好几本集子。虽说文字仍然稚拙浅薄，但丽宏始终对我的“跨界”行为鼓励有加，他不无风趣地说：“对一个艺术家来说，有什么事情比不断开拓新的境界更可贵呢？”其实，丽宏自己也不断在文学艺术领域开疆拓土，文学之外，绘画、书法均有涉猎，好不热闹。更令人惊叹的是，写了大半辈子诗与散文的他，居然华丽转身，写起了儿童小说，且一落笔，便出手不凡。《儿童河》以诗意的笔调，叙述主人公雪弟与牛嘎糖、小蜜蜂、唐彩彩等小伙伴所经历的种种看似琐碎、实则难忘的童年趣事，以及雪弟和亲婆浓得化不开的祖孙之情，字里行间弥漫着朴素淡然的意绪。

紧接着，《渔童》又横空出世。如果说《儿童河》是一条波澜不惊、缓缓流淌的涓涓溪水；《渔童》则像惊涛拍岸、卷起千堆雪的汤汤大河。小说以一尊明代德化瓷“渔童”为线索，描写一个男孩与一位教授在危难中结成的生死之交。《渔童》我是一口气读完的，原本想着临睡前读上几页，不想，一读，竟欲罢不能，睡意全消，跟随主人公上天入地，穿越劫难、恐惧与危险，体味荒唐年代人情冷暖。主人公童大路被同学韩娉婷家两尊德化瓷器所吸引，特别是那尊“渔童”更令他魂不守舍。然而，一场浩劫将娉婷之父韩教授毕生收藏无情摧毁，但那尊“渔童”却奇迹般地被童大路藏匿和保存下来。韩教授原本早已万念俱灰，试图用死亡对那个人性扭曲的晦暗时代表达抗争，但“渔童”却使他重新寻找到生命的光亮。《渔童》让我想起了

《岛人笔记》，这本反思民族劫难的散文集。对《岛人笔记》题意，丽宏说过：“陆地被洪水包围，便成为岛。倘要自我封闭，岛，是最理想的场地。‘文革’十年，泱泱中国无异于一个与世隔绝的孤岛，无数荒唐闹剧，在神圣的气氛中纷纷出笼，导演不以为谬，演员不以为耻，观众不以为怪，终于酿成民族的大灾难。而今回顾，可笑、可悲、可怕，更可深思。笔者所记，非鸡毛即蒜皮，但愿读者能以小见大，记住这场灾难，反思这场灾难，决不允许我们的国土重新沦为‘孤岛’。”从这个意义上讲,《渔童》堪称《岛人笔记》升级版。

丽宏给人的印象通常是文质彬彬、温文尔雅。其实，在他温和外表下，潜藏着一颗血性男儿不屈的心脏，搏动着对正义与良善的呼唤，以及对暴力、背叛的痛恨与不齿。同时，他拒绝遗忘，拒绝用“和稀泥”的方式对待那段人类历史的“黑洞”，他在《遗忘的碎屑》一文中说：“对于人类历史来说，历史是一面镜子，也是一笔财富。镜子可以照脸，使你的脸面不致被陈旧的污浊覆盖。财富可以成为走向未来的盘缠。历史的内容中，有光荣的胜利，也有耻辱的失败；有欢乐和幸福，也有祸殃和灾难。”正是因为有这样一种辩证历史观。丽宏在小说中舍弃用自然主义方式描摹那场人间惨剧，寻求感官上的刺激；相反，却是以诗意的方式，发出振聋发聩的呐喊。譬如“火光里的灾难”一章描写韩教授面对满地狼藉的无尽悲哀：“韩先生看着地上的碎片，脸上的表情开始是惊愕，继而是愤怒，最后是悲痛，他伸出双手，想拢起地上碎片，却无法下手。只见他伸向地面的两只手颤抖着，欲哭无泪。”这里，“惊愕——愤怒——悲痛”，表面上好像是韩先生对古董被砸痛心疾首，实则是他对文明遭践踏所吼出的无声抗议。当然，那声声呐喊，也蕴含着作者对良善的无尽渴求。《渔童》中既有“斜眼胡”那样的恶人，更有像童大路一家、汪所长、老马、刘老师那样的良善之辈。虽然，彼时彼刻，“善”的力量尚不足以压倒“恶”的势头，但那微不足道的“善”却能支撑我们芸芸众生走过黑暗隧道，这也是丽宏创作《渔童》的主旨，即：“‘文革’中，人性被扭曲，但人性无法被消灭；知识被封锁，但知识依然在传播；艺术被践踏，但艺术的生命依然在人间蕴藏生长。写这样的小说，是希望在丑中寻求美，在黑暗中投奔光明，在表现恶时肯定善，在死亡中，思考生存的意义。”

丽宏平素不善言辞，更厌恶夸夸其谈或自我炫耀，但内心却充盈丰沛，更有某种难以撼动的坚持。他写作，只是有话要说，有感情要宣泄。从《儿童河》到《渔童》，故事虽为虚构，但笔下人物并非挖空心思杜撰而成，而是其童年记忆的一种文学反射，读者读完后仿佛也走进人物心灵，或者从中发现自身生活的印迹。从雪弟、大路身上，我就看到自己童年时的模样，甚至唐彩彩、韩娉婷好像也有某些似曾相识的影子，每个人物均有血有肉、活灵活现，故而在阅读时常常分不清哪是真实的，哪是虚构的，这或许是丽宏在创作时谨记巴金老人的教诲：“写自己熟悉的，写自己感受最深的。”所以，丽宏的小说就像他的名字那样，文字是清丽的，但思想却是宏阔的。即便是大声呐喊，却也难改诗人本性，故而文学的力量更显得绵长有力、余音袅袅。还是“巴山鬼才”魏明伦说得好：“诗风柔和，有丽人之质；行动刚直，乃恢宏之举。”

寥廓江天万里霜
——许渊冲先生与西南联大

一部《无问西东》勾起了人们对中国近代学术史上“衣冠南渡”的无限怀恋，西南联大师生在那些苦难岁月中迸发出来的智慧之光，穿过历史尘埃，仍照亮现实与未来。当年就读于西南联大的学生谈及自己的老师无不心潮澎湃，恍如昨日。汪曾祺先生回忆闻一多先生讲授《古代神话与传说》时说，他总是“把自己在整张毛边纸上手绘的伏羲女娲图钉在黑板上，把相当繁琐的考证，讲得有声有色，非常吸引人”。而何兆武先生最引以为自豪的则是有幸聆听陈寅恪先生教授《隋唐与魏晋南北朝史》:“上课了，陈先生夹一个包袱进来，往桌上一放，然后打开书。可是他基本不看，因为他对那些材料都非常熟悉，历历如数家珍，张口就是引什么古书中的哪一段，原话是什么什么……”

同样，和许渊冲先生聊天，话题也总离不开西南联大。因为在西南联大，像叶公超、闻一多、朱自清、陈寅恪、吴宓、沈从文那样名震四方的文化大师，在学生面前，只有一个身份，那就是“老师”。当年不少西南联大学生都认为朱自清先生讲课枯燥乏味，与其灵动飞扬的文字相去甚远，但许渊冲先生却为之陶醉。虽已近期颐之年，先生仍记得朱自清先生讲《古诗十九首》的情形：

记得他讲《行行重行行》一首时说“胡马依北风，越鸟巢南枝”两句，是说物尚有情，何况于人？是哀念游子漂泊天涯，也是希望他不忘故乡。用比喻替代抒叙，诗人要的是暗示的力量；这里似乎是断了，实际是连着。又说“衣带日已缓”与“思君令人老”是一样的用意，是就结果显示原因，也是暗示的手法；“带缓”是结果，“人瘦”是原因。这样回环往复，是歌谣的生命；有些歌谣没有韵，专靠这种反复来表现那强度的情感。最后“弃捐勿复道，努力加餐饭”两句，解释者多半误以为说的是诗中主人自己，其实是思妇含恨的话，“反正我被抛弃，不必再提吧；你只保重自己好了”。

当然，说起西南联大，许渊冲先生常常挂在嘴边的是同窗杨振宁。许渊冲与杨振宁有着跨越时空的缘分。他们共同接受联大自由和民主教育。只是大学毕业后，杨振宁赴美追求科学真理，许渊冲则选择欧洲，研究文学与美的创造。许渊冲先生记得，叶公超先生讲解赛珍珠《荒凉的春天》时，杨振宁问：“有的过去分词前用 be，为什么不表示被动？”但叶先生不屑回答，反问杨振宁：“Gone are the days 为何用 are？”杨振宁吓得以后再也不敢直接向叶公超先生提问。但每次英语考试，叶公超先生总是将最高分给予杨振宁。许渊冲先生打趣道：“杨振宁的提问说明他能注意异常现象，已经是打破‘宇称守恒定律’，获得诺贝尔奖的先声。”所以，对于西南联大，许渊冲先生在《联大与哈佛》一文中说道：“联大可以说是超过哈佛，因为它不仅拥有当时地球上最聪明的头脑，还有全世界讲课最好的老师。”杨振宁先生也感叹：“我那时在西南联大本科所学到的东西及后来两年硕士生所学到的东西，比起同时期美国最好的大学，可以说是有过之而无不及的。”

西南联大之于许渊冲，除学业之外，还留存几段爱情的回忆。许渊冲先生说，中学时代往来的大多是男同学，进入西南联大后，才开始与女同学有所接触。遇到心仪的女孩，他总是以诗意的方式表达爱慕之情。大学一年级上钱锺书先生英文课时，许渊冲被邻桌女生周颜玉的美貌所折服。回到宿舍，他将徐志摩去世后，林徽因路经其故乡所写的一首小诗《别丢掉》译成英文，并配上徐志摩的那首《偶然》和一封长信，希望以“别丢掉 / 这一把过往的热情，现在流水似的，轻轻 / 在幽冷的山泉底，在黑夜，在松林，叹息似的渺茫，你仍要保存着那真”那样美妙的诗句，打动芳心。但诗稿与信发出后却石沉大海，杳无音讯。后来偶然读到老师吴宓日记，许渊冲才恍然大悟。吴宓先生日记记载：“前数日，于城门遇周颜玉，着橙红色衣，盛施脂粉，圆晶轻小，如樱桃正熟，偕其未婚夫行。今又遇于凤翥街口。着月色衫，斜垂红带，淡施脂粉。另有一种清艳飘洒之致。与其夫购晨餐杂品。宓深感其美云。”美人原来早已心有所属，许渊冲自然只能陷入“单相思”苦恼。直至半个世纪后，许老方与美人有鱼雁往来。许先生向周美人索照，对方幽默回复“最近无照片，下次定会寄一张给你，不过白发老妇，请不要吓倒”。后来，许渊冲先生在联大又有几段“艳遇”，同样无疾而终。聊及年轻时的爱情，许老仍有“老夫聊发少年狂”的激情，也会为错失的爱情哀叹垂泪。说着说着，他忽然意识到老妻正端坐一旁，便戛然而止，幽幽地说：“我和太太相遇已是很后面的事了，那时已见过许多世面，看法就不那么简单了。”

许渊冲先生的翻译人生其实最早也是从西南联大起步的，对他翻译美学理念影响最深远的莫过于吴宓先生。许渊冲原本崇尚鲁迅先生的“硬译”。而吴宓先生以柏拉图“一”与“多”理论解读翻译技巧。因为“一”指理想，如方或圆；“多”指实物，如方桌圆凳。方桌无论多方，四边总有不直之处；圆凳无论多圆，圆周每点永远无法始终与圆心距离相等。翻译同样如此，译文与原文要做到完全匹配，无异水中捞月。因此，许教授崇尚意美、音美、形美的翻译准则。无论在翻译毛泽东诗词、唐诗宋词、元曲、明清小说，还是《罗密欧与朱丽叶》和《红与黑》等作品，许老均遵循“三美”标准。如他把毛泽东诗词“不爱红装爱武装”翻译成“They love to face the powder and not to powder the face”。原文有两个“爱”和“装”，前者是动词，后者为名词。译文也有两个“face”和“powder”，但前一个“face”是名词，作“面孔”解释，后一个是动词，是“面对”的意思；而一个“powder”是名词，当“火药”讲，另一个是动词，有“涂脂抹粉”意思。还有，唐诗中“无边落木萧萧下，不尽长江滚滚来”，许先生翻译成“The boundless forest sheds its leaves shower by shower; The endless river rolls its waves hour after hour”。一个“forest”，一个“river”；一个“sheds its leaves”，一个“rolls its waves”；一个“shower by shower”，一个“hour after hour”，这些均与先生审美追求完全一致。

许渊冲先生告知，他对“三美”的尊崇源于童年时代，小时候唱英文儿歌“Twinkle, twinkle, little star, how I wonder what you are”，音乐之美有助于记忆，也开启了他学习英语的兴趣。后来背诵莎士比亚 *Julius Caesar*（《恺撒大帝》）中“Not that I loved Caesar less, but that I loved Rome more（并非我不爱恺撒，而是我更爱罗马）”之类名句，正是因为音美、形美、意美，记忆起来易如反掌。西南联大求学期间，给陈纳德将军“飞虎队”做翻译，翻译“三民主义”这个词时，自然想起林肯葛底斯堡演讲里的名句，便将“三民主义”译成“of the people, by the people, for the people”，赢得同行赞誉。

钱锺书先生从西南联大开始，一直对许渊冲先生投以青眼，而许渊冲先生对钱锺书先生的授课也一直记忆犹新：

钱锺书先生教我的时候才二十八岁，刚从牛津回国。他在清华时上课不听讲，而考试总是第一的故事，在联大流传很广，使我误以为天才不用功就可以出成果的。钱先生一九三九年四月三日讲的一课是《一对啄木鸟》，他用戏剧化的方法，把这个平淡无奇的故事讲得有声有色，化科学为艺术，使散文有了诗意，已经显示了后来写《围城》的才华。

许渊冲先生记得钱锺书先生在分析“博与精”关系时说，“博”就是“to know something about everything”，“精”则是“to know everything about something”。这对年轻的许渊冲做学问有所启发，但钱先生认为翻译有所谓“无色玻璃”（直译）和“有色玻璃”（意译）之分。“无色玻璃”翻译得罪诗，“有色玻璃”翻译得罪意，但身为学生的许渊冲见解正好相反，因为在他看来“吾爱吾师，但吾更爱真理”。钱先生并不以为忤，称自己这位高足的翻译“戴着音韵和节奏的镣铐跳舞，灵活自如，令人惊奇”。许渊冲先生翻译时一旦遇到难题，首先想到钱先生。有一次在翻译李清照《小重山》时，对“……碧云笼碾玉成尘，留晓梦，惊破一瓯春”存疑，即驰函钱先生请教。钱锺书先生即刻回复：“李清照词乃倒装句，‘惊破’指‘晓梦’言，非茶倾也。谓晨尚倦卧有余梦，而婢已以‘碾成’之新茶烹进‘一瓯’，遂惊破残睡矣。”寥寥数语，令许渊冲先生豁然开朗。

虽然已步入九十八岁高龄，但许渊冲先生依然保持每日翻译一页《莎士比亚全集》，依然每日工作到凌晨三四点，依然热衷于骑自行车出门。在他看来，黄昏是成熟的早晨，每天做自己喜欢的事情便是幸福。而他见好就学的人生态度，令他终生受用。

不要理睬弄堂里那些流鼻涕的孩子
——流沙河、余光中、李敖

二〇〇五年盛夏，我率《可凡倾听》摄制组专门飞赴成都，对流沙河先生做访问。

流沙河先生的家与大悲寺毗邻。当年，杜甫因“安史之乱”逃难至成都，便先在大悲寺落脚歇息。虽说老建筑早已荡然无存，但终归还是有那么一点古雅气息。

说起流沙河，人们自然会想起上世纪五十年代那首《草木篇》，这首诗其实只是以白杨、藤、仙人掌、梅和毒菌为赋，表达诗人爱憎的心情，现在看来平平常常，但那时却掀起轩然大波，被认定为“大毒草”。对此，写过《死水微澜》的作家李劼人大为不解，他认为像《草木篇》那样拟人化的诗作古今中外数不胜数，流沙河何以凭这样的诗出名。最后，他哀叹道：“世无英雄，遂使竖子成名。”

如今的流沙河远离尘嚣，闭门谢客，蜗居在一幢简陋的工房内，吟诗作文，怡然自得。

由于余光中的《乡愁》家喻户晓，“余光中热”更是不断升温，而最早将余光中诗歌引进内地的，恰好就是流沙河。因此，我们的谈话便由此衍伸开来。说起余光中，流沙河的语调不紧不慢，“一九八一年初秋，差旅东行。列车长途，不可闲度，终于在酷暑与喧噪间读了余光中等数位台湾地区诗人的作品，真是满心欢喜。特别是余光中的《当我死时》《飞将军》《海祭》等诗最使我震动。读余光中的诗，就会想起孔子见老聃时所说的话‘吾始是真龙’。”之后，流沙河又在《星星》诗刊撰长文介绍余诗。之后，流沙河还到处开设讲座，专题分析余光中《乡愁》《所罗门以外》《等你，在雨中》《唐马》等诗作的艺术成就。“余光中诗不但可读，且读之而津津有味；不但可讲，且讲之而振振有词。讲余光中我上了瘾，有请必到。千人讲座十次以上，每次至少讲两小时，兴奋着魔，不能自已。为此还闹出不少笑话。”原来，流沙河本名余勋坦，大哥叫余光远，因此，有读者误以为余光中是他二哥，而且根据推算家中还该有个三哥余光近，这样，远、中、近就排齐了。而那时，流沙河根本不认识余光中，连面都未曾见过。

一九八二年，余光中给流沙河写信，信中说“在海外，夜间听到蟋蟀声，就以为那是在四川乡下听到的那只”。因光中先生在四川曾度过抗战岁月，自称为“川娃儿”。九年后，余光中在《蟋蟀吟》中表达了相同的故国之思：“就是童年逃逸的那一只吗？一去四十年，又回头来叫我？”受到心灵触动，流沙河写了《就是那一只蟋蟀》作为回应，发表在香港《文汇报》。然而，朋友间的酬唱之作，竟被人嘲嘘为“蟋蟀统战”。说到此处，连流沙河先生自己也忍不住开怀大笑。

对于李敖在电视上公开批评余光中，流沙河颇不以为然，“李敖骂余光中那档节目我看了，感到非常诧异。他拿出余的一首诗，才念了三行，就说余诗文理不通、句法不通，认为这是‘骗子’诗。这完全是两码事。即便句子不通，顶多也是语法问题，与品德无关。而他对《诗经》的解释倒是大言欺人。”流沙河在这里指的是李敖对《诗经》中“女曰观乎，士曰既且”的解读。李敖认为这是写男女苟合，“观”就是“欢”，是做爱的意思，“女曰观乎”翻译成白话便是女的央求男的做爱；而“士曰既且”中“且”，则指男性生殖器，作为动词用，指男性性行为，“既且”就是已经做过了。“这个说法毫无道理，因为《诗经》中的‘观’，‘观察’的‘观’，有十二种解释，但没有证据证明‘观’可以和‘欢’通用，而且也没有理由认定‘欢’就是做爱。因此，李敖的这种说法只能蒙骗那些没有读过《诗经》的人。但是，我读过，我读《诗经》时，李敖还是小学生，连《百家姓》都还没读。他懂什么？”说话时，流沙河的眉宇间流露出不屑的神情。

至于余光中和李敖，他们早在上世纪五六十年代就开始交往，虽谈不上热络，倒也相安无事，而且两人在文学创作上都有一段《文星》期。《文星》是出版人萧孟能、朱婉坚夫妇创办的文学刊物，同时还有同名书店，拥有梁实秋、余光中、林海音、李敖等当时台湾地区名噪一时的作家，是当时台湾地区现代主义文化运动的一面旗帜。余光中曾负责《文星 · 诗页》编辑工作，并在《文星》出版了《左手的缪斯》《掌上雨》和《逍遥游》三本散文集以及《莲的联想》《五陵少年》两本诗集。而李敖登上《文星》舞台后，则以《老年人和棒子》《播种者胡适》

和《给谈中西文化的人看看病》三篇文章初定乾坤，引起世人关注。数年后，还一度出任《文星》主编。李敖一系列思想激进的文章，惹恼了当局。一九六五年年底《文星》被彻底封杀。得知消息，余光中愤笔写下《黑天使》和《有一只死鸟》两首诗，以表达悲痛的震惊，特别是《黑天使》有着难言的哀伤的悲壮："我就是黑天使，我永远 / 独羽逆航，在雨上，电上 / 向成人说童话 / 是白天使们 / 的职业，我是头颅悬赏 / 的刺客，来自黑帷以外"。

但，文人终究以卖文为生，因为所有著作遭禁，李敖想到改行去卖牛肉面以维持生计。他给余光中写信，其中有一段说：

"下海"卖牛肉面，对"思想高阶层"诸公而言，或是骇俗之举，但对于我这种纵观古今兴亡者而言，简直普通又普通。自古以来，不为丑恶现状所容的文人知识人，抱关、击柝、贩牛、屠狗、卖浆、引车、乃至磨镜片，摆书摊者，多如杨贵妃的体毛。今日李敖亦入杨贵妃裤中，岂足怪哉！岂足怪哉……

接着又说：

我在旧书摊上买到一本宣纸的小折页册，正好可做签名之用。我盼你能在这本小册的前面，写它一两页，题目无非"知识人赞助李敖卖牛肉面启"之类，然后由我找一些为数不多的我佩服的或至少不算讨厌的人士纷纷签它一名，最后挂于牛肉面锅之上，聊示“招徕”。此“启”只负责“赞助”，不负责牛肉面好吃与否或有毒与否，大家尽可安心签署，不必回家抱着老婆吓得睡不着觉也！

接获李敖信函，余光中倚马可待，一挥而就。一篇言辞恳切的赞助启就这样写成，全文如下：

近日读报，知道李敖先生有意告别文坛，改行卖牛肉面。果然如此，倒不失为文坛佳话。今之司马相如，不去唐人街洗盘子，却愿留在台湾摆牛肉摊，逆流而泳，分外可喜。唯李敖先生为了卖牛肉面告别文坛，仍是一件憾事。李先生才气横溢，笔锋常带情感而咄咄逼人，竟而才未尽而笔欲停。我们赞助他卖牛肉面，但同时又不赞助他卖牛肉面。赞助，是因为他收笔隐市之后，潜心思索，来日解牛之刀，更合桑林之舞；不赞助，是因为我们相信，以他之才，即便操用牛刀，效司马与文君之当垆，也恐怕该是一时的现象。是为赞助。

同样也是出于生存考虑，梁实秋、余光中和林海音等人与萧孟能、朱婉坚夫妇商量，既然出版社已关闭，是否能收回他们在《文星》的书，以便这些作品可由其他出版社继续出版。素来爱打抱不平的李敖认为这是忘恩负义之举，对余光中等人多有指摘。此事发生近二十年后，李敖受萧孟能太太朱婉坚之托，以违反著作权为由，一纸诉状，将余光中告至法庭。从此，两人便很少交往。

在采访余光中先生时，我曾问他为何面对李敖的攻讦从不反击，余先生不无揶揄地说道："他一直骂我，我则保持沉默，这说明，他的生活不能没有我，我的生活可以没有他。"一席话说得大家忍俊不禁。"当然，最主要的是向我老师梁实秋先生学习，中年以后不接招。"

说到梁实秋，我倒想起余先生早年写过一首名叫《闻梁实秋被骂》的诗。诗是这样写的：

似乎，我看见，在那边的弄堂里
小鼻涕们在呼啸，舞弄玩具刀
幻想那是真正的战役
而自己是武士，是将军
遂有一场很逼真的巷战
以真正的名将为敌，名将
在那边的方场上，孤立而高
赫赫，显显，多顺手的目标
于是，铜像的面目模糊
四方飞来呼啸和泥土
和小鼻涕们胜利的哄笑
但时间
时间的声音是母亲，——
叫回家去，把小鼻涕。母亲说

不早了，该回家吃晚饭了
留下方场寂静如永恒，泥土落尽
留下铜将和铁马，在夜空下
戴这样高而阔的灿烂如一顶皇冠

这首诗可以说是余光中面对世事纷扰的真实内心写照。

从鲁迅和梁实秋、刘海粟和徐悲鸿，到余光中和李敖，陈逸飞和陈丹青、杨振宁和李政道，世间的恩恩怨怨、是是非非，此起彼伏。外人也很难做出准确的判断。甚至，有时根本也说不出究竟孰对孰错，只是透过那些表面的嚷嚷声，倒可以瞥见当事人不同的境界和心态。

张爱玲与白先勇

己丑新夏，白先勇先生翩然抵沪。我和徐俊兄设宴于愚园路、镇宁路口的“福1088”，为白先生及其助理郑幸燕小姐接风。饭店建筑原为李鸿章嗣子李经方旧宅，里面陈设也一律上世纪三四十年代风格，无论是 Art Deco 式样的沙发，泛着幽光的西洋吧台，还是别致奇特的吊灯，都是饭店主人不辞辛劳，从古董铺淘来的旧货。连底楼走廊里的瓷砖都是从其他老房子拆移过来的。端坐在这样的环境中，品尝着白斩鸡、烤麸、熏鱼、红烧肉以及黄豆肉丝汤，不免有时光倒流的感觉。

席间，从李鸿章、张佩纶，一直到张爱玲，海阔天空，无所不谈。关于时下风靡一时的《小团圆》，白先勇先生坦言，读了之后，觉得张爱玲似乎要在小说中吐尽这辈子所受的苦难与怨恨。她的笔就如同手术刀，冷冷地挖着一块又一块伤疤，不留丁点情面。即使遍体鳞伤、鲜血直流，仍固执地解剖着亲人、朋友、自己，甚至有时已到了残忍的地步。这样写，好看固然好看，也可以满足读者窥私欲，但终究离文学的本源渐行渐远。因此，白先勇先生以为，《小团圆》的价值或许更多在于其资料性，从中可以看出她的过往经历、人生态度，以及她的孤独感和隔绝感。

如果没有记错的话，不少评论家常常喜欢拿张爱玲与白先勇做比较，认为白先勇的小说里有着浓浓的“张腔”。王德威在《影响的焦虑》一文中说：

白先勇的《台北人》写大陆人流亡台湾后的众生相，极能照映张爱玲的苍凉史观。无论是写繁华散尽的官场，或一晌贪欢的欢场，白先勇都贯注了无限感喟。重又聚集台北的大陆人，无论如何张致做作、踵事增华，也掩饰不了他们的空虚。白笔下的女性是强者。尹雪艳、一把青、金大班这些人鬼魅似的飘荡在台北街头，就像张爱玲写的蹦蹦戏的花旦，本世纪末的断瓦残垣里，依然也夷然地唱着前朝小曲。但风急天高，谁付与闻。

所以，他认为白先勇是上世纪九十年代私淑张爱玲最有成就者之一。因为他们都以“雕琢文字，模拟世情”著称，只是白先勇比张爱玲有着更多悲天悯人的情怀。

但白先勇先生显然不太认同这种简单类比。他说，那时的张爱玲名气并不像现在那么大，没有众多读者追捧，连卖文为生也无法做到。丈夫赖雅又半身瘫痪，经济上相当拮据，不得不靠写电影剧本维持基本的生活。而他也仅仅读过《传奇》中《沉香屑》《金锁记》《茉莉香片》和《心经》等有限的几篇，并未仔细研究，更说不上刻意模仿或受其影响。在白先生眼中，张爱玲的文学风格似乎直接脱胎于《红楼梦》《金瓶梅》《海上花列传》等中国传统白话小说，而同时代的大多数作家或多或少受“五四”新文化运动影响，可奇怪的是，张爱玲对此却视若无睹，反而对张恨水那样“鸳鸯蝴蝶派”小说视之若命。至于西洋文学方面，她虽然曾说过受海明威等人影响，但实际上，她迷醉的只是一些通俗英文小说。因此，张爱玲的文学不但没有欧化倾向，而且还直接承接“旧小说”的叙述传统，中间绕过了“五四”新文化那一段，读来感到极为“正统”。张爱玲又有着非比常人的文学悟性，一些看似世俗、琐碎的素材片断，经她手一拨弄，立刻“化腐朽为神奇”。张爱玲晚年更是对《红楼梦》倾注了全部心血，锲而不舍地“十年一觉迷考据”，先后“五详红楼梦”，最终写成《红楼梦魇》一书。无独有偶，白先勇先生也对《红楼梦》如痴如醉，推崇曹雪芹“看人不是单面的，不是一度空间的”那种深刻性。故而他在小说创作中自然而然地受到《红楼梦》影响，譬如《游园惊梦》中“以戏点题”的手法与《红楼梦》第廿三回黛玉听曲就有异曲同工之妙。“曹雪芹用《西厢记》来暗示宝玉与黛玉的爱情，用《牡丹亭》来影射黛玉早夭的下场。利用戏曲穿插，来推展小说故事情节，加强小说主题命意……”而“《牡丹亭》这出戏在《游园惊梦》这篇小说中也占有决定性的重要位置。无论小说主题、情节、人物、氛围都与《牡丹亭》相辅相成。甚至小说节奏，作者也试图比照昆曲《游园惊梦》的旋律”。毫无疑问,《游园惊梦》这种用戏串联小说情节的手法是继承了《红楼梦》的传统的。尽管客观描写方法截然不同。白先勇先生从小学五年级开始读《红楼梦》，直到今天，床头摆的仍是这部小说。“张爱玲和我都是《红楼梦》濡养而成的，难怪大家会误认为我的小说里有她的痕迹。其实这是因为我们的血液里都有曹雪芹的文学基因。”白先勇先生感叹道。

从《小团圆》，又聊到了《重访边城》。《重访边城》是张爱玲唯一一次书写“边城”台湾的文章。那次台湾之行，也促成了白先勇与张爱玲的唯一一次会面。

居间介绍安排的是美国人麦卡锡。麦卡锡毕业于艾奥瓦大学“作家工作坊”，对文学有着异乎寻常的鉴赏力与敏锐度。一九六〇年尚在台大外文系读书的白先勇和同学创办《现代文学》。白先勇、欧阳子、陈若曦、王祯和、李欧梵、叶维廉的名字很快进入了麦卡锡的视线，他本人也成了《现代文学》的忠实读者。当《现代文学》出现财务危机时，他以出资购买杂志的方式帮助白先勇等人渡过难关。他还请殷张兰熙将《现代文学》中的部分小说翻译成英文，在美国出版。其中就有白先勇的《金大奶奶》和《玉卿嫂》。

张爱玲读了这些大学生的小说也觉得很新鲜。到台北后，便决定和这些“小朋友”见见面。白先勇先生记得，那天和张爱玲的聚餐安排在西门汀附近一家名叫“石家”的苏州菜馆。虽然在那个年代张爱玲还不是个明星人物，但她那特立独行的个性以及苍凉哀艳的文字总给人一种神秘的感觉。所以，当张爱玲踏入饭店的一刹那，白先勇和与会的同学们都带着好奇、期待的眼神望着她。她身穿素淡的旗袍，但随身带着一件暗紫色绸缎棉质外套，特别显眼。白先生猜测，六月的台湾岛已相当炎热了，但饭店的冷气通常又特别足，这件外套可能是用来挡风的。印象中，白先生觉得张爱玲优雅、得体、平和，也不乏热情，不像后来表现得那样古怪。大家有说有笑，谈论着生活中的琐琐屑屑，属于闲聊性质。那晚，白先勇先生与张爱玲相邻而坐。“张爱玲是上海人，但一口普通话说得字正腔圆，特别是卷舌音很有北京味儿，这或许与她曾经在天津居住过有关。她的眼神因近视略显得有些朦胧、迷离，一旦特别关注你，便马上目光如炬，仿佛有两道白光直射而来，难怪她观察周围人和事是如此的犀利、透彻、深刻。”近半个世纪过去了，白先勇先生说起那次会面，仍意犹未尽。

由于对王祯和《鬼 · 北风 · 人》所描写的民俗民情感兴趣，张爱玲想让王祯和陪同，去一趟花莲，顺便收集写作素材。临行前，白先勇送了一套他和同学一起创办的《现代文学》给张爱玲，供她在旅行中阅读。

花莲之行后来全部写进了《重返边城》。在花莲逗留期间，张爱玲被当地的风土人情深深吸引，但也没有忘记白先勇的嘱托，忙中偷闲，细读《现代文学》。陪同她的王祯和回忆：“我还记得她在我家，捧着木瓜，用小汤匙挖着吃，边看《现代文学》，那样子是那么悠闲、自在，很多年过去了，那姿态我居然记得那么清晰，就觉得她什么都好、什么都美。”

张爱玲虽然没有对白先勇小说有过具体的评论，但我相信，白氏小说所透出的苍凉、哀怨、悲悯，定会在她内心激起一些涟漪。

柯灵 · 张爱玲 · 黄裳

悬宕三十年，张爱玲的小说《小团圆》终于面世了，有人欢呼雀跃，也有人质疑不断。读罢《小团圆》，掩卷而思，觉得这部作品与其说是小说，倒不如说根本就是张爱玲的自传，她只不过借小说之名向历史，也是向自己做一个交代。细读小说可以发现，几乎所有情节均取自张爱玲个人经历，她笔下的那些人物，邵之雍、文姬、汤孤鹜、向璟、燕山、荀桦……也立刻让人联想到胡兰成、苏青、周瘦鹃、邵洵美、桑弧、柯灵、炎樱；而盛九莉则就是张爱玲本人。钱锺书先生说："……你要知道一个人的自己，你得看他为别人作的传；你要知道别人，你倒该看他为自己作的传。自传就是别传。"所以，人们可以借由《小团圆》来破解张爱玲身边人的生命密码。虽然小说提供的讯息未必完全准确，全因为每个人在描述他人时，总会有一些自己的主观意识，但至少能够为今天的读者提供新的思维空间。特别值得关注的是她描摹的人物与大家通常想象的往往大相径庭，譬如柯灵。

柯灵在《遥寄张爱玲》一文中回忆，他是读了周瘦鹃主笔的《紫罗兰》杂志上张爱玲小说《沉香屑——第一炉》之后，有意请她为《万象》写稿的，但苦于不认识。正当为难之际，张爱玲却在《万象》出版社意外现身。柯灵对那次会面有着细致入微的描写：

那大概是七月里的一天，张爱玲穿着丝质碎花旗袍，色泽淡雅，也就是当时上海小姐普通的装束，肋下夹着一个报纸包，说有一篇稿子要我看看，那就是随后发表在《万象》上的小说《心经》，还附有她手绘的插图。会见和谈话很简短，却很愉快。谈的什么，已很难回忆，但我当时的心情，至今清清楚楚，那就是喜出望外。

大概也算是投桃报李，当张爱玲把《倾城之恋》改编成舞台剧时，古道热肠的柯灵为之居间奔走，还提出不少修改意见。《倾城之恋》最终由大导演朱端钧搬上话剧舞台，由当时红极一时的演员舒适、罗兰分别饰演范柳原和白流苏，轰动一时。“事后我因此得到张爱玲馈赠的礼物：一段宝蓝色的绸袍料。我拿来做了皮袍面子，穿在身上很显眼。”柯灵显然是很看重这份礼物。几年前陪余光中夫妇往华东医院探望柯灵夫人陈国容校长时，大家还谈到那段“宝蓝色绸袍料”。陈校长说：“其实那段绸袍料并不怎么好看，忒刺眼了，但柯灵却很喜欢，常常穿着那件皮袍进进出出，很是得意，逢人便说，料子是张爱玲送的。”余光中先生听完也哈哈大笑，称这便是柯灵先生天真可爱之处。

孤岛时期，柯灵先生写了大量抗日文章，为此，被日本宪兵逮捕，张爱玲得知后，请胡兰成帮忙，设法营救。对此，胡兰成在《今生今世》中这样写道：

爱玲与外界少往来，唯一次有个文化人被日本宪兵队逮捕，爱玲因《倾城之恋》改编舞台剧上演，曾得他奔走，由我陪同去慰问过他家里，随后我还与日本宪兵说了，要他们可释放则释放。

这里的“文化人”无疑就是柯灵。柯灵后来果然被释放了。或许当时参与营救的人不止胡兰成一人，但以胡兰成在汪伪政府里的地位，他起的作用不容小觑。柯灵本人那时并不知情，直到三十多年后，读了胡兰成上述文字，才恍然大悟。他怜惜张爱玲，却鄙视胡兰成。因此心情复杂，但心底对张爱玲是心存感激的。

我并非索隐派，但《小团圆》中荀桦与柯灵的经历惊人地相似，不能不让人联想翩翩。《小团圆》详细叙述了一段完全相同的营救过程，但笔调却相当诡异。张爱玲形容荀桦长了张山羊脸，头光面滑，西装笔挺。对那个小学老师荀太太的描写则明显带着鄙夷的口吻：“一双吊梢眼，方脸高颧骨，颊上两块杏黄胭脂，也的确凶相。”并顺便带出荀桦的同居女友朱小姐，还借朱小姐之口说，荀桦乡下还有一个原配。

每个人对他人都有自己的喜好与厌恶，这纯属个人感受。以张爱玲的清高矜持，看不惯个把人，也不足为怪，但下面这段描写荀桦出狱后与九莉不期而遇的文字实在令人瞠目结舌：

次日下午她买了一大盒奶油蛋糕带去送给主人家。乘电车去，半路上忽然看见荀桦，也在车上，很热络地招呼着，在人丛中挤了过来，吊在藤圈上站在她跟前。

寒暄后，荀桦笑道："你现在知道了吧，是我信上那句话'只有白纸上写着黑字是真'。"

"是吗？"九莉心里想，"不知道。"她只是笑。

怪不得他刚才一看见她，脸上的神气那么高兴，因为有机会告诉她"是我说的吧"。

真挤。这家西点房出名的，蛋糕上奶油特别多，照这样要挤成浆糊了。

荀桦乘机拥挤，忽然用膝盖夹紧了她两只腿。

她向来反对女人打嘴巴子，因为引人注目，迹近招摇，尤其像这样是熟人，总要稍微隔一会儿才侧身坐着挪开，就像是不觉得。但是就在这一刹那间，她震了一震，从他膝盖上尝到坐老虎凳的滋味。

她担忧到了站他会一同下车，摆脱不了他。她自己也不大认识路，不要被他发现了那住址。幸而他只是笑着点点头，没跟着下车。刚才没什么，甚至于不过是再点醒她一下：汉奸妻，人人可戏。

天哪！这是真实记述、主观幻觉，还是小说演绎？难道荀桦确实是柯灵？如今，当事人均归于尘土，这恐怕已是斯芬克司之谜了！其实，柯灵对张爱玲是有很大期许的。他感叹偌大的文坛，哪个阶段都安放不下她。《遥寄张爱玲》一文，对快速加温的“张爱玲热”起到了推波助澜的作用。柯灵在文中还有一段感人至深的话：

人没有未卜先知的本能，哪怕是一点一滴的经验，常要用痛苦做代价，这就是悲剧和喜剧的成因。时间蚕食生命，对老人来说，已经到了酒阑灯灺的当口。但是，感谢上帝，我们也因此可以看得宽一些，懂得多一些……

柯灵还期待张爱玲写出新的《金锁记》和新的《倾城之恋》，希望“三十年的故事还没有完”。柯灵不曾料到，《遥寄张爱玲》发表后的二十五年，人们等来的却是一部《小团圆》。故事的确没有完，只是味道有点变了。也不知道，如果柯灵读了《小团圆》，世间是否还会有这篇声情并茂的《遥寄张爱玲》？

在人们的印象中，柯先生慈眉善目、温文尔雅，说话总是轻声细气的，仿佛永远不会拒人于千里之外。他的散文独树一帜，文字凝炼、思想深邃、意境开阔，字里行间处处透出对生活的热爱。他曾说过：“文字生涯，冷暖自知，休咎得失，际遇万千。象牙塔，十字街，地狱门，相隔一层纸。我最向往这样的境界：只问耕耘，不问收获，清湛似水，不动如山，什么疾风骤雨，嬉笑怒骂，桂冠笔衔，都处之泰然。”寥寥数十字，生动传神地表达了一个“磨墨人”认真做人、认真为文的高尚风格。

我和柯灵先生相识纯属偶然。一九九三年底，我要出版一本散文集，责任编辑建议是否让一位文化老人题写书签。我首先想到的便是柯灵先生。于是，我贸然敲了柯老的房门。八十六岁高龄的柯灵先生在悬有“读书心细丝抽茧，炼句功深石补天”的古朴对联的客厅接待了我。我说明来意后，他没有丝毫推辞，欣然挥毫，还一口气连写数张供我挑选。临别时，还赠送了《中华散文珍藏本——柯灵卷》《柯灵书信集》等几本新书。书中有印刷错误的地方，他都用钢笔一一改正，那种一丝不苟的态度，让人佩服。那时，柯灵先生与陈国容校长年事已高，但却坚持自己料理生活，有个钟点工每天来帮帮忙。陈国容校长曾中风过，行动不便，人又比较胖，每天还是硬撑着为柯老下厨做饭。有天，刚炒好一碗青菜，不料脚底一滑，重重地摔在地上，青菜也撒了一地。她连忙大声喊柯先生，可是柯先生晚年失聪，戴着助听器才勉强听得见。正在书房埋头写作的柯先生自然听不见妻子的呼喊，直到他觉得肚子饿了，跑去厨房，这才知道妻子已在冰冷的地上躺了许久。所以，我们年轻人去看望柯先生常常会送些熟食或半成品蔬菜，尽量给两位老人带去点方便。有段时间我事事不顺、意志消沉，便向柯先生请益。柯先生不紧不慢地说：“人生总有顺境和逆境。顺境时不要得意忘形，逆境时要守得住寂寞，要甘于坐冷板凳。趁这段时间多读点书、充充电。电视主持人和作家一样，有一种寂寞是最可怕的，那就是观众、读者冷落你，不再需要你了。”柯先生的话如醍醐灌顶，受益匪浅。

柯灵先生待人总是和和气气，但如果把他看成是一个得过且过、和稀泥的和事佬，那就大错特错了。他为人处世自有分寸，极有原则性。譬如他看不惯著名学者W君的霸道，认为这是学阀作风。他告诉我，改革开放后，W君要去欧州参加学术会议，把一篇有关《文心雕龙》的论文寄给钱锺书，请他帮忙翻译，钱置之未理。见没有回音，W君只得请他人翻译，然后又将译稿寄往北京请钱先生审定。结果仍然石沉大海。钱锺书先生把此事告知柯灵先生，两人偷乐一番。“钱锺书最讨厌别人对他颐指气使！”柯老说。

所以，看到柯灵与黄裳打“笔战”，便也不怎么觉得奇怪。

黄裳先生是大学问家、大收藏家，特别是对古籍版本有着独到的见解。印象中和黄先生见过两次。一次是一九九七年，黄永玉先生翩然来沪，借居在“陕南村”王丹凤家中，春彦兄带我去“见见世面”，同住“陕南村”的黄裳先生碰巧也在那里，只见两位老人谈兴甚浓。我静静地坐在一旁听他们叙旧，便觉也是一种享受。没有多久，电视台一位喜欢古书的同事带我去“陕南村”拜访黄裳先生。先生家的陈设简单，却很古雅。先生将我们让进客厅，自己端坐在一张单人沙发里。记得那天黄先生穿一件白色圆领衫，椭圆形的光脑袋上架着一副玳瑁眼镜，庄严肃穆，活脱一尊佛。沙发背后是黄永玉先生画的一幅白描荷花，书房墙上好像还挂了马一浮的对联，内容已记不得了。先生显得寡言少语，往往我讲了一长串话，他只是“哦”了一声算是回应，弄得我大窘。不过，同事谈起古籍版本，他倒兴致很高，话也慢慢多了起来。只是自己学问不够，他们谈话，我实在不懂。坐了大约半小时光景，便告辞了。

柯灵与黄裳两位前辈的争执源自“梅兰芳”。柯灵先生早在孤岛时期便和梅先生熟稔，写过《梅兰芳先生一席谈》。上世纪五十年代，梅大师率梅剧团来上海演出。柯灵特意在自己家里宴请梅先生，并请夏衍、于伶作陪。席间，柯灵先生想邀请梅先生写回忆录，在他主政的《文汇报》连载。只是暗地里生怕梅先生拒绝，因为《文汇报》副刊在四十年代曾登过一篇短文《饯梅兰芳》。文章大意是说，重返舞台的梅兰芳嗓音大不如从前，“全失了低回婉转的控制自由，时时有竭蹶的处所”。并且建议“为了保持过去的光荣，梅有理由从此绝迹歌坛”。文章的作者便是黄裳。但梅先生好像并没有把这件事放在心上，认为写书一事可以考虑，只是要有个准备过程。梅先生返京后，决定用口述的方式，由秘书许姬传执笔写成，再由其弟许源来补充整理。既然梅兰芳不介意《饯梅兰芳》一文，柯灵便想到了谙熟京剧的黄裳。于是黄裳每天晚上和许源来整理稿件。梅兰芳《舞台生活四十年》后来在《文汇报》连载长达一年，影响深远。

但是，黄裳先生表述的文本则有些微妙的差别。他在《一点闲文》中这样写道：

事实是当我奉命访梅时，第一次就碰了个软钉子。梅以工作和演出过忙、无暇执笔的理由婉言辞谢了。我这才知道“稿子约定”之说是不确的。与我最先联系的是许姬传，后来才认识许源来。当时梅葆玖正率团在苏州演出，我赶到苏州与姬传长谈，打消他的顾虑，并同意设计了撰稿、寄稿、整理的工作方法。后又几次访梅，才敲定了连载的约稿。

黄裳先生的确为《舞台生活四十年》殚精竭虑，在与梅、许反复沟通协商后，才确立了一套严密的工作程序，确保连载的顺利刊发。关于这一点，梅兰芳在《舞台生活四十年》出版的前记中做了说明。但黄先生也承认是奉命行事。奉谁的命，按推理，应该就是柯灵先生。曾经为《舞台生活四十年》连载奔走采访、搜集材料、拍摄照片，时任《文汇报》驻京记者谢蔚明先生也证实，“梅兰芳的《舞台生活四十年》就是他（指柯灵）倡议的，经过黄裳具体操作终于面世”。

不过，《舞台生活四十年》单行本的出版倒是由黄裳先生一手策划促成的。但柯灵先生在《想起了梅兰芳》一文中透露，“其间还发生过一件匪夷所思的怪事：有人向一家出版社接洽印行《舞台生活四十年》，条件是他要在版税中抽成”。

黄裳先生在《关于〈饯梅兰芳〉》一文中对此给予辩驳：

《舞台生活四十年》最早确是我介绍给平明出版社出版的，当时出版社初办，稿源不足，我和潘际坰都是特约编辑，帮忙组稿。不支薪水，与出版社商定，于所编《新时代文丛》每本提出定价百分之一至百分之二，作为编辑费，这办法一直沿用了一个时期。……不过必须说明，《舞台生活四十年》我并没有得到任何编辑费，而是由许源来与出版社直接处理。倒是后来有一次（也仅是一次），在此书转归人民出版社印行时，许源来说是梅先生的意思，在版税中提出几百元算作我的劳动所得，我感谢梅念旧的好意，欣然接受了，觉得自己为此书花费了不少心力，取得这点报酬是应该的。

关于《饯梅兰芳》的写作动机，黄裳先生在《关于〈饯梅兰芳〉》的文章中强调，是想以这篇短文向梅先生进谏，奉劝他借口谢绝参加为庆祝“国民大会”召开的一场京剧晚会：

是否参加“国大”，就成为进步和反动政党分明的分界线，在这当口，参加国民党政府的内战“祝捷”演出，是怎样的一种政治姿态，是明若观火的。京剧艺术家不必卷入“政党斗争”，但政治却不肯轻易放过艺术家。这是历史，不是谁要“强使”的问题。

柯灵先生则对黄裳先生的“事后说明”不以为然，况且《饯梅兰芳》发表时，那场京剧堂会早已过去半年多。柯先生更反对黄先生对梅大师无限上纲。他在《想起梅兰芳》一文中写道：

对梅兰芳本人，则等于无情地公开他艺术生命的终结。——这本来是四十年前的陈迹，时移势易，早已被人淡忘，最近作者旧事重提，是因为“其时南京在开什么大会，要他（指梅）去作庆祝演出，使他非常为难，文章的意思是希望他借口谢绝这一‘邀请’”。这就更使人糊涂。这位作家，自述那时“和梅及其周围的一些朋友都不熟识”，不知梅为什么把这样带有严重政治性质的思想活动透露给素无交往的人。

至于为何柯灵先生会写《想起了梅兰芳》，黄裳先生分析，一是他自己在一篇回忆文章中没有举出《文汇报》四大连载设计者的名字，这可能导致柯灵先生不快；二是“文革”后柯灵先生受托力劝黄先生把历年收藏的古籍捐献或作价卖给图书馆。“我不想让这些辛苦收集来的书在馆中睡大觉，婉言谢绝了。八十年代以来我写的十来本不像样的小册子，大都取材于此，这就扫了他的面子，使他很不高兴。”黄裳先生说。二〇〇〇年，随着柯灵先生的去世，柯、黄之争也烟消云散。没想到，二〇〇七年，黄裳先生在为《哆余集》所写的后记中，又旧事重提，而且火气仍然大得很。看来，他对此事一直耿耿于怀。而此时，距离柯灵先生去世已差不多七个年头了。

对于像柯灵、张爱玲、黄裳那样的文学大家，如我庸常之辈无权评骘，但从他（她）们的思想撞击、情感纠结中，倒也可以看到文人的另一面。同样，一部原本枯燥乏味的文学史也会因此变得更加立体、更加有趣。

不守恒的友情
——杨振宁与李政道

从生理和心理上讲，疾病和孤寂是老年人的天敌。就此而言，晚年的杨振宁教授应该是幸福的。因为，健康的体魄、旺盛的生命力以及超凡的记忆力，使得他仍然能够演讲、旅行、开展科学研究，更主要的是，二〇〇四年，八十二岁的杨振宁迎娶了二十八岁的翁帆。按杨先生自己的话来说，“这个婚姻把自己的生命做了延长。”婚后，面对种种质疑，他们坦然自若，每天坐在那张被称作“ love seat”（爱之椅），仅能容纳两人的沙发上，尽情品味生活的甘甜。所以，杨振宁先生满怀自信地说：“三四十年后，大家一定认为这是罗曼史。”

虽然爱情美满，但一段不守恒的友情，也常常让八十五岁的杨振宁心中泛起阵阵隐痛。

上世纪五十年代，有着兄弟般友情的杨振宁和李政道因发表《弱相互作用中的宇称守恒质疑》论文轰动全球，继而荣获诺贝尔物理学奖。他们的合作让整个物理学界羡慕和忌妒。美国“原子弹之父”奥本海默教授甚至认为世界上最美的景象是杨振宁和李政道并肩在普林斯顿的草坪上散步。然而，一九六二年之后，人们再也没有看到那样的景象。因为，就在那一年，杨振宁和李政道的关系正式破裂。四十多年过去了，杨振宁先生依然称赞李政道是自己一生中最成功的合作者，他引用苏东坡写给兄弟的诗句来缅怀这段兄弟之情：“与君世世为兄弟，更结此生未了因。”

杨、李二人当年先后就读于昆明西南联大，师从著名物理学家吴大猷先生。一九四六年秋，他们在芝加哥大学不期而遇。杨振宁见到李政道以后，对他印象极佳，并且敏锐地察觉到李在物理学上的智慧与才华。而李政道也认为“杨极端聪明，在数学物理上特别有天赋……”。在芝加哥，他们很快就成了亲密无间的朋友。

也许，他们谁也没有想到，在芝加哥的那次见面，会给日后整个物理学界带来怎样的革命性变化；他们更不会料到，偶然的相遇，会给彼此的生命留下难以磨灭的印迹。

李政道在回顾和杨振宁交往时，曾经这样说过：“在芝加哥的那些日子里，我同杨讨论了大量的物理和其他问题。他的兴趣较倾向于数学，这对我是一个补充。我们思想开阔地去对待所有的问题，讨论通常是激烈的，但对我的发展，特别是在我成长的年代里，产生了重要的影响；那些讨论还使我大大提高了对与我不同的智力的鉴赏能力。”和杨、李熟稔的许多朋友也都说，“杨振宁是李政道不折不扣的兄长”。一九四九年，他们终于合作完成了第一篇论文。一九五一年到了普林斯顿高等研究院，他们又在权威的物理学学术刊物《物理评论》上发表了两篇有关统计力学的论文，这两篇论文甚至引起了爱因斯坦的关注。据李政道先生回忆，在普林斯顿高等研究院，爱因斯坦是超越任何人的，年轻人看到他大多十分敬畏，即便有时碰巧在路上相遇，所有人也都因为腼腆而不敢同这位科学大师谈话。但是，一九五二年的一天，爱因斯坦让助手来问杨、李二人，他是否可以和他们两个人谈谈。他们回答“当然可以”。李政道本想把一本《相对论的意义》带去请爱因斯坦签名，但不知为何，他最后没有做。为此，李政道后悔不迭。在交谈中，爱因斯坦对杨、李那两篇统计力学论文给予高度评价。最后，爱因斯坦起身，握着杨、李二人的手，说：“祝你们未来在物理学中获得成功。”总之，李政道对和爱因斯坦的这次近距离交流感触很深。但杨振宁先生却认为这次谈话收获不大，“原因是我不大听得懂他的口音。他说起话来声音很低，而我陷入了一种因为长久崇拜的一位伟大物理学家如此接近而带来的强烈情绪之中，很难把注意力集中在他的语句上”。

然而，就是那两篇统计力学论文，给两人的关系蒙上了阴影。细心的读者会发现，那两篇论文的署名次序，出现了与惯例不同的情况，其中前一篇署名“杨振宁和李政道”，而后一篇则是“李政道和杨振宁”。李政道后来在《破缺的宇称》一文中指出，出现这种奇怪现象，主要是由杨振宁“不合理”要求造成的，“第一篇论文包括两个定理，主要的部分是由我证明的。我们完成这篇论文之后，杨要求如果我不在意的话能不能把他的名字放在我的前面，因为他比我年长几岁。我对他的要求十分吃惊。由于中国尊重年长者的传统，我同意了。稍后，我看了文献，察觉这样做是不公平的。当我们写第二篇论文时，我把其他一些发表论文作为例子给他看，说明年岁大小通常不是排名要考虑的因素。这样，在第二篇论文上名字的次序便倒了过来，虽然这篇论文中单位圆定理的决定性的一步是由杨做到的。”

但杨振宁对李政道这一说法不以为然，他认为那两篇论文根本就是他领衔做的，论文也是由他执笔写成，加上一直以来，他始终给予李政道兄长般的关怀，所以，一切事情都由他决定，这其中自然也包括论文署名问题。他甚至压根儿没有注意到李政道的惊讶与不快。而且杨振宁还说原本确实考虑过将李政道名字放在前面，只是夫人杜致礼反对，理由是杜致礼觉得李政道待人有时过分殷勤，有上海“小开”味道。

不管怎么说，因为署名问题，杨、李二人的关系开始出现细微的裂痕。在李政道看来，这类事情虽然细小，却让人感到尴尬，很难应对，所以决定不再和杨一起工作。虽然不像过去那么热情，但两家也互有走动，特别是杜致礼和秦蕙君这两位女主人能保持亲密无间的关系。

转眼到了一九五四年，杨振宁和米尔斯共同发表对现代物理学有巨大推动作用的“杨 - 米尔斯方程”。这一研究成果使得杨、李二人再次走到一起，三年之后，李政道和杨振宁因提出弱相互作用下“宇称不守恒”理论而获得诺贝尔物理学奖。这是有史以来第一次有华人获得这样的殊荣。用杨振宁教授的话来说，它“改变了中国人不如人的心理”。从一九五六年到一九六二年，他们共同发表了三十余篇论文，范围从粒子物理学到统计力学。对这一时期的合作，李政道后来在其《论文选集》中是这样说的："杨振宁和我的合作，和当时物理的发展十分契合，并且反映了当时的精神。我们的合作紧密而且成果丰硕，是既竞争又和谐。我们共同的工作激发出我的最佳的能力。结果远比我们各自分开来工作的总和要好得多。"而杨振宁更是毫不掩饰自己与李政道合作带来的喜悦，他感到他们的合作是令人羡妒的，又说："李政道吸收新知识的速度非常快，而且兴趣广泛。"

不幸的是，到了一九六二年，杨振宁和李政道的关系彻底破裂。

据了解，造成关系恶化的直接原因是美国《纽约客》(*New Yorker*) 杂志一篇有关他们合作的长文。作者是和杨、李都认识的物理学家伯恩斯坦。起初伯恩斯坦提议要写这篇文章时，杨振宁就有所顾忌，因为他觉得伯恩斯坦和李政道关系比较密切，生怕伯恩斯坦在文章中对李过度揄扬，甚至歪曲历史。情急之下，杨振宁搬出普林斯顿大家长奥本海默，希望他阻止文章发表。但李政道却坚持没有看出文章有否偏袒哪个人，"伯恩斯坦根本没有说在杨和我之间，是谁首先独立地做出了宇称不守恒思想的突破"。最后，文章还是发表了。

围绕伯恩斯坦这篇文章，李政道在《破坏了的宇称》一文中这样写道：

在我们做了一些小的更正以后，杨说文章中有"某些令人痛苦的地方"，希望要讨论一下。在文章的某些地方，他希望他的名字要写在我名字的前面：①标题上；②诺贝尔奖金宣布时；以及③在我们接受奖金的时候。另外，还有他夫人的名字致礼也要放在蕙君前面，因为致礼年长一岁。第二天，他来我这里并说那文章中凡是提到“李和杨写了……”的地方都要加一个注，说明这是由于字母次序排列的习惯。我对他说，他太无聊了。那天晚上，他打电话给我说，或许不要加注了，但是在那文章中都要写成“杨和李写了……”。我发呆了。

这一年的四月十八日，杨振宁和李政道进行了一次长谈。对于这次不同寻常的谈话，杨振宁这样写道：

> 一九六二年四月十八日，李政道和我在他的办公室有一次长谈，我们回顾了自一九四六年以来发生过的事情：我们早期的关系、五十年代初期、一九五六年造就那一篇宇称论文的一些事情，以及后来的发展。我们发现除了少数几点，对所有关键的事件都保有相同的记忆。正如同家庭中冲突和解一样，这是一个感情获得宣泄的历程，我们都感到一种解脱后的畅快。但是这个和解并没有维持下来，几个月后，我们就永远分手了。

不过，李政道的表述似乎稍有不同：

> 根据杨振宁说的是四月十八日，他到我办公室，说起名字的顺序还是让他十分烦恼，而且这个问题遍布在我们所有的合作之中：根据字母顺序的“李和杨”让他不开心；“杨和李”又

使他看起来不近人情，而一种随机的顺序看起来又有些奇怪。这确实是一个“动辄得咎”的情况，因此我建议也许我们以后不要再合作了。然后他的情绪激动起来，并开始哭泣，说他非常想和我一起工作。我感到尴尬而又无助，于是对他好言相劝了很长一段时间。最后，我们都同意，至少我们要停止合作一段时间，事情就这么决定了。那一年六月，李德曼、史瓦兹和史坦伯格准备发表他们的第二类微中子的实验结果，杨振宁又一次地非常焦躁，对于他们论文中提到我们两人名字的顺序忧心忡忡。十分出我意料之外的，杨振宁随后写了好几封信给我，信的内容让人极端不快并且充满了敌意。我对这所有的事情感到非常伤心，并意识到我们的友谊不存在了。

其实，杨、李真正的矛盾焦点不仅仅是署名顺序，而是究竟谁首先独立提出“宇称不守恒”这一具有突破性的思想。对此，李政道的态度相当明确，那就是“宇称不守恒”思想突破是一九五六年四月上旬由他独立做出的。杨振宁是五月才参加进来，与其合作，并在这突破基础下，对“宇称不守恒”进行了系统性分析。而《弱相互作用中的守恒质疑》一文也是由他主笔的。但杨振宁认为这与事实不符。他在自己的文集里详尽描述了自己撰写那篇获得诺贝尔奖论文的经过：“一九五六年五月底，我有生以来第一次得了严重的腰痛病（几年以后，诊断为椎间盘突出症）。……在病榻上，我口授，由妻子杜致礼写成了一篇论文。因为她未受过文秘方面的训练，所以只好一字一句地照记下来。论文的题目是《在弱作用中，宇称是否守恒》。我把稿子给李政道看，他做了几处小改。”而李政道则反唇相讥：“这是一篇划时代、纯粹科学性的文章，文章包含许多复杂的数学方程式，像杜致礼那样一位没有经过科学训练、没有文秘经历的人，如何能够靠别人口述来写出这样一长篇高度专业性的论文呢？”

得知杨振宁和李政道分道扬镳，和他们俩相识的物理学家无不为之痛惜。其中有一位伤感地对杨振宁说：“听说您和李政道闹翻了，我想和你说两件事，第一我觉得遗憾；第二，你还是我的朋友。”后来，他和李政道也说了相同的话。

一向语带尖刻的美国“原子弹之父”奥本海默直截了当地说：“李政道应该不要再做高能物理，而杨振宁应该去看精神科医生。”杨振宁的父亲、著名数学家杨武之先生更是为自己儿子和李政道这段不守恒的友情而伤心欲绝。

杨振宁先生常常在演讲时引用艾略特的诗“我的起点就是我的终点，我的终点就是我的起点”，难道，他和李政道的友情再也无法回到起点吗？在采访杨教授时，我曾试探性询问，他和李政道先生是否有可能摒弃前嫌重新携手，但未能得到肯定的答案。

从杨、李之争中，我时常会想起另一位与“宇称不守恒”密切相关的物理学家吴健雄。当年，杨、李提出“宇称不守恒”理论时，很多科学家认为不可思议，唯独吴健雄独具慧眼，看出这一思想突破的真正价值所在。为此，她放弃了度假计划，和另一位科学家一头扑在实验室里，经过数月努力，终于以雄辩的事实，证明了在弱相互作用下宇称的确不守恒。可以这么说，没有吴健雄，杨振宁和李政道通往诺贝尔奖的路或许还要走很长一段。然而吴健雄自己却与诺贝尔奖失之交臂。很多人为此愤愤不平，她本人却未向任何人提起过此事，只是在给友人的一封信中，隐隐约约写道："如果我的努力被忽视的话，我还是会觉得受到一些伤害的。"

相对于吴健雄的委屈，围绕"宇称不守恒"所有的争论又算得了什么呢？

有人说，"彩云易散琉璃脆，世间好事不坚牢"，世上许多事情都无法获得永恒，友情同样如此，但杨振宁先生和李政道先生毕竟是二十世纪物理学树立风格的一代大师，更是中国人的骄傲。他们的决裂不仅仅是他们个人心灵的创伤，更是民族的悲剧。

如今，两位老人都已到了耄耋之年，何以不能敞开心扉、握手言和，就像当年奥本海默所希望的那样，并肩走在洒满余晖的林荫小道上。我相信，这将是世界上最美的图画。

我们，期待着！

与长者聊天

李欧梵的《狐狸洞呓语》将文人分成两大类，即刺猬型和狐狸型。刺猬型的人认为世界上总有那么一套自己的理论来解决矛盾，而狐狸型的人则是“这里闻一闻，那里嗅一嗅；这里弄一点，那里弄一点。一方面是怀疑，一方面是好奇”。这一观点颇有见地。窃以为，要获取知识不外乎三种途径：一、皓首穷经，系统钻研某一领域专门知识，构建独特理论框架；二、工作中遇到困难时，及时从相关书籍中释疑解惑；三、在与人聊天中得到启发与灵感。第一种方式得到的知识全面系统，属刺猬型。后两种方式看似零乱驳杂，但鲜活、实用，属狐狸型。随着后工业时代来临，要成为“刺猬型”学者难乎其难。相对而言，后两种方式，特别是通过与文化昆仑对谈汲取养料，倒也不失为一种行之有效的学习方法。

在所有与我聊过天的老人中，周有光先生大概是最年长的。我们见面时，他已经一百零四岁高龄了。那日，当我登上朝阳门内后拐棒胡同一幢灰色建筑三层的一个单元时，这位被连襟沈从文称为“周百科”的汉语拼音之父，正在一架灵巧的电子打字机前伏案写作。很难想象，百岁高龄的他每月仍坚持给《群言》杂志写一篇数千字的杂文。看我走近，老先生赶紧将助听器塞入耳朵，“不戴这个武器，我们就要鸡同鸭讲了！”说完，嘿嘿地笑了起来，声音依然脆亮。

听说我父亲也毕业于圣约翰大学，主修经济学，周老的谈兴一下子高了许多，“正是在圣约翰学习期间，发现英文打字很方便，而我们的方块字则困难重重，这才萌生将汉语拼音化的想法。叶圣陶先生曾经说过，‘九如巷张家的四个才女，谁娶了她们都会一辈子幸福。如同沈从文张兆和一般，周有光与张允和也是一对神仙眷侣。他们的婚姻于平淡中见深情’，我认为婚姻当然要有爱，可是单有爱是不够的，还要敬，要敬重对方。我们两个人常常一起喝茶，古人讲‘举案齐眉’，我们则是‘举杯齐眉’。这样一个小动作看似开玩笑，其实是有道理的。生活要有爱，更要尊重对方，就不会闹情绪了。”所以老两口一辈子从未红过脸，拌过嘴。

乐观和宽容的心态也使得周老在遭受磨难时依然笑声琅琅。在宁夏“五七干校”期间，很多人如丧考妣，但老人仍能从中寻找到生活的乐趣，“有年夏天在田头劳作，忽然头顶飞过数万只大雁，只闻领头雁‘呜’的一声怪叫，所有大雁一起拉大便，大家满脸满身都是粪便，真是狼狈不堪。别人都怨声载道，我却乐在其中。”结果，干校那几年强体力劳动非但没有摧毁他的身体，反而奇迹般地治愈了失眠症这一痼疾，健康状况渐入佳境。他九十七岁那年去医院体检，医生以为搞错了，随手将“97”改成“79”，弄得他哭笑不得。说起长寿秘诀，周老归结为一句话：“不生气。”他借用尼采的一句话：“所谓生气，就是拿别人的错误来惩罚自己。”

京城文化圈里，谱写“白头偕老之歌”的还有苗子、郁风夫妇。黄永玉先生说：“苗子、郁风兄嫂是一对文雅旷达的夫妇，能想象他们是从血海和无尽的灾难中活过来的人吗？对于悲苦、负义、屈辱……他们只是付之一笑。那么洒脱，那么视之等闲——走入死亡深渊而复从死亡深渊爬出，有如作一次风景绮丽的轻快旅游而神采淡远，真不可思议。”苗子和郁风在“文革”中受迫害，被关进秦城监狱。但是晚年忆及这段痛苦经历时，郁风先生却很淡然：“评价人要一分为二，即便对江青那样坏事做绝的人，也要客观判断。”所以，苗子先生用手指着她：“你看这个人，人家把她折磨得那么苦，她心里仍然没有仇恨与怨愤。”郁风老师快人快语，但有时常会逻辑倒置，前言不搭后语，黄永玉为此特意为她画了张《鹦鹉图》，并题“鸟是好鸟，就是话多”。但郁风不承认，说话多指的是丁聪先生夫人沈峻老师。后来，永玉老也为沈峻画了同样一幅作品。

郁风老师晚年相继患乳房癌和子宫癌，但她很乐观，还在电话里与黄永玉打趣道：“永玉啊，我现在身上属于女人的东西都没有了。”黄永玉也被逗乐了：“这是很好的杂文题目啊，你来写，我配画。”而苗子七十岁后竟连续三次写遗嘱，交代身后之事。他坚决反对开追悼会，主张若干“生前好友”趁活着的时候带挽联或漫画，互相欣赏。至于骨灰，他说：“可把骨灰搓在面粉里头包饺子，每人吃几个留作纪念，这叫你中有我，我中有你；或可将骨灰冲至抽水马桶，至爱亲朋在一旁肃立默哀；也可喂猪，猪吃肥壮了再喂人，往复循环。”在嬉笑调侃中，能体悟这对老顽童的豁达心境。

同样，星云大师也是一位参透人生的通达智者，在佛光山“大雄宝殿”前的广场上，和大师清茶一杯，相对而坐，聆听智者声音。我向老人家请教如何区分益友和损友，他几乎不假思索地答道：“有人把你当作花，你漂亮，他就把你戴在头上；你凋谢了，他就把你踩在脚下；有的朋友如秤杆，你重了，他就低头，你轻了，他就昂首；但也有的朋友像大地，他铺垫你，有的朋友像山，群鸟野兽集中于此。朋友好好坏坏均属常理，君子之交淡如水嘛！”关于生死，大师做了形象比喻：“过去有人看到人家老年得子便泪眼婆娑，哀叹他家又多了一个死人。”因此，耄耋之年的星云大师素来以积极的姿态看待生命：“生命的责任与理念要在有生之年完成，免得将懊悔带入死亡过程。世界是变化的，人生要正直、静朴，要经得起诱惑，要做到对金钱不能买动，见美色不能魅惑，给伟力不能压迫，要有所为有所不为，生命才能变得永恒。”每当遇到挫折与困惑时，常常会想起星云大师这番至理名言。

如今，不知不觉已到了天命之年，便会想起胡适先生的诗句：“偶有几茎白发，心情微近中年。做了过河卒子，只能拼命向前”。活了半辈子，书实在读得太少，纯属不学无术之徒。倘若说，尚有几分人生历练，还有点“拼命向前”的本钱，则完全得益于那些长者的谆谆教诲。我将此概括为“薄积厚发”。黄永玉同意这个说法，称这叫“先射箭后画靶子”！

像的，像的，只是略胖些

说来奇怪，平生竟与吴国桢扯上关系。

己丑三月，意外接获黄建新导演电话。老实讲，与建新先生原本算不得熟稔，只是之前《可凡倾听》赴台拍摄，通过滕文骥兄，拜托他约访侯孝贤。事成之后，曾专函致谢。故黄导完全摒弃客套，直奔主题，说要我出演电影《建国大业》中吴国桢一角。这着实吓我一跳。

记忆中最早是从先祖父曹启东先生口中听到吴国桢大名。一九四八年前后，上海局势动荡，民生凋敝，工潮学潮风起云涌。身为福新面粉公司高层，祖父衔命前去市政府面见吴国桢，商议应对策略。想来吴氏乃祖父毕生所见阶位最高官员，老人家晚年常津津乐道于此，并对吴国桢处事风格评价甚高。但他万万不会料到，一甲子之后，自己长孙竟会于大银幕演绎这位昔日上海市长。倘若上天有知，老太爷定然拈花一笑。

次日清晨，匆匆赶往车墩影视基地投入拍摄。影片有关吴国桢其实只有一场戏，即吴国桢去机场迎接前来上海“打老虎”的蒋经国，两人途中有段简单对话。

“打老虎”堪称蒋经国人生履历中所受最大挫折之一。从一九四六年起，上海通货膨胀加剧，粮食短缺严重。“金圆券”

政策推行更使社会经济趋于崩溃。据吴国桢回忆：当时人们“一致认为金圆券很快就会像旧法币一样一文不值，人人都拥向街头见货就买，所有商店库存全部清空，货架空得像鬼一样。店主不愿再补充库存品，他们也找不到任何供应。疯狂抢购出现了，人们称那三日为抢购日，于是大祸临头，中国最大的商业城市上海，商店变得空空荡荡”。吴国桢临危受命，苦撑时局。此时，蒋经国踌躇满志，以副经济督导员身份来到上海，企图以铁腕手段整肃市场，不意却遭到强烈反弹，局势日渐失控。千钧一发之际，吴国桢亲自到南京与蒋介石当面理论，直陈金圆券种种弊端，并为荣宗敬之子荣鸿元身陷囹圄据理力争，“荣鸿元被捕不是因为隐瞒外汇，而是由于无法从内地弄到棉花，不得不用外汇从国外购买原材料，因此这不是犯罪而是需要”。与此同时，因宋美龄从中作梗，蒋经国对孔令侃及其扬子公司又束手无策，最终落荒而走。但他却将“打老虎”失败归咎于吴国桢消极抵抗。殊不知，若非这位普林斯顿高材生运筹帷幄、捭阖纵横，上海或将早就陷入瘫痪。虽然与吴国桢素有嫌隙，同僚潘公展亦不得不承认：“平心而论，吴国桢并不是一个庸才，他确有一套看家本领。他的漂亮的仪态，流利的演说，讲得一口很好的外国语，十足一股洋派神气，以及按时到‘写字间’，见了什么人都飨以笑容，甚至和当时气焰很盛的闹学潮的学生，也表示着一种即使‘挨打’也满不在乎的气度，的确使当时但观皮相的一般洋商和上海市民，仿佛都在想大上海何幸而得到如此一位现代化的民主市长。”

诚然，影片相关情节仅短短数分钟，很难凸现吴国桢个性、风骨。尽管如此，仍和蒋经国扮演者陈坤仔细揣摩，反复推敲，力图于有限时空间展现吴、蒋二人的微妙关系。《建国大业》云集海内外近百位明星，盛况空前。虽然“吴国桢”仅昙花一现，却也足以留存一段珍贵记忆。

癸巳新夏，携妻儿同游美东。途经纽约，接受当地中文电视台采访，谈及《金陵十三钗》之“孟先生”和《建国大业》之“吴国桢”，记者称与吴国桢长女俞吴修蓉相熟，并即刻拨通电话。修蓉女士闻之，大喜过望，相约择日叙谈。

越三日，细雨濛濛，我们一行人驱车来到新泽西 Essex 镇，修蓉女士所居房屋虽略显老旧，但周围花木蓊郁、奇石叠嶂，倒也不失玲珑雅致。推门而入，只见老太太身着湖绿色短袖上衣，并配绿松石项链一串，笑语盈盈，气定神闲，端坐于轮椅之上。虽满头银丝，但面色红润，独有民国女子那份典雅、矜持、内涵。一见面，我们“父女”便紧握双手，老太太更是上下不停打量，“像的，像的，只是略胖了些。”环顾四周，墙上悬挂若干毕加索版画，足见主人艺术趣味。但窗台边一幅《富贵白头》图顿时吸引我的目光。画面上，牡丹花均以没骨法画成，或红、或白、或黄的花朵，错落有致，花瓣赋彩，不求明丽，淡雅脱俗；而树叶茂密，参差纷披，叶筋挺健，叶尖活脱，栩栩欲动；两只白头翁则同样以工笔写就，纤毫毕现，分别栖息于上下两根枝干之上，相互凝望，含情脉脉，好似恋人呢喃。整幅画清骨神秀、意境幽远，一派恽南田风貌。细问之下，原来此画出自吴国桢爱妻黄卓群之手，为母亲贻赠女儿新婚贺礼。据修蓉女士告知，卓群女士曾拜于海上名画家红薇老人门下，宋美龄迷恋绘事便是受卓群女士影响，而教授蒋夫人绘画者又恰好是红薇老人外甥郑曼青。画幅左上方尚有吴国桢所题小诗一首：“青禽双白头，姚黄花富贵。一片慈母心，文藻手能赴。汝归今有期，父举以汝付。偕老得欢娱，鸿案欣同据。”当年吴修蓉与俞益元博士婚礼由吴国桢老友、《芝加哥先驱论坛报》老板罗伯特·麦考密克上校一手操办，而吴氏正在“台湾省省长”任上，无暇顾及，由夫人代为出席。临去美国前，蒋介石与宋美龄专门设宴款待吴国桢夫妇，并托人转赠一万美元以做礼金。那时候，吴国桢与蒋宋关系之密切，由此可见一斑。

按修蓉女士说法，蒋介石先起的确对吴国桢投以青眼，连宋子文与蒋介石发生纠葛，也由吴氏从中缓颊，但吴国桢慷慨刚毅、直谅不阿，即便面对老蒋，也不愿唯唯诺诺，相反，总是仗义直言、不计后果。担任“台湾省省长”后，既与陈诚冲突四起，又与蒋经国龃龉不断，尤其对蒋经国指使特务滥杀无辜大加挞伐。蒋介石私人医生熊丸回忆录透露：“吴国桢与陈诚因职权难分，三天两头便吵到蒋先生那里，要先生排解，先生也常为他俩的问题为难。吴国桢也和经国先生暗斗……”弄得蒋介石一筹莫展。只是吴国桢与美国上层互动频密，老蒋投鼠忌器，不敢轻慢，甚至一度还以“行政院院长”为诱饵拉拢吴氏。可是，吴国桢仍不为所动，决意挂冠而去，这下彻底惹恼了蒋氏父子。没过多久，从台北往日月潭途中，吴氏司机偶然发现汽车螺丝安全帽悉数脱落，险些酿成车毁人亡惨剧。吴国桢意识到危险正步步逼近，于是借故离台赴美，无奈次子修潢却被当作人质滞留台湾。修蓉女士回忆，弟弟天性活泼开朗，因此却变得内向沉郁。后经美方官员多次调停，台湾当局才勉强放人，但同时又透过媒体放话，诬陷吴国桢携巨款潜逃，一时谣诼纷纷。于是，吴氏亦借机公开指摘蒋氏独裁政权，并与之决裂，掀起所谓“吴国桢事件”风暴。台湾当局恼羞成怒，予以回击。吴国桢南开同窗张道藩率先发难。向来温润敦厚如胡适者亦流露不满，“国桢的毛病，是他没有常识（common sense），而且在若干情况下，也缺乏道德感（moral sense）。”吴国桢对此低调回应：“很抱歉，我要与一个朋友持不同意见。”所幸两人友谊并未因此受损……

聊着聊着，不觉已到中午时分。修蓉女士坚持留饭，我们也并不推辞。餐桌旁，边品尝虾饺、烧卖、炒面，边继续热议民国间那些旧闻轶事。看着我狼吞虎咽的模样，修蓉女士不禁莞尔：“父亲性格爽朗，乐观开朗，极富幽默感。一桌人吃饭，他往往成为谈话焦点，且丝毫不耽误吃东西。就这点而言，你和我父亲不仅形似，个性亦很相近。若将来有人要拍父亲传记片，你必是不二人选。”众人皆拊掌大笑。

餐毕，修蓉女士又着管家取出吴国桢与周恩来合影，细叙缘由。周、吴相差五岁，同时就读于天津南开中学，彼此敬慕，相互砥砺。那时，他俩还与一位李姓同学常常结伴而行，故有“三剑客”雅号。吴国桢回忆录曾如此描述周恩来：

周恩来是个卓越的学生，他的中文在校中名列前茅。他还参加过演讲比赛，但那时他并不像个好的演说家，由于声音太尖，所以只取得第五名。他是个了不起的组织者，在南开组织了一个社团，名称很有趣，叫“敬业乐群会”。他很喜欢我，我那时是全校岁数最小的，所以他特地在该社团内建立一个童子部，并选我为部长……他还是个很好的演员，参加了学校的话剧社。他长得很清秀，声音又尖，如果我们演戏，他总是扮演女主角……他演戏如此出色以致经常收到向他表示崇拜的大量信件……

周恩来也对吴氏才华推崇备至。他将吴国桢日记刊发于自己所编刊物《敬业》，并配发编者按，字里行间，情意绵绵：

峙之（吴国桢）年十有三，入南开方十一龄耳。彼时吾一见即许为异才。逮相识既久，始知峙之之才，纯由功夫中得来。盖幼秉异资，复得家庭教育，锻炼琢磨，方成良玉。读峙之家训，阅峙之日记，知峙之修养之纯，将来之成就不可限量，盖叹世之子弟不可不有良好家庭教育作基础于先也……

然而，这对袍泽兄弟日后竟因不同政治理念分道扬镳，但私谊却未遭阻隔。吴国桢任汉口市长时，周恩来曾带朱德至吴家把酒言欢。国共重庆谈判期间，双方虽免不了唇枪舌剑，但吴国桢身为国民党宣传部长，仍欣然参加时任中共代表周恩来所设晚宴。即便后来国共谈判破裂，两人仍未完全断绝联系，直至一九四九年之后，才音讯杳然。一九八二年，修蓉女士丈夫俞益元博士参访大陆，带回当年周恩来吴国桢义结金兰旧照。睹物思人，耄耋之年的吴国桢心潮起伏，于照片背面题诗："七十年事，今又目睹。结为兄弟，后来异主。龙腾虎变，风风雨雨。趋途虽殊，旨同匡辅。我志未酬，君化洒土。人生无常，泪断沙埔。"仅仅过去两年，这位"长着猫头鹰般眼睛的小个子中国学者"也追随学长踪迹，羽化登仙了。之前，他已接受邓颖超邀约，准备返国出席当年国庆大典，终因心脏病突发辞世，未及荣归故里，一睹祖国山川变化。

徐志摩尝言："我将于茫茫人海寻访我唯一灵魂之伴侣。得之，我幸；不得，我命。"诗人所言，固然是指爱情，但人生旅途彼此之间相识、相知，又何尝不是如此？！如同物理学"布朗运动"那般，一次又一次的意外、偶然，编织成一张跨越时空的情感之网，给生命旅程带来无限惊喜与欢愉。

我与吴国桢之遭逢，便是那样一次意外旅程！

餐桌边的七七八八

张爱玲晚年意兴阑珊，过着几乎与世隔绝的生活。但，只要一说到吃，姑奶奶便精神陡增，特别对儿时在上海所吃的苋菜记忆犹新："苋菜上市的季节，我总是捧着一碗乌油油紫红夹墨绿丝的苋菜，里面一颗颗肥白蒜瓣染成浅粉红。在天光下过街，像捧着一盆常见的不见名的西洋盆栽……"於梨华曾在纽约和张爱玲喝过一次午茶："……只记得她吃扬州汤包时十分缓慢。一顿早餐，只吃了两三个汤包，喝小半碗豆浆。"张爱玲去世前一年在写给夏志清的信中，仍不忘提及夏志清夫妇爱吃的西瓜和洋芋沙拉。可见，饮食一项终究给张爱玲那"寒丝丝"的世界带去一丝温暖。

文人大抵热衷饮馔，其中不乏美食家，明清有袁中郎、李笠翁，现代则有梁实秋、汪曾祺等。余生也晚，不过总算还认识两位货真价实的美食家。一位是历史学家唐振常先生，我们在吴兴路上的"吴越人家"吃过几次饭。出生于巴蜀的唐先生说起家乡菜头头是道，还更正了不少对川菜的错误观念："川菜绝非与辣画等号，川菜中的上品都不辣。四川人正式请客，满桌没有一个辣菜，否则就是失格！"即便说到上海小吃，唐教授也是如数家珍，只是哀叹，如今只有萝卜丝饼和眉毛酥尚保持一定水准，其他如生煎包、小笼包及千层糕等早已江河日下，蟹壳黄、老虎脚爪之类的更是难觅踪影。

另一位则是文学史家魏绍昌先生。魏老古道热肠，时不时组织各类名目繁多的文化盛宴。不过，最为人津津乐道的还是一九九〇年在“和平饭店”举行的海上画坛四老谢稚柳、唐云、张乐平、吴青霞八十寿宴。那日，群贤毕至，少长咸集，主宾自然赫赫有名，连陪客也均为一时俊彦，如王元化、蒋孔阳、白杨、张瑞芳、秦怡、谢晋、刘旦宅、白桦、潘虹、周洁等。海内外媒体纷纷予以报道，一时传为佳话。作为晚辈，承魏先生不弃，也常常应邀参加聚会。有一次，魏先生招饮于“扬州饭店”。刚进包房，只见一位白发老翁“霍”地起身，双手抱拳，连声说道“得罪！得罪”，弄得我丈二和尚摸不着头脑。细细打听，原来长者正是杂文家何满子先生。上世纪九十年代初，在和葛优的电视访谈中偶然聊起王朔。不想，节目播出不久，何先生在《解放日报》刊发一篇言辞犀利的杂文，对节目“美化”王朔“痞子文学”给予严厉批判。那时，刚出道不久，尚未经受过风雨，顿时吓得魂飞魄散，急急忙忙跑到郑拾风先生处搬救兵，拾风先生倒一派轻松：“满子为文向来对事不对人，不必介意！”不打不相识，我俩后来竟成了忘年交。分坐于何满子先生两侧的还有两位恂恂长者。那位脸庞清癯、面色红润、有点仙风道骨的是曾经叱咤风云的金融家朱博泉先生，淮海路上的“宋庆龄故居”过去就是他的私宅。与我相对而坐的则是文学评论家贾植芳先生。贾老一口山西话很难听懂，但相当健谈，几杯酒下肚，便滔滔不绝。他突然谈起当年身陷囹圄时的难友邵洵美先生：“那时候邵先生气喘病严重，自忖难见天日，便嘱咐我两件事，其中之一便是与吃有关。萧伯纳来沪时，邵以世界笔会中国分会名义，在‘功德林’摆了一桌素菜，花了四十六块银元，赴宴者有蔡元培、宋庆龄、鲁迅、杨杏佛、林语堂等。但次日报纸新闻却独独少了出钱者的名字。所以，邵先生希望我日后有机会能为他正名！”乘着酒兴正浓，贾老还顺手在一张破旧宣纸上给我写下一段话：“小个子管大个子，瘦子替胖子操心。”意在此提醒我注意减肥。记得，那天饭店大厨使出浑身解数，烹制出一道又一道拿手名菜。如狮子头、炝虎尾、鸡火干丝、水晶肴肉等。印象中那款水晶肴肉最为出色，肉质鲜红，皮白晶莹光洁，真正达到“不腻微酥香味溢，嫣红嫩冻水晶肴”的境界。

除文人外，京剧艺人对美食也颇为讲究。梅兰芳家的“梅家菜”众人皆知，“洪长兴”与马连良脱不了干系。而列于“四小名旦”之首的张君秋也是地道的吃货，且到了无肉不欢的地步。据闻，张先生每日午睡后必吃点心，而有时所谓的“点心”或许就是一整只“红烧蹄髈”。汪曾祺致黄裳信中说：“张君秋有一条好嗓子，气力特足。此人有得天独厚之处，即非常能吃，吃饱了方能唱，常常是吃了两大碗打卤面，撂下碗来即‘苦哇’(《女起解 · 玉堂春》)。”君秋先生酷嗜丹青，每逢来沪，总要去“三釜书屋”，与程十发先生切磋画艺。横涂竖抹一番之后，发老便请他到天平路上的“家乡饭店”吃上海菜。待菜肴上齐，刚要举箸品尝，忽见张先生从口袋里拿出一台袖珍录音机，用左手递到发老耳边：“您听听，这是我年轻时的录音。”于是，大家赶紧放下筷子，毕恭毕敬聆听《望江亭》里那段“南梆子”“杨衙内又来搅乱……”。正当我们沉浸其间，张先生却用右手拿起筷子，很自然地从碗里夹起一块肥瘦相宜的红烧肉，不紧不慢地送入口中。望着君秋先生一副“老天真”的模样，发老也乐不可支。

大酒楼的饭菜固然可口，但每家每户的“私房菜”也别有一番滋味，因为每道菜都有属于家的暖暖情意。大约二十年前，一个大雪飘舞的冬日，和袁鸣赴京拍摄《京沪大拜年》春节特别节目，想着约白杨女士做个访问。但白杨女士正受脑中风后遗症困扰，不良于行。犹豫再三，还是和她打了电话。没想到，她竟欣然应允，还仔细询问工作人员人数。为避免不必要麻烦，刻意少报了几人。采访当日，当我们走进城东一座玲珑四合院时，身着鲜红羊毛衫的白杨老师早已端坐在轮椅上，在客厅入口处迎接摄制组。但拍摄过程中，我们发现她口角略有歪斜，还有口水慢慢流出，袁鸣便不得不每隔三四分钟帮她擦拭。那段对话录制时虽然时断时续，但气息却相当丰满，内容扎实。拍摄结束，老人执意留饭，说要让大家尝尝北京风味的小火锅。我这才恍然大悟，她当时为何问及人数。但我的那点小机灵差点将主人推入尴尬境地，白杨老师不免向我投来埋怨的目光。经过一阵忙乱，一切才安排妥帖。望着那烧得红彤彤的炭块以及锅内沸腾的汤水，心中满是愧疚。但老人似乎已忘记刚才短暂的不愉快，不停地招呼保姆添加炭块与食料。没过两年，老人便驾鹤远行。直至今日，每逢吃小火锅，总会想起白杨老师那温婉的微笑。

到纽约访问，曾往蔡国强家作客。蔡兄新居位于SOHO一带，那里艺术气息浓厚。坐在宽敞的顶层阳台，可俯视纽约街景，赏心悦目。国强嘱夫人亲自下厨，弄了满满一桌菜。蔡国强夫妇曾留学日本，因此，菜肴大多清淡，如天妇罗、南瓜汤、西芹百合、蚵仔煎、蛤蜊丝瓜、清蒸长岛海螃蟹以及京都豆腐，吃得我们全家满心欢喜。可是，儿子因时差关系，没吃几口，便一头倒在客厅地板上呼呼大睡，有趣的是，碰巧墙角正放着国强刚用火药完成的一幅领袖像，儿子歪着的脑袋正好冲着那幅画，而画框里的领袖也仿佛充满爱怜地凝望着酣睡中的孩子，形成极大反差。国强连忙用手机拍下一组《领袖与男孩》的照片，称这属于标准的现代艺术作品。蔡国强就是那样一类艺术家，任何细枝末节均可成为艺术创作的灵感，并且擅于从平凡生活里提炼出艺术元素。他的《威尼斯收租院》《成吉思汗的方舟》等莫不如此。

当然，若能在餐桌边遇到些许意外惊喜，那就更美妙不过了。十多年前，美国“佳士得”资深文物专家朱仁明女士来沪，约请三五知己到她母亲住处餐叙。老太太八十开外，但皮肤白皙，身着淡蓝色旗袍，端庄大方。酒过三巡，菜过五味，老太太也谈兴渐浓，说起当年曾与海上闻人杜月笙毗邻而居，女儿朱仁明小时候过继给孟小冬做干闺女，杜、孟在香港结婚时，小姑娘还充当花童。突然，她用神秘兮兮的口吻问道：“不知你们是否知道徐志摩？”我们几个听罢，面面相觑。朱仁明女士这才告知，她母亲其实就是徐志摩元配张幼仪的幺妹张嘉蕊。社交圈习惯称她“朱太”，因为其丈夫朱文熊也是民国期间的政商名流。朱氏夫妇同时也是程砚秋的忠实戏迷。《程砚秋日记》一九四四年七月五日记：“张兄景秋执朱兄文熊名片，坐汽车专程来访，言接我夫妇至上海住其家换换环境，极热诚甚可感。”抗战胜利后，程砚秋来沪演出，果然入住朱家，甚至连行头都由朱太一手操办。说起程砚秋，嘉蕊女士陷入回忆之中：“玉霜（程砚秋）私德很好，一生于‘色’与‘财’二字无懈可击。他演唱以字创腔，再加上表演细腻，非常感人！但因性格关系，即便遇到不快之事，也不愿吐露心田，容易吃亏。还有，他太喜食奶油之类的甜食，致使身体发胖。他的早逝或许与此有关。”

拉杂写了那么多餐桌边的七七八八，无非是想说明，吃，绝非简简单单消耗食物的过程，其间，蕴含诸多人情世故、艺术情怀，正像唐振常先生所说的那样：“饮食一项，并非什么了不起的大事，但也绝然不是小道……”

香岛海客

“……长江以北的战火越烧越旺。金圆券的狂潮使民众连气也透不转。上海受到战争的压力，在动荡中，许多人都到南方来了。有的在广州定居，有的选择香港。淳于白从未到过香港，却有意移居香港。这样做，只有一个理由：港币是一种稳定的货币……”

刘以鬯小说《对倒》生动描绘了南迁香港的上海人的生活窘境。导演王家卫从《对倒》中捕获灵感，电影《花样年华》横空出世。小说与电影，就人物与情节而言，并无对应关系。《对倒》着墨于思乡老翁与怀春少女；《花样年华》则聚集于成熟中年男子与传统美貌少妇。但两者暧昧朦胧的意境却如出一辙，无论是文字还是影像，都弥漫着香岛海客的离愁别绪，而导演王家卫与戏中饰演“房东太太”的潘迪华本身也是久居香港的海上客，始终保持上海人的气质与格调。家卫导演的电影启蒙缘于母亲。每日放学，母亲接上他总是要先到影院看场电影，然后再回家做饭。长此以往，电影渐渐成为王家卫的精神支柱，蜿蜒曲折的电车轨道，高耸入云的新古典主义建筑，茂密浓荫的梧桐街道，摇曳生姿的海派旗袍，姚莉、白光、李香兰、周璇等人曼妙妖娆的时代曲，以及西洋老式座钟、手摇电话、月份牌……那种种童年记忆点缀着王家卫电影场景的角角落落，一种剪不断，理还乱的哀婉悲凉韵味油然而生。而潘迪华更成为王家卫电影的ICON。潘迪华十八岁那年为一段爱情，舍弃沪上优渥生活，远赴香港定居。后来，那段感情无疾而终，潘迪华不得不克服语言与环境隔阂，靠动人嗓音，开启“天涯歌女”生涯。上世纪七十年代，她投资百万港币，制作百老汇歌舞剧《白蛇传》，结果血本无归。这笔钱在当时的香港几乎可买十栋楼，但潘迪华毫不在乎，因为在舞台上，她完成了一个歌者的梦想。年至耄耋，居住于北角老屋，潘迪华仍一袭旗袍，继续歌唱之梦，并不时与刘德华、陈奕迅等晚辈切磋歌艺。问她准备唱到何年何月，这位连独生儿子过世也未曾掉泪的“天涯歌女”竟掩面长泣，轻轻说了声：“I will sing until I die.”

同样在北角，张爱玲也留下难以磨灭的印迹。上世纪五十年代，丈夫赖雅突发中风，张爱玲为生计，重返阔别多年的香港，但这座城市在她眼里充满着世态炎凉，故而哀叹：“香港是一个华美的悲哀的城。”虽然她为香港书写传奇，但心里却一直装着上海。“我为上海人写了一本香港传奇，包括《沉香屑·第一炉香》《沉香屑·第二炉香》《茉莉香片》《心经》《琉璃瓦》《封锁》《倾城之恋》七篇。写它的时候，无时无刻不想到上海人，因为我尝试用上海人的观点来察看香港的。只有上海人能懂得我的文不达意的地方。”她认为“上海人是传统的中国人加上近代高压生活的磨练。新旧文化种种畸形产物的交流，结果也许是不甚健康的，但是这里有一种奇异的智慧”。

其实，上世纪四十年代，面对风雨飘摇的局势，不少家庭处于分崩离析边缘，我们家族亦不例外。曾外祖父王尧臣先生与其胞弟王禹卿先生联合荣氏兄弟、浦氏兄弟，“三姓六兄弟”开办“福新面粉公司”，成为上海滩“面粉大王”，祖父曹启东先生与三舅公王云程先生则为曾外祖父和曾外叔祖的左膀右臂，为公司开疆拓土，不遗余力。到一九四八年曾外祖父与其胞弟商议公司前途，经仔细研究决定，曾外祖父王尧臣先生与祖父曹启东先生留驻申城，而曾外叔祖王禹卿先生则带三舅公王云程先生前往香港开辟新兴市场。王禹卿先生赴港后，因年事已高，再加上人生地不熟，无法施展其过人本事。正如《文昭关》唱词“我好比龙游在浅沙滩”，只得过起“寓公”生活。陈存仁《银元时代生活史》有所记载：“我开业时，王禹卿常常来看病，直到彼此来到香港，他住在铜锣湾附近，我那时在香港还有分诊所，也在铜锣湾，他有病时依然看我。这时他已退休了。悠闲得很，有时话旧，我觉得他的相貌有一个特点，眉毛两边特别长，这是寿征，也是一种威势，可以统率成千上万的工人。”没过几年，坐吃山空，存款花去一大半。他在给祖父的信中表达无限的苦闷与焦虑。据说，他老人家常长时间端坐于公园长椅，面向北方，思念故土亲人。一九六五年春天，王禹卿先生得知哥哥王尧臣先生在上海辞世的噩耗，心脏病突发，一个月后在香港玛丽亚医院也撒手归天。老哥俩一前一后，驾鹤西行，相隔仅月余，冥冥之中同胞情谊深厚，须臾不可分离。他们少年时代从无锡乡下来到大上海，奋斗一生，创业一生，辛苦一生，辉煌一生。然后，终于又走到一起，令人唏嘘不已。

和上一代人不同，三舅公王云程先生正年富力强，准备在香港大施拳脚。王云程先生为家族骄傲，早年留学美国专修纺织，毕业归来后，在家族企业推现代化管理机制，企业蒸蒸日上，深得荣宗敬先生赏识，将其招为东床快婿，新娘为宗敬先生三小姐荣卓霭。他俩一个玉树临风，一个美若天仙，彼此琴瑟和鸣。可惜天不假年，荣小姐在生下独生子王建民后，不幸被肺炎夺取生命，年仅二十六岁。王云程虽陷入巨大悲痛之中，但仍埋首于工作，一边辅佐家族企业，一边还创办寅丰毛纺厂，事业弄得风生水起，并因虹桥罗别根花园不惜与犹太富豪沙逊对簿公堂。

赴港后，王云程先生在嘉道理家族协助下，重整旗鼓，与妻弟荣鸿庆先生在观塘创办“南洋纱厂”，风光一时。改革开放后，老先生重返上海，创立“全仕奶”和“圣麦乐冰淇淋”两大食品品牌。从一九四八年迁居香港，直至二〇一二年以一百零三岁高龄仙逝，前后六十年，三舅公一直保持上海人的生活方式，广东话仍带浓重上海口音，喜爱吃红烧大虾、冰糖甲鱼、红烧肉等浓油赤酱上海菜。平日里光顾最多的上海菜馆便是“苏浙同乡会”与“留园”。位于北角的“留园”为盛宣怀后人所开，饭店招牌菜糖醋鱼块、烟熏蛋、苔条小黄鱼、蟹粉狮子头、油煎八宝饭均水准上乘，尤以咸蛋黄炒蛋和冰糖鸡头米蜚声港岛。虽价格不菲，仍每日顾客盈门。“留园”大厨早年从扬州来香港打工，曾经是三舅公王云程家御厨，受得三舅公器重。后坐镇“留园”，但三舅公常常“鸡蛋里挑骨头”，批评其菜品有所下降。老先生做事素来严谨不苟，对美食亦不例外。即便对周信芳之子周英华所开设的“Mr. Chow”照样毫不留情。有一回，老先生对菜肴极不满意，直接用英语训斥大厨“You should be ashamed of yourself”，弄得大厨直冒冷汗。

当年，与王禹卿、王云程叔侄几乎同时抵港的，还有荣氏家族重臣吴昆生先生，吴昆生做事以胆大心细著称。一九四六年荣德生先生绑架案轰动上海滩，吴昆生先生持续多日与绑匪周旋，最终以五十万美金代价，化险为夷。故吴昆生深得荣家倚重。后来，吴昆生女儿吴盈钿与三舅公王云程先生长子王建民先生，也就是我表舅喜结连理。两个家族亲上加亲，而吴昆生长子吴中一当年也是上海滩众人皆知的纺织专家，供职于荣氏纺织企业。吴中一风流倜傥、风度翩翩，与一代影星李丽华过从甚密。李丽华天生丽质、楚楚动人，昵称“小咪”。她曾因主演《假凤虚凰》名噪一时。影片在“大光明”试映时，曾遭理发师工会抗议，险些酿成社会事件。吴中一对“小咪”钦慕不已，但终究擦肩而过。南迁香港后，李丽华依然片约不断，女作家潘柳黛曾往片场探班，留下一段文字：“昨晚我到南洋去看拍戏，李丽华正在拍民初装束的《小凤仙》，她穿着紫色的裤子，紫色的短袄，满头珠翠，将脸埋在高高的镶着花边的紫色的衣领里，真是又别致，又动人。正如古人所说，是那么标标致致，水葱儿一样的小娘子。不仅使男人看见她要对她赞叹不已，就是女人，也免不了对她又羡又妒，心里想：李丽华怎么会这么漂亮呢。”彼时，李丽华与夫君严俊感情和谐，举案齐眉，偏偏在这个时候，吴中一也随全家来到香港，自然也不时与老友李丽华联络，畅叙友情，但父亲吴昆生却担心儿子惹是生非，便毅然决然把儿子赶回上海。直至上世纪七十年代末，吴中一再度赴港，才又与李丽华恢复交往。待严俊去世，古稀老人吴中一如愿得偿，迎娶心中美娇娘“小咪”，而这段爱情马拉松竟花费整整半个世纪。婚后，吴中一先生对李丽华呵护有加，李丽华也尽心尽力照顾夫君。香港导演杨凡在《小咪》一文中写道：“那天小咪姐来到我的影楼，带两件新做的旗袍，一件正红另件粉绿，意大利通花丝绒顶级衣料，穿在身上，红的艳光四射，绿的永庆长春。她的第三任丈夫吴先生说：没有中国女人可以把红色穿得像小咪！说得一点没错。”吴中一对李丽华之激赏由此可见一斑。三舅公王云程先生，上海“全仕奶”和“圣麦乐冰淇淋”工厂开业，李丽华还亲临剪彩。上世纪九十年代初，李丽华来沪观看东方电视台《东方雅韵》京剧名家汇演，演出结束后来后台看望李世济。“小咪”师从程派名旦章遏云，对程派艺术如数家珍，两位前辈促膝交谈，互诉衷肠，场面极为感人。那时，“小咪”虽已年近古稀，仍风韵犹存，光彩照人。

“流水落花春去也，天上人间”，老一辈香岛海客早已成为天堂之客，然而，传奇仍在继续……

“锦园”故事

哈佛大学李欧梵教授在题为“重绘上海文化地图”的演讲中说道：“大部分中国上海人都居住在弄堂里，而不是什么时尚豪宅。里弄的世界支撑着他们的都市文化。”

所谓里弄，其实就是人们通常所说的弄堂。它是上海特有的民居形式，与无数普通市民日常生活紧紧维系在一起。年华流逝，多少有趣故事，温暖记忆，从曲曲折折、烟笼雾绕的弄堂里缓缓流淌出来。弄堂承载着上海人的梦想与荣耀，代表上海人特有的生活方式和文化心态。可以说，没有弄堂，便没有上海人，也就没了所谓上海都市文化。

我的童年和少年时代，就是在愚园路一条名叫“锦园”的新式里弄中度过的。

“锦园”（愚园路805弄）所在地原为荣氏企业当家人荣宗敬（荣毅仁伯父）先生私人花园和网球场，后辟为申新福新企业高级职员寓所。“锦园”二字手迹出自钱名山先生之手。“锦园”在上世纪三十年代堪称愚园路上一道风景线：红色的瓷砖墙裙，白色的外墙，朱红色的钢窗，沿墙是齐窗台高的碧绿冬青树，错落的建筑中央是个黄杨环绕的椭圆形花坛，四时鲜花，清香不断。花坛中心有两棵参天大树。此树当年由荣氏企业大总管荣德其先生亲手栽种。还有散落在花坛四周的长栏凳，夹竹桃后面是黑色戗篱笆隔开的网球场……朱红色的大铁门常常紧闭，弄堂内一片静谧。长辈们说，那个年代，可以毫不夸张地说，无论是黄包车夫，还是三轮车夫，只要一说愚园路上的“白房子”，无人不知，无人不晓。

“锦园”设计出自无锡籍建筑设计大师赵琛。与陈植、梁思成、林徽因、范文照等一样，赵琛也毕业于建筑师摇篮——宾夕法尼亚大学美术学院建筑系。毕业后在纽约、费城、迈阿密等地建筑事务所工作实习。回国后，他与学长范文照共同创办建筑事务所。赵琛建筑设计风格崇尚简洁、朴实，强调功能性，“锦园”便是这类风格的代表作。同时他也擅长将飞檐、斗拱、琉璃瓦等中国传统建筑元素与西方古典主义风格相融合，如八仙桥青年会大楼。而他与范文照合作设计的上海南京大戏院（今上海音乐厅）更成为近代中国建筑经典之作。

“锦园”一九三九年建成伊始，祖父便携全家搬迁于此，与终生挚友荣德其先生相邻而居。祖父曹启东先生出生于书香门第，但家境并不宽裕。于是，他将家中仅有的读大学机会让给了弟弟，自己则选择了经商之路。经亲戚介绍，祖父进入福新面粉七厂当会计助理。祖父英姿勃发、相貌堂堂，同时聪慧过人，办事稳妥谨慎，待人接物均极有分寸，进厂没几年，便晋升为福新面粉总公司会计兼营业部主任，并很快得到我曾外祖父，福新面粉七厂厂长王尧臣的赏识，并招为东床快婿，从此平步青云。一九四九年福新面粉公司掌门人王禹卿先生离沪赴港后，祖父成为福新面粉公司全权负责人，全权掌控企业运转。但祖父绝非不问政治，满脑子生意经的“老滑头”。他年轻时受妻弟王启周先生影响，加入进步社团“锡社”，在“五卅”运动中积极参加集会与捐款，与陆定一、秦邦宪等均有往来。同时其三位表妹和表妹夫也是中共地下党，表妹夫陈其襄曾追随邹韬奋先生主政《生活周刊》。受陈其襄鼓动，祖父于福州路投资开设“同庆钱庄”，为新四军筹措药品和食品所需经费，同时还投资生活书店下属的“通惠印书馆”，出版进步书籍。著名学者王元化先生解放前唯一一部理论专著《文艺漫谈》便是由通惠印书馆出版。虽说祖父事业风生水起，但他深知江湖险恶，且对家族企业而言，自己毕竟还是“外姓人”，故而行事低调，从不越雷池半步。在生活方面，他更不追求奢华，这也是他为何放弃独立花园洋房和高档公寓，而选择“锦园”的缘故。“锦园”基本格局是楼下为客厅兼餐厅，朝西有座小花园，客厅里摆放的都是普通红木家具，墙上悬挂的字画也都是冯超然、吴待秋等海派画家的作品，其中大多数均已遗失或销毁，唯一保留下来的是无锡籍老画师吴观岱赠与祖父的一幅《仕女图》。祖父和祖母居住在三楼向阳卧室。父母结婚后则居住于二楼。四楼是堆放杂物的仓库。

刚搬入“锦园”时，祖父事业正值上升期，工作异常繁忙，祖母则在家相夫教子，尽心尽力。无论祖父多晚回家，祖母必定守候，为祖父准备热菜热饭。祖父对饮食颇为讲究，譬如他性喜大闸蟹，却又无法忍受蟹之腥味。于是，祖母便和保姆花一整天时间拆蟹粉，而自己只吃些边边角角，并且要在祖父回家前收拾得干干净净。祖父因才华出众，事业扶摇直上，所以，邻居们常说祖母有“帮夫运”。

然而，在我降生后的第三年，即一九六六年，平静的生活被彻底打乱了。首先是家庭矛盾骤然激化。祖父虽说思想进步，但思维方式毕竟受制于那个旧时代。他另置家室的消息其实早在亲朋好友间不胫而走，就连父亲兄弟姐妹也有所耳闻，唯有祖母一人完全被蒙在鼓里。随着“文革”爆发，纸包不住火，这才真相大白。“大事化小，小事化了”，这是祖母常挂在嘴边的话，即使到这样的时刻，老人家仍以一贯隐忍的态度接受一切，没有半分怨怼。那时候，祖母只得从祖父卧室搬出，独自蜷缩在二楼朝北的亭子间里，终年见不到阳光。她唯一的精神依托便是抽上几口烟，抽的自然是“勇士”“劳动”和“生产”等一些劣质香烟，偶尔得到一盒“飞马”或“大前门”，就像孩童般高兴。她每天的生活重心，是督促我做功课。有时我在弄堂里与小朋友玩的时间久了些，她就会站在一个小凳上，趴在窗口，高声叫喊我的乳名：“毛毛，快点回来做功课啦！”有段时间，母亲去近郊参加巡回医疗，父亲又在工厂加班，我一人睡在四楼，每每西风作响，便吓得裹着棉被，偷偷溜到二楼祖母的亭子间，祖孙二人挤在一张铜床上，聆听那或长或短、或悲或喜的家族故事……

与此同时，风起云涌的“文革”浪潮也将“锦园”搅得天翻地覆。“小将们”以革命的名义纷纷冲入弄堂，强行占领房屋。

一条好端端的弄堂被弄得面目全非：整齐划一的冬青树被无情砍去，代之以油毛毡铺就的自行车棚，晾衣服的竹竿横七竖八，占据着主要通道；各家门口堆放着许多破旧杂物；地面上的水门汀裂开了，形成杂乱无章的缝隙；阴沟里溢出的黑色污水四处流淌，“水上浮着鱼鳞片和老菜叶，还有灶间的油烟气”（王安忆《长恨歌》）。总之，“锦园”变得有点像鲁迅先生早年对弄堂的描摹：“倘若走进住家的弄堂里去，就看见便溺器，吃食担，苍蝇成群地在飞，孩子成队地在闹，有剧烈的捣乱，有发达的骂詈，真是一个乱哄哄的小世界。”

随着搬迁进来的居民越来越多，而且鱼龙混杂，邻里之间冲突也在所难免。我们楼里有户新迁入的人家就极为蛮横。他们自恃后台够硬，处处仗势欺人。刚搬进来，他们立刻实施“圈地”运动，在楼梯、过道和灶披间摆满各种什物。其他邻居稍有不满，这几位“祖宗”立刻露出凶神恶煞般的眼光，别人使用公共厕所也得看他们脸色。如果你在里边待的时间稍微长些，他们便毫无缘由地用拳头或脚砸门，弄得大家上厕所提心吊胆。更有甚者，此户人家似乎特别“怕吵”。我们在楼上稍微发出点动静，他们就全家冲上来与母亲理论。好在母亲反应敏捷，毫不示弱。因此，每回争执，母亲总是占上风。于是他们就趁母亲外出时，专门找我父亲的茬。有一回，他们一家人堵在我家门口吵吵嚷嚷，老实巴交的父亲气得直打哆嗦，额头沁出豆大的汗珠，可怎么也说不出一句话。那时，我虽只有七八岁，但头脑还算灵活，眼看父亲要吃亏，二话不说，拿起一个热水瓶冲将上去，用稚嫩的声音高声喊道：“你们太欺负人了。谁敢再往前一步，后果自负。”一边说话，一边佯装要倒开水的样子，吓得那伙人连连后退。没多久，周围邻居闻讯赶来劝阻，一场风波总算平静下来。

那时候，我们就读的小学虽然坚持上课，但学业毕竟不重。作业完成后，便在弄堂里找小伙伴玩耍。一个夏季炎热的午后，同学们玩起了“官兵捉强盗”游戏。由于气温过高，没玩多久，就累得汗流浃背，气喘吁吁。大家就坐在弄堂中央的水井旁歇息片刻。不知谁提议以抓阄方式选定一人去买棒冰。一番讨价还价后，同学们决定由我完成这一任务。我那时也正热得嗓子眼冒烟，就毫不推辞，一溜烟地跑到马路对面烟纸店，手忙脚乱买了一大捆棒冰，急急往回走。可万万没有想到，危险其实已向我步步逼近。当我的左脚刚从人行道向马路迈步，一辆小型三轮货车像失去控制似的猛冲过来。我还未明白发生了什么，就已经被货车撞倒，顿时失去知觉。据后来目击者告知，货车司机起先并未意识到撞了人，依然维持原速向前行驶，直至路人惊呼：“撞人啦！快停车。”那位莽撞的司机这才紧急刹车。而此时，我早已在马路上被车拖了足足二十米，倒在一片血泊之中，脸色煞白；左踝部被撕开一个伤口，鲜血“咕嘟咕嘟”直往外冒。好在“锦园”隔壁便是一家中心医院，有位行人见状连忙用手捂住伤口，将我送至急诊室。经仔细检查，值班医师断定，我左腿胫腓两根骨头全部折断，失血较多，需紧急手术。幸亏手术十分顺利，从X光片看，骨折处复位丝毫不差。

可是，一波未平一波又起。手术后，我左腿疼痛非但没有减轻，反而日趋剧烈。刚开始还能忍受，可渐渐连止痛药也无法止痛，只能靠注射杜冷丁缓解疼痛。父母为此忧急如焚。护士出身的母亲凭直觉认定，可能因石膏固定过紧，导致局部压迫，血液循环不畅，有坏死现象出现。于是，在友人帮助下，迅速转院至条件更好的瑞金医院骨科，医生将石膏锯开后发现，左踝部伤口果然如母亲推测，已变成黑色，呈现不同程度坏疽。一位蔡大夫说，若再拖上几天，那条腿或许就无法保全。有趣的是，那位蔡大夫二十多年后，居然成为我的骨科学老师。当然，他对那段经历早已不复记忆……

顺便说一下，帮助我转入瑞金医院的是母亲朋友、爱国人士杜重远先生的两位女儿杜毅与杜颖。母亲与杜氏姐妹结缘纯属偶然。杜家也住在愚园路，离“锦园”不足百米。姐妹俩虽相差四五岁，但喜欢穿同款衣服，宛若孪生姐妹。上世纪七十年代在一片灰黑色中，她们姐妹俩身着鲜艳服装，走在愚园路上，颇引人注目。母亲曾不止一次与她们在街上相遇，但并无交集。“文革”期间一个朔风凛冽的夜晚，母亲正好在医院值夜班。夜间巡视时，偶然发现就诊大厅里有三个人正蜷缩在玄色大衣里，瑟瑟发抖。其中年长的那位长得有点像外国人，虽有些惊慌，却也气度不凡。旁边坐着的显然是她的两个女儿。再定睛一看，母亲马上认出这对姐妹正是杜家千金，而那位长者显然就是杜夫人。于是，彼此攀谈起来。在交谈中，母亲得知她们的家早已被手执棍棒的“造反派”占领。为避不测，母女三人乘着黑夜，悄然离家躲避。她们原本想去江湾五角场的亲戚家暂避，不想被无情驱赶。万般无奈之际，只得来医院躲藏。同是天涯沦落人，母亲二话没说，就把自己暖暖的值班室让给她们母女仨踏踏实实睡了一晚。次日清晨，她们跳上北去的列车，赶往北京，找到了周总理，这才转危为安。就这样，我们两家成了亲密无间的朋友。只要我们家有何需求，杜夫人侯御之女士及杜氏姐妹总会伸出援助之手，从未有半点迟疑……

突如其来的车祸让父母对我的安危充满担忧。为了避免我老是在弄堂闯祸，父亲决定让我学习乐器，一来可拴住我，减少玩耍时间，二来将来或许也可依一技之长养活自己。父亲酷爱古典音乐，尤其对海菲兹的小提琴演奏痴迷不已，故期望儿子有朝一日也能成为一名小提琴家。他省吃俭用积攒下一笔钱，购置了一把小提琴，还专门聘请音乐学院老师来家教琴。无奈我兴趣永远在弄堂里，数月下来，锯木般的噪音终于让父亲失去信心。一计不成，又生一计，父亲忽然想到可让我姨夫，一位琵琶名家教授琵琶演奏。姨夫不愧为名师，在其悉心调教之下，我的琵琶技艺日渐成熟，能演奏《高山流水》《浏阳河》《土耳其进行曲》等曲子。父母工作繁忙，监督我练琴的重任只得落到祖母头上。每天放学回家后练琴，祖母将闹钟拨至两小时后，直至闹钟“丁零零”之后，方能歇手。如此“高压”，一时间我也只好照办，彼此相安无事。弄堂里的小伙伴们少了我这号人物，惹是生非的事自然少了些。可小伙伴们决不甘心，就在家门口扯着嗓门高喊我的名字。那阵阵叫喊声使我心痒难忍。

我眼睛骨溜溜一转，计上心来，趁祖母老眼昏花不注意时，瞬间将闹钟拨快一小时，然后再装模作样在琵琶上发出各种声响。阴谋得逞，我又得以在弄堂多混一个时辰，虽说机关算尽，但闹钟的秘密还是被父母察觉，后果自然不堪设想……可祖母一直袒护我，说是自己老糊涂，弄错了时间。

而那时的祖母也的确因慢性肝硬化变得有点老态龙钟，但饮食起居正常，并无大碍。然而，一九七六年三月四日下午，祖母病情急转直下，出现食道静脉曲张破裂，呕血、便血不止，病情危急。医生来家看过后也感觉回天乏术。傍晚时分，老人渐渐处于半昏迷状态，往往昏睡一段时间，又慢慢睁开眼睛，四处张望，像在寻找什么人。或许她彼时彼刻最期待远在大洋彼岸的两个儿子能出现在身旁。因为我二叔和三叔一九四八年赴美留学，之后再也没有返回上海，母子骨肉分别已整整二十八个春秋。最后，她又一次吃力地看了看围在床边的亲人，长长叹了口气，便永远合上了眼睛。那是我生平第一次接触死亡，但眼睛里却一滴泪也没有，因为那时还不懂得悲伤，只有莫名的恐惧袭上心头。祖父也闻讯急急下楼，在祖母床边端坐良久，面露哀戚之容，一言不发。不知他心里究竟想些什么……次日清晨，到学校，正赶上纪念雷锋活动。喧嚣的口号声与歌声震耳欲聋，但我仿佛被置放在真空之中，什么也听不见。耳边飘过的尽是祖母口中那些古老传说。直到晚上，回到祖母那空空荡荡的小屋，一种无助感弥漫周身，这才哭将起来！

如今，时代要翻开新的一页。在大规模城市改造中，一条又一条弄堂轰然倒塌，永远消逝在历史的烟云之中。“锦园”也因为修建地铁，拆掉了沿马路的一排房子，这不免让人感到些许伤感与惋惜。因为，那里留有我们的旧梦遗痕、伤逝情结。作为实用建筑的弄堂本身已显得过于苍老，但我们固执地喜欢她，眷恋她，梦想着有朝一日能够重新住回那梦一般的寂寞长弄，去亲近历史，回味往昔美好生活。

弄堂，一种情感的寄托。

弄堂，一个温暖的梦乡。

但，记忆中的“锦园”，是否还是原来的样子？

愚园路上的“外国阿婆”

自出生到考上大学，一直居住于愚园路上的“锦园”。小时候随父母上街，总会在弄堂口与一对姐妹不期而遇。她们大多身着款式相同、色泽鲜艳的衣服，袅袅婷婷地行走于浓密的梧桐树下，宛若孪生姐妹，这在那“灰色”年代显得尤为突兀。每逢见到父母，她俩定会停下脚步，客气地寒暄一番，也不时摸摸我的头，问几句有关学业的问题。没过多久，父母带我去那姐妹家做客，原来，她们家离“锦园”不足百米。记忆中，那是一座玲珑小巧的单体别墅。屋里陈设均为西洋古典家具，显得古朴雅致。屋外的花园草木葱茏，姹紫嫣红。不一会儿，一位娴静清丽的妇人在姐妹俩的陪同下款款步入客厅。虽衣着素朴，不施粉黛，却仍遮掩不住其内在的华贵与美丽，尤其她那高耸挺拔的鼻梁以及一双炯炯有光的眼睛，宛若希腊女神，眼神里透着纯净与善良。父母嘱咐叫人，我脱口而出，叫了声“外国阿婆”。话音刚落，大人们无不哈哈大笑。从此，每逢去“外国阿婆”家做客，总那么叫她。

及长，方才知道，“外国阿婆”的丈夫乃爱国民主人士杜重远先生。杜先生曾为促成“西安事变”和平落幕殚精竭虑，后为新疆军阀盛世才杀害。那姐妹俩便是杜重远先生之女。

杜重远先生早年立志以实业救国，然而日寇铁蹄使其所有努力付诸东流。“九一八”之后，他毅然告别故乡东北，南下京沪，寻求抗日救亡出路。旅居上海期间，又结识邹韬奋先生，彼此晤谈融洽，并视韬奋先生为平生知己。韬奋先生的《生活》周刊被查禁后，杜重远先生冒着生命危险，毅然接受《生活》周刊原班人马，续办《新生》周刊，故韬奋先生赞曰：“这好像我手上撑着的火炬被迫放下，同时即有一位好友不畏环境艰苦而抢前一步，重新把这火炬撑着，继续在黑暗中燃着向前迈进。”因发表《闲话皇帝》一文，杜重远先生遭国民党当局逮捕，史称“新生事件”。杜重远先生在法庭上神态自若，侃侃道来，有条不紊，情理并彰，弄得法官额角渗汗，脸色陡变。但杜重远先生仍被判一年零两个月有期徒刑。一个月后，邹韬奋先生从美国回到上海，立刻驱车赶到囚禁杜重远先生的漕河泾监狱看望老友。韬奋先生后来回忆：“刚踏进他的门槛，已不胜悲感，两行热泪往下直滚，话在喉里都不大说得出来……我受他这样感动，倒不是仅由于我们友谊的笃厚，却是由于他的为公众牺牲的精神。”得知老友杜重远先生身陷囹圄，张学良将军趁去南京开会，专程来沪探视。杜重远先生因此前由夏衍先生而结识周恩来，周公向他表达中共中央抗日主张。杜重远先生深受触动，并从周恩来身上看到中国的前途和希望。因此他恳劝张学良看清形势，发挥东北军骁勇善战的优势，抵御外敌入侵，两人还共同研究西北局势。杜案判决后，为平息社会舆论，国民党当局同意交保就医，杜重远先生便从监狱转至上海虹桥疗养院实施“软禁”。这期间，杨虎城将军借治牙名义到上海就医并看望杜重远先生，干脆也住进了疗养院。老友赤诚相对，共商大计。杜重远先生素来为人豪爽，待人接物处处为他人着想，在东北有“小孟尝”美誉，故有着极强的感召力与可信度。他与张、杨两位将军相见，进一步促进他们思想转变和最终发动“西安事变”。所以胡愈之先生说：“杜重远是促进张学良与东北军转变的最初推动者。”

身处命运的惊涛骇浪，始终与杜重远不离不弃的便是爱妻侯御之女史。侯御之女史从小家境优渥、学业出色，堪称女“学霸”。后考取“庚子赔款”官费，东渡日本留学，精研“国际法”，并获法学博士学位。毕业回到北平，任教于“燕京大学”等高等学府。杜重远先生与侯御之女史相识于东瀛，彼此倾倒于对方的才华与勇气，发誓生死与共、白头偕老。日寇进犯喜峰口，热河危在旦夕，杜重远先生毅然推迟婚期，随张学良、宋子文等人奔赴热河。临别时，他以《己亥杂诗》书赠爱妻：“浩荡离愁白日斜，吟鞭东指即天涯。落红不是无情物，化作春泥更护花。”“新生事件”爆发时，侯御之女史正身怀六甲，仍为营救丈夫四处奔波，最终因过于劳累，导致流产。杜重远先生后来赴新疆宣传抗日，她又不顾安危，带着三个孩子一同前往茫茫戈壁，毫无丁点怨言。向来胸怀坦荡如杜重远者，从未想到昔日同窗盛世才阴鸷狡猾，悄悄将魔爪伸向杜重远以及共产党人陈潭秋、毛泽民，文化界人士萨空了、茅盾、张仲实、赵丹等人。茅盾和张仲实等人在苏联总领事干预下，与盛世才反复较量，总算获准离开新疆迪化。茅盾先生后来在回忆录里记录了当时的心情：“九时，飞机离开跑道冲向了蓝天，我望着舷窗外起伏的天山山峦，一阵难以描述的轻松感充溢了全身！是啊，应该让我绷紧的神经松弛松弛了，我们总算逃出了迪化。”但杜重远和共产党人陈潭秋、毛泽民并没那么幸运，最终血洒祖国边陲。“外国阿婆”侯御之永远难忘那个边疆无月之夜：

塞外的初夏仍然凉气袭人，再加这晚月黑星暗、雨凄风急。在我们晚饭时，盛世才杀人组织——“侦缉队”，突然包围了我们的住宅，黑衣队员冲进了重远的书房和我们的卧室，翻箱倒柜，并“请”走了重远。我站在大街门外，望着囚车远去远去。直到雨水从发间流下，衣角也在渗水，我才惊觉在夜风冷雨中站得太久。回到满地狼藉的卧室，风雨已停，只有瘆人的狗哭声，断断续续，时远时近。檐间积雨，漏得艰难，似簌簌泪、滴滴血……

据说杜重远先生受过二十六种酷刑，长号大骂长达十六天。最后盛世才亲自动刑，用沸油浇于杜重远先生身上，惨不忍睹。丈夫惨死后，侯御之女史悲恸欲绝，却以一个伟大女性的坚忍与勇敢奔往监狱，领取丈夫遗物，并且没有流下一滴眼泪。后来，这位“外国阿婆”常常挂在嘴边的话，就是“困难再大并不可怕，可怕的是自己失去了勇气”。经多方营救，侯御之女史带着三个孩子历经千辛万苦，脱离险境，回到上海，但已是病魔缠身，生活窘迫。茅盾先生在给张仲实的一封信里，如实讲起了侯御之女史当时所面临的困难：

仲实兄，多日未晤为念。昨日接杜重远夫人来信，殷殷询及吾兄。杜夫人自己病了，孩子经常有病，其中一个是肺病，处境甚窘。来信是要我们为她设法，原信已送沈衡老及胡愈之兄，望向他们索阅。杜夫人极想和她的大弟侯健存大夫（曾住延安，任中央医院小儿科主任，现在北京医院）一见，想请侯大夫到上海去一次。此事兄能帮忙否？匆上即颂

日祈

弟　沈雁冰

五月十六日

（先请兄告侯大夫以杜夫人现状，她病了心境很坏）

后来，经周恩来总理关心，侯御之女史及三个孩子的病情均有所好转，生活逐渐步入正轨，只是独养儿子经不起命运跌宕起伏，罹患精神疾患，在我母亲供职的医院接受治疗。好景不长，时间进入上世纪六十年代，风起云涌的"革命浪潮"又将整个社会推向危险边缘，杜家也备受冲击。遭"革命小将"围困多日，"外国阿婆"只得携爱女连夜离家寻求庇护，但面对复杂政治局势，她们母女三人不敢住宿旅馆，也无法露宿街头。万般无奈之际，想起可否去儿子治病的精神病院暂避一晚。那晚，我母亲正好值夜班，看见母女三人觉得眼熟，没细想缘由，

便将自己的值班休息室腾空，让她们母女三人得以睡上一个安稳觉。次日清晨，她们又经友人暗中协助，悄悄跳上北去的列车，到北京寻求援助。后来，相关领导指示，像杜重远那样的爱国民主人士必须得到保护。侯女士一家才安然返沪。一俟返回上海，侯女史即刻让两个女儿杜毅和杜颖打听那晚留宿她们的究竟是谁。由于那晚情况紧急，她们没顾得上询问母亲名字，甚至因为母亲戴着大口罩，连模样也未看清楚。后来，杜氏姐妹又委托友人、瑞金医院口腔科主任黄培喆医生到我母亲医院，细细打听，这才找到我母亲。于是，“外国阿婆”侯御之女史及杜氏姐妹与母亲成为莫逆之交。

“外国阿婆”侯御之女史晚年虽身患癌症，又遭遇白发人送黑发人的悲剧，但她仍积极与杜重远先生海外故友如张学良先生等联络，吁请他们回国参与改革开放大计。张学良先生接获侯御之女史信函，回信赞扬侯御之女史忍辱负重的品格：“……来信和相片俱已收到，我十分欣慰。你辛苦扶养子女成人，重远有知，当亦含笑地下也。我也为你骄傲……”《杜重远文集》出版，张学良老人又不顾年迈致信杜重远先生女儿杜毅和杜颖阿姨，表达对侯御之女史的敬仰。

今年恰逢杜重远先生一百二十周年诞辰，拉拉杂杂写下母亲与杜重远先生的夫人、“外国阿婆”侯御之女史的点滴往事，也借此向先贤献上心香一瓣，寄托缅怀之情。

故纸碎片

在通信技术高度发展的今天，书札几成绝响。整理旧箧，翻检数通前辈大家及文坛挚友信函。重读那些或长或短的书简，往日友朋间的尺素深情，再度浮现于脑海之中，久久不能忘怀……

（一）陈香梅

美国“飞虎队”陈纳德将军遗孀、社会活动家陈香梅女史二〇一八年三月三十日于华盛顿家中辞世，享年九十四岁。香梅女史早年为知名记者，在上海采访陈纳德将军时，两人擦出爱情火花，并冲破重重障碍，喜结连理。陈纳德将军往生后，陈香梅女史步入政坛，曾应肯尼迪总统之邀，任白宫进出口贸易代表。之后，她又先后成为八位美国总统政策顾问，为华府最有影响力的华裔女性。香梅女史的表舅父为廖承志先生，故而她积极奔走两岸，促进和平统一。一九九四年盛夏，有幸在上海采访香梅女史。她在回顾自己人生之路时，特别强调任何成功均非一蹴而就，人生之路犹如布满荆棘的羊肠小道，若因胆怯而退缩注定失败，唯有不畏艰险，勇往直前，方能品尝胜利者滋味，“成功就是要将能力、智慧、忍耐、爱心与奉献精神相结合。”香梅女史自己一生历经磨难，饱尝辛酸，但始终保持开阔心态。因此，“有容乃大，无欲则刚”成为其毕生座右铭。临别时，香梅女史以自传《留云借月》和“有容乃大，无欲则刚”墨宝相赠。

次年赴美国录制《飞越太平洋》，专程前往华盛顿陈香梅女史家中拜访。香梅女史热情接待，并详尽讲述她与肯尼迪、约翰逊、尼克松、福特、里根及布什等历任美国总统的故事。当得知我们即将赴纽约联合国总部采访，老太太立刻表示可以帮我们联系时任联合国副秘书长冀朝铸先生，并修书一封：

冀朝铸兄：

上海东方电视台节目部曹可凡主持人来美采访，也想访问您，希望您抽空接待他们一行。

祝福

陈香梅上
七月五日

和陈香梅女史一样，冀朝铸先生同样一生富于传奇色彩。他早年随父亲赴美学习，以优异成绩考入哈佛大学，攻读化学专业。当他阅读哈里森·福尔曼《来自红色中国的报告》（*Report from Red China*）和埃德加·斯诺《红星照耀中国》（*Red Star Over China*）两本著作后，热血沸腾，毅然返国。数十年外交生涯中，冀先生先后为毛泽东、周恩来和邓小平等担任翻译，并且参与朝鲜停战、日内瓦会议、尼克松访华以及邓小平访美等重大历史事件。后经联合国秘书长佩雷斯·德奎利亚尔提议，当选联合国副秘书长。因为陈香梅女史关系，冀朝铸特意安排三十分钟时间接待我们。那年恰逢联合国成立五十周年纪念，冀朝铸先生的采访让节目如虎添翼。试想，若非香梅女史古道热肠，一切皆成泡影。

（二）程十发

拙作《画外话》是一本有关绘画艺术的评论集。程十发先生不顾年事已高，欣然赐序："可凡从小喜爱文艺，尽管他学的是枯燥深奥的细胞生物学，然而他对艺术的兴趣却丝毫不减。……当然，他最喜欢的还是绘画。每次来我家，我俩的话题总离不开书画。他不仅时时向我询问一些国画中的疑难问题，还常常主动要求观赏我收藏的古字画。而对这样一位好学又情笃的朋友，我自然十分乐意地拿出家藏的字画边展阅边讲解。而他总是非常专注地在一旁倾听，并不时地发表一些意见……"《画外话》付梓前，曾往衡山宾馆敦请王元化先生题签。后来，程十发先生哲嗣程多多兄筹备出版摄影集《心语》，同样希望由王元化先生题签。彼时，程氏父子均在美国，便嘱我办理此事。元化先生并非职业书家，个性又较严肃，不苟言笑，极少为他人题签。接到程公和多多兄的越洋电话，压力陡增，只得硬着头皮，提笔给元化先生写信。

元化先生尊鉴：

再次感谢先生为拙作《画外话》题签。那次来衡山宾馆，来去匆匆，竟忘了呈上拙作《节目主持人语言艺术》(与王群合著)。此书付梓前，原拟请先生作序，终因担心叨扰先生而作罢。不过，若方便，很想听听先生对电视文化的高见。

另冒昧有一事相求。前日，程十发先生从美国打来越洋电话，恳请先生拨冗为其次子程多多摄影集《心语》题签，不知允否？发老原本应亲自与先生通话，但因不知电话号码，让我先代他向先生致谢，待发老返沪，再与先生一聚！

祝好

晚辈　曹可凡敬上

没想到，王元化先生慨然应允，不日便将“心语”二字寄来。程十发先生与程多多兄均喜上眉梢。十发先生还专门从美国写来一信致谢：

可凡同志：您好！

甚为遥念，蒙为多多新集操心，极为感谢，不日回沪后再聚听教。一信请呈王元化先生，谢谢！向尊夫人问好！

程十发发于旧金山

同时，程公亦致函元化先生表达诚挚谢意：

元化先生尊鉴：

久未拜会，极为遥念。先生为小儿摄影习作题字鼓励，不胜感谢。容日后回沪当面谢。

专颂

大安

程十发

一九九九，三，卅一于旧金山

程十发先生曾为老友李翰祥电影《垂帘听政》和《火烧圆明园》绘制海报。这两部电影出自王元化先生姐夫、著名剧作家杨村彬先生之笔。十发先生与元化先生由此订交，相互击赏。

（三）黄宗江

黄氏人家堪称中国文艺史上的传奇。大哥黄宗江读过大学，当过水兵，痴迷演剧，写过《柳堡的故事》《海魂》和《农奴》等电影剧目，直至晚年，创作热情不减。他曾在红颜知己卢燕的鼓励下，构思剧本《艺人》。他将此作视为绝笔之作。作品描写一对历经磨难的恋人演员，在一次演出结束后，饰演老丑角的男演员在后台坐化了，其恋人亦在观众席上坐化。黄宗江先生期待能写成剧本，并与卢燕分饰男女主角。可是，剧本一直“难产”，妹妹黄宗英戏称自己兄长：“扑不灭的火焰，‘完不成’的杰作。”黄宗江先生晚年耳背，打电话即使大声嚷嚷，先生亦无法听清，故常以书信抒怀。那年，老人来沪参加尚长荣京剧专场，回京后向我索要演出光盘。素来知道宗江先生性急，很快帮他复制节目，同时并附上短信一封：

宗江先生：

遵嘱寄上尚长荣先生演出专场录像，需要说明的是，由于技术人员在复制时不慎遗漏您那段精彩点评，故请人补录于片尾。前日得空观看尚老专场演出，其出神入化之表演与你们三位大家精妙绝伦的点评犹如红花绿叶，交相辉映。特别是你们三位古稀老人妙语如珠、口吐莲花，且中英文并举，颇有现代意识，给人耳目一新之感。我们不少主持人看了大有危机感，生怕“饭碗”被你们抢夺！哈哈！

崔美明女史上月寄来她为您编辑新著《悲欣集》。此书从形式到内容臻于完美，这在出版物粗制滥造、错讹连篇的今天，实属罕见。书中若干篇什，如《忆石挥与蓝马》《“孟丽君”绮思》《雷雨啊雷雨》以及《沙发里的土豆》等，均耐人寻味，令我反复诵读，玩味良久。

从报上获悉，京城近日舞台剧红火，不知您这位“梨园骑士”是否仍经常光顾剧院？不过，您已年近八十，必须劳逸结合，因为您是“珍本书，善本书，绝版书”，犹如“大熊猫”一般，属国家级“文物”。大家无不翘首以盼，等待您的锦绣文章。

顺便奉寄拙作《节目主持人语言艺术》，此书亦由崔美明老师编辑，期待您读后多多指教。

己卯新春将至，恭祝您在本世纪最后一年，铆足劲，以十足信心、百倍热情，投入“不务正业”中去。

即颂

冬安

曹可凡

1999.1.15

信发出一周左右，便收到黄宗江先生回信。信是写在一张卡片上，卡片上有丁聪先生为其绘制的一幅漫像。画面上，宗江先生笑容可掬，一副菩萨心肠模样。漫像旁有一宗江先生自述：“拙笑难倩兮，弯目难盼兮，却真善美兮余所求。”背面则是出版家范用对他的评价：“先天职业病：我见人总要歪着脑袋琢磨，此人像本什么书？有人如《圣经》，如马列，如语录；有人如《厚黑学》，如《增广贤文》，如《笑林广记》；有人如百科全书、笔记小说、英汉对照读物……宗江算什么？多才多艺，能文能军，亦中亦西（能演口吐英语的娄阿鼠），台上是名优，台下是作家，在家是好丈夫，出国是民间文化使者。自称‘三栖动物’，不，是‘多元化灵兽’。是珍本书、善本书、绝版书，读不完的书。”信内容如下：

可凡：

垂垂老矣，仍蒙垂青，乃感青青不已。欣见《主持人》学术著作，如有来世，我争取做“主持人”。你书照片多为我“最可爱的人”，前页即见最最的袁鸣，代我问候，不另。

我厂电视频道也有二三十种，唯不见上海卫视，奈何！我一般只看中央、北京及港卫，因耳聋，已戒戏谢会。谢会无憾，戒戏则无奈。茅威涛来，破例观剧，仍继续做“捧角家”。悲多纷（贝多芬）耳聋仍作曲，我当仍可作剧。在写音乐剧、越剧……有所成当呈教。祝九九吉祥，年年奋发。袁鸣同此。

宗江 & 若珊

1999.1.31

宗江先生晚年著文甚勤，每每有新作问世，总是第一时间寄来让我一睹为快。新世纪来临，宗江先生老而弥坚，写成《继往兮开来——“大唐贵妃”赞》一文，他在文章复印件上写道：

可凡：

日度可凡不凡之日，乃有所怀。此文《文汇·笔会》曾发，唯把我捧的上海爷们的大名给删了，不符我意，我心不悦，今见《中国戏剧》全载，乃再呈阅。扫非后，今秋明春，颇思沪滨访友，老而未朽，或携仙侣，来自西方洛水，东方亮相，猜中未？一笑，严肃一笑，同笑。

2001.6.11

后来，宗江先生果然如约来沪，邀请沪上好友相聚，席间，他声称自己“年事已高，精力日衰，今后恐怕无缘再来上海，故将此行戏称为‘向大家活体告别’”。

（四）黄苗子

黄永玉先生说：“苗子、郁风兄嫂是一对文雅旷达的夫妇。”郁风为郁达夫侄女，早在上世纪三十年代，便在上海参加救亡运动。抗战开始后跟随郭沫若、夏衍奔赴广州创办《救亡日报》，而彼时黄苗子仅为国民政府一小职员，直至八年后，两人才真正谈起了恋爱，月下老人正是夏衍先生。由于郁风和苗子身高悬殊甚巨，夏衍先生为他俩题辞“此风不可长”。十年动乱期间，两位老人先后被投入监狱，即使在那样艰苦的年代里，他们仍不改率真达观秉性。进入耄耋之年，苗子与郁风两位先生格外珍惜光阴，却对未来始终怀揣不老之心。面对死亡，苗子先生更显超然。八十岁以前他就写过两次遗嘱，嬉笑调侃中体现老顽童豁达心境。苗子先生心地善良，对后辈关怀备至。他闻知王世襄先生一直不愿接受采访，便主动提出，由他出面说服王先生。正是由于苗子先生居间协调，王世襄先生才最终答应采访。二〇〇三年春夏，我应出版社之邀，拟编一本人物随笔集，书名暂定为《六根清净否》，于是，写信请苗子先生题签，并特别提出希望他老人家以篆书书之。不出一月，便收到苗子先生题签及一封短笺：

可凡先生：

大札奉悉，篆书不易懂，似可只用作扉页，请督。纷繁龙钟，乞恕草草。

祝　文安

弟　苗子

2003.7.29

此书虽然因各种原因，最终未能出版，但苗子先生对后辈提携之恩没齿难忘。在黄永玉先生看来，苗子、郁风夫妇是从血海和灾难中走出来的，所以对苦难都能付之一笑，把进入苦难深渊又从深渊里面爬出来，视作一趟轻快旅程。我曾问二老，若有一魔法瓶，让他俩做三件事，他们最愿意做什么？郁风先生说，她人生无遗憾，什么都不想要。而苗子先生说，他第一希望下辈子讨个跟他一般高的老婆；第二不做写字画画之人，因为有永远还不完的“债”。第三期盼下辈子做个猫。我很想知道，苗子先生会变成一只怎样可爱的猫！

（五）余华

在时下充满诱惑的环境中，余华仍将自己势力范围限定在写字台前，不抱太多欲望，耐心守望着无尽的寂寞，安心写作。余华并非高产作家，但他的小说好看，也畅销。余华擅长描写残酷和惨烈，这和他从小随父亲生活的既逼仄又简陋的县医院环境息息相关。作为中国当代先锋派小说代表人物，余华写作深受古典音乐特别是巴赫《马太受难曲》影响。巴赫音乐教会他重视叙述，以短篇小说的方式，理解长篇小说的结构。他说："这不是文学技巧的选择，而是人生态度的改变。"

和余华相识于《小说界》文学聚会。虽然我们算是同龄人，但不知为何，我始终将他看作值得信赖的兄长。有一段时间，事业蹉跎，心情沮丧，便随手给他写了封短信：

余华吾兄：

春节前随函奉寄拙作《节目主持人语言艺术》，不知收到否？甚念！

或许本命年缘故，弟近来频遭小人暗算，诸事不顺，心乱如麻，唯以读书旅行解闷。

前日《申江服务导报》刊有一文，评说吾兄小说"霸气"，兹奉剪报一份，博兄一粲。

祝好

匆匆

春祺

弟　可凡

人们常说，顺境享受工作，逆境享受人生。身处人生低谷，阅读往往是一剂治愈心灵的良药。那段时候，读了不少长篇小说，其中就包括余华的代表作《活着》和《许三观卖血记》。于是，有感而发，又写了封信给余华：

余华兄：

竟有这等巧事。刚读完《活着》和《许三观卖血记》便收到您寄来的新书。这几天冷风飕飕，阴雨绵绵。在这样的季节里，把自己关在温暖的书房，泡上一壶香茗，读几页小说，是再惬意不过的事了。仅仅花了三天时间，就读完《活着》与《许三观卖血记》。

《活着》的故事约略知道，但小说比电影更具震撼力。可以毫不夸张地说，我几乎含泪读完小说，这在我的阅读经验里并不多见。读完全书，呆坐良久，心想，世上真会有如福贵那样与苦难如影随形之人?！难道命运真会对一个人如此不公?那几日，眼前浮现的总是那个在阳光下脸上布满皱纹，皱纹里嵌满泥土的老农影子，似乎看见他边赶着牛，边喃喃自语："活着，不管怎样，人总得活着。"福贵的命运好似一首低回哀怨的曲调，是无数苦难者的缩影。小说虽然讲述的是一个关于死亡的故事，但却是激励人们如何面对苦难。正如你在意大利接受采访时所说："面对逆境与苦难，包括最残酷的日子，都应该高兴地、愉快地去尝试，去克服，并且度过它。"这和卡夫卡"要客观地看待苦难"思想一脉相承。我想，没有经历大喜大悲，没有敏锐的生活触觉，很难对生活含有如此深刻的感悟。《柏林日报》称此小说为"一部伟大的书"，这个评价恰如其分，绝非溢美之词。

相比之下，《许三观卖血记》显得明朗些，有种“苦中带笑”的“黑色幽默”。不像《活着》那样，压得人喘不过气来。许三观煞是可爱，虽处处失败，屡屡碰壁，但并不懊丧，仍然乐滋滋地盘算着自己的小日子。小说没有离奇怪诞的情节，没有诘屈聱牙的语言，没有一本正经的说教，自然流畅，感人肺腑，揭示深刻人生哲理。

身处世纪末，现代人面临种种诱惑、疑虑、困顿，发出悲天悯人的哀叹。但，如果比照福贵和许三观，或许便会释然，这也正是小说魅力所在。

您的小说被译成多国文字，在欧洲拥有广泛读者，甚至在韩国列入中学生教材。这说明中国文学走向世界指日可待。西方人素来对中国文学知之甚少，即便如鲁迅、沈从文、老舍、钱锺书的作品，对西方人来说，也显得陌生。我们有必要将更多中国作品推介给世界！

近日甚为忙碌，每逢岁末，电视人便忙不迭地“烹制”一年一度的“年夜饭”。忙过这阵，准备阅读《在细雨中呼唤》。

PS：若《活着》有英语版，不知可否惠赐一册，留作纪念。

即颂

祝兔年吉祥

可凡敬上

戊寅岁末于海上

没过多久，余华兄信函便如约而至：

可凡兄：

你好！你的两封信，我都收到了。谢谢你的信，令我感动。你的大作我也收到了。再次感谢。

在今天，像你这样成就的人，难免遭人嫉恨。中国古人损人是为了利己，今天的人不利己也损人，这是没有办法的事。但愿这一年快些过去，望老兄明年以后，一帆风顺。

不过，你现在读书、游玩、谈天说地，也是美丽的人生，重要的还是自己对待自己的态度。

你的大作我学习了一下，很有意思，这对我完全是一片新天地。

我下月到上海，贝塔斯曼有一个讲座。希望能和你一见。陆峰知道我的行程和住宿。

祝好

余华

1999.4.17

余华兄的来信令我豁然开朗。自此，我们时常联系，只要看到余华新书出版，必然买来一读。二〇〇四年《可凡倾听》开播，曾专程赴京采访余华，制成专题片《平淡的文坛漂泊者》。二〇一四年更是有缘在根据他同名小说改编的电影《许三观卖血记》中出演“李血头”一角。“李血头”在小说中仅有六次出场，电影中缩减成四场戏，但这个人物却是小说剧情推进不可或缺的人物。余华在《许三观卖血记》德文版自序中是这样描述“李血头”的：“……我记得他嘴角叼着烟卷的模样，还有他身上那件肮脏的白大褂。有关他的故事和我自己的童年一样清晰和可信。这是一个噱头生命的历史……这个人有点像这本书中的李血头，当然他不一定姓李，我忘记了他的真实的姓，这样更好，因为他将是中国众多姓氏中的任何一个。”我自己则将“李血头”一角看作是和余华友谊的连结与明证。

总有一种记忆值得珍藏

不知不觉,《可凡倾听》已步入第十二个年头。这些年所访对象涉及文学、戏剧、美术、音乐、影视等诸多领域，绝大多数情况下，宾主相谈甚欢，有的甚至因此还结为莫逆之交。然而，其中有三次访问中途夭折，无疾而终。节目虽有残缺，记忆却也珍贵。

一次是黄宗英。那时，宗英老师正受多发性脑栓塞困扰，行动迟缓，记忆衰退，一度几乎连自己名字也无法书写，自觉就像骷髅一般，空洞无力，面对采访要求，一概断然回绝。“昨晚写了几句诗，你听听：‘钟走着，表走着，我停了；花开了，叶绿了，我蔫了。’如此心境，还怎能接受访问啊?!”俗话说，“心诚则灵”，禁不住一番死缠烂打，执拗的老人终于松口，同意随意聊聊，算不得正式采访，但也不反对用摄影机如实记录。于是，次日清晨，便匆匆赶往老人借居于北京高碑店的一处普通民宅。走进屋里，发现宗英老师正倚在靠窗的沙发上看书，桌上凌乱堆放着一叠她的书法习作，四周空荡荡的，显得有点冷清，唯有门楣处儿子赵劲的一副草书对联，稍许带来一点暖意。见到来自故乡的晚辈，老人自是十分高兴。说到江南的春天，原本走路也踉踉跄跄的她，眼里顿时闪出一丝光亮，喃喃自语道，江南的春天是最美的，而自己最想念的也是蚕豆、米苋这样一些时鲜蔬菜。临行前曾读《痴迷二十年——赵丹只为演鲁迅》一文，故而话题便由赵丹与鲁迅说起。宗英老师回忆，从上世纪六十年代，直至去世的二十年时间里，鲁迅的形象始终在赵丹脑海里盘桓驻足，挥之不去。“阿丹老想着要把鲁迅塑造成一个有乡下人气息、天真可爱的老人。于是，他每天都往脏兮兮的服装仓库钻，淘来淘去，找来各种与鲁迅相关的衣裳，穿在身上，回到家里也不肯轻易脱下。仓库里的衣裳透着一股霉陈味，我好心将之洗净熨平，却招来他一顿呵责，说鲁迅不可能穿那么挺括平整的衣裳。为了贴近人物，阿丹也像鲁迅那样，每日烟不离手，有时烟头烧到手指也毫无知觉。总之，那会儿，他疯狂地沉浸于角色中而难以自拔。”但是，命运终究还是和赵丹开了个不大不小的玩笑，大艺术家与大文豪擦肩而过，这成为赵丹一生最大的痛。“阿丹生命最后几日，和鲁迅生前模样像极了，满脸蓄着胡子，瘦极了……”沉默片刻，她似乎慢慢从回忆中回到现实，“我和阿丹小吵小闹多得很，但每次他受委屈，我必定站在他旁边。大苦大难，铸就了我们。人家问我一生最难演的角色是什么？我说难为赵丹妻。而一生中最成功的角色也是赵丹妻。”细心的读者可以发现，即使黄宗英与冯亦代晚年携手共谱一曲黄昏恋，赵丹却是她笔下永恒的男主角，每本著作都有赵丹的影子。“我活着，就不能让他死了。”黄宗英如是说。聊及未了心愿，宗英老师坦言，倘若身体允许，期待能录制一份有声读物，为孩子们讲故事。因为她几十年前就曾在电台讲《皇帝新装》《渔夫与金鱼》等童话故事，“我喜欢孩子，想着用口语化方式给他（她）们讲或抒情、或戏剧化的故事。相信孩子们愿意听我这样一个白发老太太讲故事的。”说完老太太将脸微微转向窗口，默默眺望着窗外一棵巨大的银杏树，阳光透过窗棂照射进来，将老人一头白发染成金黄色，仿佛一朵镶金边的白云，好看极了……

还有一次是赵无极。印象中，那次是赵无极先生与夫人弗朗索娃来上海美术馆筹备画展，经李磊馆长牵线搭桥，有缘与先生相见。采访地点就在美术馆。记得赵先生虽年至耄耋，但仍脊背挺直，步履稳健，满头银发梳得整整齐齐，皮肤白皙红润，额头宽阔，两条高高挑起的白眉下有一双炯炯的眼睛，宽大的嘴角微微上翘，浮现慈祥的微笑。雪白的衬衣，乌黑的皮鞋，一身笔挺的藏青色西装裁剪得体，一派大艺术家特有的风度。可是，刚一落座，还未等我开口，赵先生便用上海话指着我说：“侬现在画画得哪能啊！”一句话说得我丈二和尚摸不着头脑，“赵先生，您可能弄错了，我不会画画啊！”我讷讷了半天才憋出一句话来，声音低得几乎听不见。“格末，侬小说还勒拉写伐？”我越听越糊涂，支支吾吾，不知如何作答，“嗯……嗯……小说也是不会写的……”突然，赵先生将脸一沉，正色道：“侬迪额小滑头，勿画画，勿写小说，靠啥过日脚呢？”此时此刻，我才恍然大悟，意识到赵先生大概罹患“脑退化症”。这种疾病早期从外表根本无法识别，但只要一交流，便立刻可以发现端倪。不过，我们仍心存侥幸，就算留下只语片言，也弥足珍贵。遗憾的是，经过一个多小时拉锯战，仍一无所获，终于只得落荒而逃……

最近一次则是麦家。我和麦家同庚，虽说生活背景不同，但成长经历倒有几分相似。譬如，我们童年、少年时代均因家庭出生不好而备受歧视，只不过我向来退避三舍，逆来顺受，而麦家则用打架方式捍卫尊严。没想到，却因此被性格暴烈的父亲打得鼻青脸肿、鲜血直流，父子关系日趋冷漠。直至成年，麦家仍难以释怀。步入中年后，正当他渐渐转变想法，试着要和日益衰老的父亲接近时，一场大病迅速夺走父亲全部意识，老人瞬间进入万劫不复的记忆黑洞。父亲过身后，麦家撰长文表达“子欲养而亲不在”的悲凉与愧疚。访谈过程中，我小心翼翼涉及这一话题。不想没说几句，麦家突然感情溃堤，掩面长泣，无法自持，哀叹此生最难过的是没有机会取得父亲的谅解。访谈不得不戛然而止。送他们夫妇下楼时，麦家兄不无埋怨：“你应该知道，表面看似固执的人，其实内心是很脆弱的。你不该点我的痛处。”事已至此，我也不便说什么，只得默然以对。大约到子夜时分，忽然接到麦家夫人闫颜女士短信：“请原谅我们的提前离场。麦家是个内心敏感柔软，又很孝顺真诚的作家，为了事业和所谓的名利在外奔波，未能在父亲在世时得到一句原谅。而这两天又因奈保尔点名见面，不能陪在病倒的母亲身边，多重刺激令他现场失控，还请包涵。当然，这也是您细腻倾听，才让他把心中的自责发泄出来。感谢今天的相遇，使得我们更了解内心最柔软最珍爱的位置。”

从闫女士口中得知，就在奈保尔准备去杭州与麦家进行文学对谈的当天，麦家母亲心跳骤停被送进医院急救。麦家忧心如焚，焦虑万分，不得不暂时撇下奈保尔冒雨直奔医院。“在母亲生命安危面前，我有权放下任何礼数和利害，我有道德豁免权。另一个念头也安慰了我，母亲是给我生命的人，我有义务、有责任让她活得更健康长久。这两个念头一起告诉我，即使奈保尔已连夜返回上海也不足惜，什么对话，什么贵宾，不过是名利场上的戏，说到底是为了满足虚荣心，既然是虚荣心，丢了也罢！”他说。

因此，那段时间，麦家奔走于杭州与上海两地，神经一直处于紧绷状态，心力交瘁，外界哪怕是微弱刺激就令他火山爆发。麦家兄做过不少电视节目，想必和我那次对话印象深刻。因为，直到数月之后，谈起之前节目之事，似仍心有余悸：“人说与智者交有二忌：忌不知人，忌人知我。那次相交，我两忌皆输：访谈前，可凡兄备足功课，他知我远胜于我知他。同时，他炉火纯青的主持功力，四两拨千斤地拎着我满场跑，我像只落汤小鸡，惊恐万状，洋相百出。这样的经历是危险的，事后不免有荒凉的后怕感。”麦家兄之语固然多有溢美之词，但恐怕也是他最真实的感受。

从心理学上讲，当一个人面对陌生人时，心理防御机制会自动开启，只有当他信任对方，才会放下一切，敞开心扉，袒露心迹。作为谈话主持人，我极其珍视这份信任。所以，每段访问，即便残缺不全，于我而言，都是一份值得珍藏的记忆。

爱怨琵琶记

愚园路上有条普普通通的新式里弄，宽宽的弄堂，中间竖着两棵大树。据长辈讲，那树还是我爷爷和他的同事们当年植下的，两棵树之间，有一口深深的井，那是我童年时代印象颇深的天然冰箱。大热天里，我怀抱着情有独钟的大西瓜，通常是快乐地一路小跑，把西瓜小心地放在井水中，那冰凉冰凉的西瓜味至今还在嘴边，让我舔着那一丝丝凉意回味过去的岁月。

尽管那时我已经长成一个胖墩墩的小男孩，动作不甚灵活，体育成绩尤差，但这并不影响我和小伙伴们在弄堂里疯狂玩耍，像“官兵捉强盗”、斗鸡、刮香烟牌子，以及“眯老虎洞”等，我都认真地尝试过。可扫兴的是，往往正在兴头上，年迈的祖母便打开二楼的窗户，扯着嗓门喊起来。对于祖母，我还可以装模作样拖延一段时间，但是当母亲威风凛凛地站在弄堂口时，快乐顿时被恐惧取代，只好灰溜溜地跟她回家。

别看我长着一副圆鼓鼓的可爱模样，有时也会做出让老师哭笑不得的事。其中有一件已经被我遗忘，却又被当年的启蒙老师旧事重提。那是我上一年级的时候，有一次老师写完黑板扭头一看，不见我的人影，她连忙布置同学自修，自己急急忙忙跑出教室找我。不一会儿，老师发现我在水龙头边专心地洗一只生梨，于是便三步并作两步地跑来问罪，我委屈地告诉老师："嘴巴实在干死！"就向校门口水果摊的阿婆借了一只生梨，说好等妈妈下班来接我时再付钱。"生梨风波"一直到我长大成人结婚那天，还在被人"传扬"。

追忆往事，我隐约觉得自己对文艺的偏好似乎是与生俱来的。我曾经目不转睛地盯着镜子，为那双"海瓜子"般的小眼睛哀声叹气，但后来长成一副浑厚的男中音又让我对当一名配音演员存有那么一点奢望。那时候，电影倒是经常看，虽说颠来倒去总那么几部。有一回看完电影，便带领小伙伴们，学着影片中的样子，攀上正在为大修房子而搭建的毛竹架。突然，看到有户人家窗户大开，便悄悄潜入屋内寻觅一番。结果，感兴趣的只有一样，就是桌上保温筒里的几支绿豆棒冰，我们哥儿几个三下五除二消灭了那几支棒冰，然后满足地扬长而去。可万万没有想到，那位邻居侦探本领超过我们好几倍，很快就"状告"到我父母那里。于是，我被狠狠吃了一顿"生活"。

父亲经历了"文革"，从此胆小起来，我这个胖儿子时常闯祸，令他头痛不已。他和母亲商量，考虑让我学一种乐器，那样一则可以少去弄堂发疯，省却不少麻烦，二来也可以有一技之长将来没准儿能借此混口饭吃。父亲酷爱古典音乐，尤其对海菲兹的小提琴演奏赞不绝口，因此他希望自己的儿子也能成为一名出色的小提琴家。他用省吃俭用积攒下来的钱，为我买了一把小提琴，还高价聘请一位音乐学院的老师，督促我天天练琴。无奈我的兴趣全在弄堂里，一个月下来，锯木般的声音让父亲坐立不安，他连声责怪我天资愚笨，并认定我在这方面是断然不会有出息的。不久，学小提琴的事就搁浅了，我也由此得以解脱。

父亲一计不成，又生一计。他知道我从小随长辈听苏州评弹，对江南丝竹并不陌生，而我的姨父又是一位琵琶名家，就哄着我上他那里取经。这样，我不得不抱着琵琶，每个星期天搭乘公共汽车上姨父家学弹琵琶。那时，我心里还有一份小小的虚荣心。在这以前，学校组织文娱活动很少会选用我这样的人才，偶尔有一次老师让我举着一面五星红旗从舞台的这头奔向那头，为此，我着实兴奋了好几天。正式演出时，我正奔得起劲，不料脚底一滑，竟在舞台上摔了个大跟头，这令我懊丧不已。现在，倘若学会了琵琶，上台表演总该没什么问题了吧。

老祖母在父母的授意下成了我的监督员，每天放学回家后练琴，她总是把闹钟拨到两小时后，闹钟“丁零零”响了，我才能歇手，在如此“高压”政策下，一时间我也只好照办，两下相安无事。弄堂里少了我这个人物，惹是生非的事自然也就少了一些，但不甘寂寞的小伙伴们怎么会忍心看我在屋内饱受“煎熬”呢？他们就一声长一声短地扯着嗓门叫我。那阵阵叫喊使我心痒难忍，我眼睛骨溜溜一转，便心生一计，趁祖母老眼昏花不太注意时，动作敏捷地把闹钟拨快了一小时，然后再装模作样在琵琶上发出种种声响。阴谋得逞后，又让我在弄堂多混了好些日子。虽说机关算尽，但闹钟的秘密还是被父母察觉了，后果自然不堪设想……

在姨父的细心调教和父母的严格管教下，我的琵琶演奏技艺渐渐有了提高，能演奏《高山流水》《土耳其进行曲》《浏阳河》等一些曲子，上学校舞台的愿望也得以实现。有次演出，在听众盛情捧场之下老师让我加演一曲，我扬眉吐气地反问老师："是要听'阳春白雪'，还是'下里巴人'"。

正当我怀抱琵琶开始进入青春期的时候，祖国大地发生了巨变，"科学的春天"使我父母这一代人热血沸腾，他们立志要让我成为科技大军中的一员。当琵琶即将"下岗"的时候，我又不免生出几分感伤来，爱怨琵琶四年有余，我还有一桩心愿尚未完成，那就是娴熟地弹上一曲《十面埋伏》，我一旦放下这把琵琶，也许此生再也没有机会在弦上拨出"十面埋伏"的意境了。

那把琵琶终于被高高地搁在了衣橱顶上，灰尘日厚。等到上世纪八十年代初我们搬家的时候，它已经是破旧不堪，被舍弃在搬家车外。

琵琶没了，但我依然爱听评弹，依然爱听琵琶名曲，一有名家在荧屏上出现，我总忍不住要伸长头颈去张望几眼，还有那《十面埋伏》的遗憾，至今让我耿耿于怀。

一晃就是十年。事情总会有某种巧合。一九九六年，东方电视台主办了一场"东方妙韵"评弹名家会演，导演撺掇我和袁鸣客串说书，我一时技痒，顾不得许多，便在众多评弹名家面前班门弄斧，又拨弦弹了几段熟悉的旋律。没想到，老先生们一致认为我"弹""挑""轮""扫"等基本指法相当规范，我不由得心花怒放，似乎又找到了童年的感觉。

如果说，那一次只是“犹抱琵琶半遮面”，胡乱拨弄几下，那么一九九七年年底那场“金话筒”颁奖晚会，我才真正有机会在小品中实打实地来上那么一段琵琶独奏。在小品排演过程中，我始终没有见到心爱的琵琶，直到正式录像前，才有人把琵琶送到我的手中。我坐在后台休息室里，“转轴拨弦三两声”，自觉手指僵硬，不听使唤，脸上有些冒汗。这次演出并不十分顺畅，就在我摆弄琵琶时，话筒出了问题，发出不少刺耳的声响来，为了给这小小的失误打“掩护”，我脱口而出：“这不，连琵琶也发火了……”

我爱琵琶，心里可不愿它真的发火哩！

这些年，上海开始了大规模市政建设，耳边不时传来拆迁的消息，有人告诉我，我孩提时玩耍的那条弄堂第一排房子被拆掉了，弄堂马上就要面目全非……

我想再看一眼那条已经显得遥远、陌生的弄堂。

弄堂总算没有太走样，两棵大树和一口井还在那里，只是小时候觉得十分宽敞的弄堂，今天看来竟是那么狭窄。老祖母“呼风唤雨”的那扇二楼窗户还在，只是主人已不再是原先那一个了。我走进当年学弹琵琶的那间小屋，惊奇地发现，尽管主人换了、家具变了，但房中的格局几乎没有变，放床的位置，放沙发的位置，还是原样，只是不会再有琵琶的声响，也没有老祖母那慈祥的脸庞。我只想告诉这间屋子的主人，这里曾经包藏着一个男孩的许多爱怨，这里也萌发了一个小胖墩对缪斯的憧憬。

我还是不死心，希望有一天能弹奏一曲《十面埋伏》……

[全书完]

我认识一些深情的人

产品经理 | 贺彦军
书籍设计 | 陈　章
技术编辑 | 顾逸飞
责任印制 | 刘　淼
出 品 人 | 路金波

图书在版编目（CIP）数据

我认识一些深情的人 / 曹可凡著. -- 上海 : 上海文艺出版社, 2020
ISBN 978-7-5321-7418-8

Ⅰ. ①我… Ⅱ. ①曹… Ⅲ. ①散文集-中国-当代Ⅳ. ①I267

中国版本图书馆CIP数据核字(2019)第239964号

出 品 人：陈　徵
责任编辑：陈　蔡
特约编辑：贺彦军
封面设计：陈　章

书　名：我认识一些深情的人
作　者：曹可凡
出　版：上海世纪出版集团 上海文艺出版社
地　址：上海市绍兴路7号 200020
发　行：果麦文化传媒股份有限公司
印　刷：河北鹏润印刷有限公司
开　本：880mm×1230mm　1/32
印　张：10
插　页：4
字　数：208千字
印　次：2020年1月第1版 2020年1月第1次印刷
印　数：1-9,000
ISBN：978-7-5321-7418-8 / I·5895
定　价：49.80元

如发现印装质量问题，影响阅读，请联系021—64386496调换。